中国文库
文学类

荷花淀派小说选

冯健男 编选

中国出版集团
人民文学出版社

图书在版编目(CIP)数据

荷花淀派小说选/冯健男编选. －北京:人民文学出版社,2011
(中国文库)
ISBN 978－7－02－008528－6

Ⅰ.①荷… Ⅱ.①冯… Ⅲ.①小说集－中国－当代 Ⅳ.①I246

中国版本图书馆 CIP 数据核字(2011)第 035488 号

责任编辑: 徐广琴
责任校对: 刘光然
整体设计: 翁 涌 李 梅
责任印制: 王铁生

荷花淀派小说选
Hehuadian Pai Xiaoshuo Xuan
冯健男 编选

人民文学出版社 出版
http://www.rw－cn.com
北京市朝内大街 166 号 邮编: 100705
北京瑞古冠中印刷厂印刷 新华书店经销
2011 年 9 月第 1 版 2011 年 9 月第 1 次印刷
开本: 880 毫米×1230 毫米 1/32 印张: 10.5
字数: 264 千字 印数: 1－4500
ISBN 978－7－02－008528－6
定价:23.50 元

“中国文库”出版前言

“中国文库”主要收选20世纪以来我国出版的哲学社会科学研究、文学艺术创作、科学文化普及等方面的优秀著作。这些著作，对我国百余年来的政治、经济、文化和社会的发展产生过重大积极的影响，至今仍具有重要价值，是中国读者必读、必备的经典性、工具性名著。

大凡名著，均是每一时代震撼智慧的学论、启迪民智的典籍、打动心灵的作品，是时代和民族文化的瑰宝，均应功在当时、利在千秋、传之久远。“中国文库”收集百余年来的名著分类出版，便是以新世纪的历史视野和现实视角，对20世纪出版业绩的宏观回顾，对未来出版事业的积极开拓，为中国先进文化的建设，为实现中华民族伟大复兴做出贡献。

大凡名著，总是生命不老，且历久弥新、常温常新的好书。中国人有“万卷藏书宜子弟”的优良传统，更有当前建设学习型社会的时代要求，中华大地读书热潮空前高涨。“中国文库”选辑名著奉献广大读者，便是以新世纪出版人的社会责任心和历史使命感，帮助更多读者坐拥百城，与睿智的专家学者对话，以此获得丰富学养，实现人的全面发展。

为此，我们坚持以邓小平理论和“三个代表”重要思想为指导，深入贯彻落实科学发展观，坚持贯彻“百花齐放、百家争鸣”的方针，坚持按照“贴近实际、贴近生活、贴近群众”的要求，以登高望远、海纳百川的广阔视野，披沙拣金、露钞雪纂的刻苦精神，精益求精、探赜索隐的严谨态度，投入到这项规模宏大的出版工作中来。

“中国文库”所收书籍分列于6个类别，即：(1)哲学社会科学类

（哲学社会科学各门类学术著作）；（2）史学类（通史及专史）；（3）文学类（文学作品及文学理论著作）；（4）艺术类（艺术作品及艺术理论著作）；（5）科技文化类（科技史、科技人物传记、科普读物等）；（6）综合·普及类（教育、大众文化、少儿读物和工具书等）。计划出版约1000种，分辑出版。自2004年以来，已先后出版四辑，每辑约100种，分精平装两类。2011年时值辛亥革命100周年，特将"中国文库"第五辑作为"纪念辛亥革命100周年"特辑推出，主要收选民国时期原创性人文社科类名著。

"中国文库"所收书籍，有少量品种因技术原因需要重新排版，版式有所调整，大多数品种则保留了原有版式。一套文库，千种书籍，庄谐雅俗有异，版式整齐划一未必合适。况且，版式设计也是书籍形态的审美对象之一，读者在摄取知识、欣赏作品的同时，还能看到各个出版机构不同时期版式设计的风格特色，也是留给读者们的一点乐趣。

"中国文库"由中国出版集团发起并组织实施。收选书目以中国出版集团所属出版机构出版的书籍为基础，并邀约其他数十家出版机构参与，共襄盛举。书目由"中国文库"编辑委员会审定，中国出版集团与各有关出版机构按照集约化的原则集中出版经营。编辑委员会特别邀请了我国出版界德高望重的老专家、领导同志担任顾问，以确保我们的事业继往开来，高质量地进行下去。

"中国文库"，顾名思义，所收书籍应当是能够代表中国出版业水平的精品。我们希望将所有可以代表中国出版业水平的精品尽收其中，但这需要全国出版业同行们的鼎立支持和编辑委员会自身的努力。这是中国出版人的一项共同事业。我们相信，只要我们志存高远且持之以恒，这项事业就一定能持续地进行下去，并将不断地发扬光大。

"中国文库"编辑委员会

中国文库

（第五辑）

【哲学社科类】

孙中山著作选编　陈铮选编 …………………… 中华书局
黄兴集　湖南省社会科学院编 …………………… 中华书局
宋教仁集　陈旭麓主编 …………………… 中华书局
廖仲恺集　广东省社会科学院历史研究所编 …………… 中华书局
朱执信集　广东省哲学社会科学研究所历史研究室编 … 中华书局
中国政治思想史　陶希圣著 ……………… 中国大百科全书出版社
民国政制史　钱端升等著 …………………… 上海人民出版社
民国政党史　谢彬撰　章伯锋整理 …………………… 中华书局
经学历史　皮锡瑞著　周予同注释 …………………… 中华书局
清代学术概论　梁启超著　朱维铮校订 ……………… 中华书局
新唯识论　熊十力著 …………………… 上海书店出版社
逻辑　金岳霖著 …………………… 中国人民大学出版社
科学与玄学　罗家伦著 …………………… 商务印书馆
中国古代经济史稿　李剑农著 …………… 武汉大学出版社
中国近代经济史　汪敬虞主编 …………………… 人民出版社
中国交通史　白寿彝著 …………………… 团结出版社
中国经济原论　王亚南著 ……………… 中国大百科全书出版社
中国经济思想史　唐庆增著 …………………… 商务印书馆
财政学　何廉、李锐著 …………………… 商务印书馆
货币与银行　杨端六著 …………………… 武汉大学出版社
刑法学　蔡枢衡著 …………………… 中国民主法制出版社
乡土中国　费孝通著 …………………… 人民出版社
文化人类学　林惠祥著 …………………… 商务印书馆
优生概论　潘光旦著 …………………… 北京大学出版社
西洋文化史纲要
　　雷海宗撰　王敦书整理导读 …………… 上海古籍出版社
西学东渐记　容闳著　徐凤石　恽铁樵等译
　　钟叔河导读、标点 ………… 生活·读书·新知三联书店
中国现代语法　王力著 …………………… 商务印书馆
语言学史概要　岑麟祥编著　岑运强评注 …… 世界图书出版公司

蔡元培教育论著选　高平叔编 …………………… 人民教育出版社
陶行知教育论著选　董宝良主编 …………………… 人民教育出版社
中国报学史　戈公振著 ……………… 生活·读书·新知三联书店
陆费逵文选　陆费逵著 …………………………………… 中华书局
张元济论出版　张元济著　张人凤　宋丽荣选编 …… 商务印书馆
韬奋文录新编　邹韬奋著 …………… 生活·读书·新知三联书店

【史学类】

国故论衡　章太炎撰　庞俊　郭诚永疏证 ……………… 中华书局
国史大纲　钱穆著 ………………………………………… 商务印书馆
通史新义　何炳松著 ……………………………………… 商务印书馆
台湾通史　连横著 ………………… 生活·读书·新知三联书店
武昌革命史　曹亚伯著 ……………………… 中国大百科全书出版社
辛亥革命与袁世凯　黎澍著 ……………… 中国大百科全书出版社
北洋军阀史　来新夏等著 ………………………… 东方出版中心
中国国民党史稿　邹鲁编著 ……………………… 东方出版中心
中华民国外交史　张忠绂编著 ……………………… 华文出版社
西洋史　陈衡哲著 ………………………… 中国大百科全书出版社
欧化东渐史　张星烺著 …………………………… 商务印书馆
清末立宪史　高放著 ………………………………… 华文出版社

【文学类】

秋瑾诗文选注　郭延礼　郭蓁编选 ……………… 人民文学出版社
邹容集　张梅编注 ……………………………………… 人民文学出版社
陈天华集　刘晴波　彭国兴编　饶怀民补订 …… 湖南人民出版社
于右任诗词选　杨中州选注 ……………………… 河南文艺出版社
南社诗选　林东海　宋红选注 …………………… 人民文学出版社
鸳鸯蝴蝶派作品选　范伯群编选 ………………… 人民文学出版社
文学研究会小说选　李葆琰编选 ………………… 人民文学出版社
创造社作品选　刘纳编选 ………………………… 人民文学出版社
太阳社小说选　李松睿　吴晓东编选 …………… 人民文学出版社
湖畔派诗选　刘纳编选 …………………………… 人民文学出版社
浅草－沉钟社作品选　张铁荣编选 ……………… 人民文学出版社
《语丝》作品选　张梁编选 ………………………… 人民文学出版社
未名社作品选　黄开发编选 ……………………… 人民文学出版社
新月派诗选　蓝棣之编选 ………………………… 人民文学出版社

象征派诗选　　孙玉石编选 …………………… 人民文学出版社
新感觉派小说选　　严家炎编选 ………………… 人民文学出版社
现代派诗选　　蓝棣之编选 …………………… 人民文学出版社
论语派作品选　　庄钟庆编选 ………………… 人民文学出版社
京派小说选　　吴福辉编选 …………………… 人民文学出版社
东北作家群小说选　　王培元编选 …………… 人民文学出版社
七月派作品选　　吴子敏编选 ………………… 人民文学出版社
西南联大文学作品选　　李光荣编选 ………… 人民文学出版社
九叶派诗选　　蓝棣之编选 …………………… 人民文学出版社
荷花淀派小说选　　冯健男编选 ……………… 人民文学出版社
山药蛋派作品选　　高捷编选 ………………… 人民文学出版社
红楼梦辨　　俞平伯著 ……………………………… 商务印书馆
中国诗史　　陆侃如、冯沅君著 ……………… 百花文艺出版社
中国文学发展史　　刘大杰著 ………………… 复旦大学出版社

【艺术类】

万木草堂论艺　　康有为著 ……………………… 荣宝斋出版社
中国绘画史　　潘天寿著 …………………………… 团结出版社
中国绘画理论　　傅抱石著 …………………… 江苏教育出版社
中国雕塑艺术史　　王子云著 ………………… 人民美术出版社
中国陶瓷史　　吴仁敬　辛安潮著 ………………… 团结出版社
中国戏剧史　　徐慕云著 ………………………… 东方出版中心
洪深戏剧论文集　　洪深著 ……………………… 东方出版中心
焦菊隐戏剧论文集　　焦菊隐著 …………………… 华文出版社
中国古代乐论选辑　　吴钊　伊鸿书　赵宽仁　古宗智
　　吉联杭编 ………………………………… 人民音乐出版社
素月楼联语　　张伯驹编著 ………………………… 华文出版社
中国书法理论体系　　熊秉明著 ……………… 人民美术出版社
夏衍电影论文集　　夏衍著 ……………………… 东方出版中心
银幕形象塑造　　赵丹著　赵青整理 …………… 东方出版中心

【科技文化类】

自然辩证法在中国　　龚育之著 ……………… 北京大学出版社
科学家谈21世纪　　李四光等著 ………… 中国大百科全书出版社
继承与叛逆——现代科学为何出现于西方
　　陈方正著 ………………………… 生活·读书·新知三联书店

中国医学史　陈邦贤著 …………………………………… 团结出版社
化学史通考　丁绪贤著 …………………………… 中国大百科全书出版社
科学概论　王星拱著 ………………………………… 武汉大学出版社
竺可桢科普创作选集　竺可桢著 ………… 中国大百科全书出版社

【综合普及类】

书林清话　叶德辉著 ………………………………………… 华文出版社
文坛五十年　曹聚仁著 ……………… 生活·读书·新知三联书店
张菊生先生七十生日纪念论文集
　胡适　蔡元培　王云五等编 ………………………… 商务印书馆
佛教常识问答　赵朴初著 ………………………………… 华文出版社
词心笺评　邵祖平著 ……………………………… 复旦大学出版社
西潮与新潮　蒋梦麟著 …………………………………… 东方出版社

目　录

从维熙

韩映山

房树民

序

冯健男

一

在中国现代文学史中,流派的发生、发展以至分化和消长,是常有的事。这是社会生活发展的反映,也是文学创作发展的必然。“荷花淀派”(以下简称“荷派”)的形成稍晚,而且并非一大流派,但其特色是为人所乐道的,其影响不应忽视。

大体说来,“荷派”缘起于抗日战争时期的冀中和延安,形成于新中国建立之初的津、京、保三角地带,而人们对它予以回顾,认为它是我国现代文学中的一个流派,并以“荷花淀”名之,则是“文化大革命”以后的近几年来的事。

“荷派”主要代表作家,是孙犁。

孙犁,河北安平人,青年时期曾在保定读书,后至北平,欲从事文学事业,不久知不可行,乃至白洋淀边的同口镇小学教书,这是一九三六年夏天的事。至一九三七年夏,抗日战争爆发,即投身于共产党所领导的抗日革命队伍,因而真正走上了文学和生活之路。伟大的抗日战争使孙犁获得思想、道德、美学的启迪,找到了丰富的创作的源泉;而抗日战争爆发前一年间的白洋淀边的教学生活,对于他的创作亦颇为重要,因为他在教课之余,随时和当地的人民相亲近,加以白洋淀的天光水色,对于他的感情色彩和创作性灵是那样的契合和融洽，以至于他在此后不断地从白洋淀汲取和提炼生活题材来进行创作，生发而为初日芙蓉，不但使人赏心悦目，而且给人以奋发向上的战斗之力。举其要者来说，一九四二年在阜平写的《琴和箫》，一九四五年在延安写的《荷花淀》、《芦花荡》，一九四六年从延安回到冀中后在河间写的《嘱咐》，等等，就都是这一方面的作品。特别《荷花淀》一篇，是孙犁的代表作，或者说是“荷派”的代表作，也是“荷派”命名之所由来。“荷花淀”者，白洋淀也，或者说是白洋淀之精华所在。作者也确实通过他的作品，写出了白洋淀的精华，即所谓“人杰地灵”。中国的文学流派，向来有以地望命名的习惯，如江西、公安、竟陵、桐城等派；本世纪二、三十年代，也曾有过“湖畔”（冯雪峰、潘漠华、应修人、汪静之）、“汉园”（何其芳、卞之琳、李广田）等小的集体。而“荷派”之名，则不但是源于白洋淀这个地方，而且还本于《荷花淀》这个作品，这就更有一番新意。

以白洋淀生活为题材的作品，并不是孙犁创作的全部，而只是一部分。孙犁的较多数的短篇小说和散文，还有他的两个中篇小说和一个长篇小说，都并不写白洋淀的人和事，而是写冀中平原以至冀西山区的人和事；但它们仍然具有“荷花淀”的明丽色彩和清新气息。《荷花淀》是孙犁及其一“派”的代表作，用以名其流派，鲜明而又恰切。

孙犁的创作，在当年的晋察冀边区，在延安，都曾引人注目，受人赞赏，但由于战争的环境和其他原因，当时还未能形成什么文学上的“流派”。就晋察冀来说，在这块大的抗日根据地，是产生了不少作家的，其中如方纪、田间、魏巍、梁斌、康濯、曼晴、远千里等，向来和孙犁的关系很亲密，并一致称赞他是一位树立了独创的艺术风格的作家，但他们的创作彼此不同，从战争年代到社会主义时期，都是各具特色，各有千秋的。

作为一个文学流派，“荷派”是在建国初期，由孙犁作品对于一些文学青年的吸引力和影响力所促成的，同时，这又是和孙犁作为一个文学园丁对于这些青年作者热情和辛勤的培养与扶植分不开的。

全国解放后，孙犁在战争年代和建国前后所写的短篇和中篇创作，曾先后以《荷花淀》、《芦花荡》、《农村速写》、《村歌》等名目出书，后来又出了一本《白洋淀纪事》，收入作品数十篇，算是这位作家的创作的一个比较完全的集子。这些出版物吸引了不少青年作者，打开了他们的思路和眼界，把他们引上了文学创作之路。例如，刘绍棠回忆说，当初“是孙犁同志的作品，唤醒了我对运河家乡的母子连心的深情，打开了我认识生活和表现生活的美学眼界”①。韩映山回忆说，“五十年代初，开始写作时，由于受作家孙犁同志的影响和指导，知道文学是要写生活、写人的。……美是应该追求的，但美不应该是孤立的，她是和时代环境相关联的”②。孙犁的作品确实以其特有的美感和力量启迪着一些美和文学的青年爱好者。后来，孙犁的新的中篇小说《铁木前传》和长篇小说《风云初记》出版，就更加显示出这位作家的丰盛和成熟，他的影响因而也更甚了。

另一方面，进城以后，孙犁编辑着《天津日报·文艺周刊》，即以此为园地，团结和培养了一批有志于文学创作的青年。由于这个文艺周刊只不过是一个地方的小刊物，影响力所及，主要在天津、北京、保定一带。但这也有好处，那就是便于编辑者对于当地的一些经常来稿的青年人的精心培养。孙犁从他们的来稿中细心发现人才，通过改稿、通信、交谈、办讲习班、讲课、在发表他们的作品时加编者按语等办法，对这些青年作者进行坚持不懈的创作指导。这样，就以孙犁为中心，以《文艺周刊》为园地，形成了一种可

---

① 《开始了第二个青年时代》，《芙蓉》1980年创刊号。

② 《绿荷集·后记》。

观的和宜人的文学局面和气候，因此得以露出头角和成长起来的青年作家，是可以数出一大串名字来的，而刘绍棠、从维熙、韩映山、房树民等可说是他们的代表。他们在五十年代就显露出文学的才华，至今仍然活跃于社会主义中国的文苑。人们后来说的“荷花淀派”，就是这样形成的。

当然，他们当时并非十分自觉地、有意识地要形成这么一个“流派”（文学史上的任何一个流派，都很难说是这样搞起来的）；但是，也不好说，形成“荷派”的这一个客观的事实，是离开了任何主观的愿望和努力的。例如孙犁在文学刊物的编辑工作上，便有他的抱负和识见。他的主张是：“刊物要往小而精里办，不往大而滥里办。这不只是为了节省财、物、人三力，主要是为了提高创作的水平。”“刊物要有地方特点，地方色彩。要有个性。要敢于形成一个流派，与兄弟刊物竞争比赛。”①这是孙犁的经验之谈和一贯的办刊方针。由于他努力实践这种主张，终于使一个地方的文学小刊物，形成一种气候、一种局面——实即一个流派，有力地促进了社会主义文学事业的发展和创作水平的提高，这是难能可贵的！

文学流派的形成和发展，更重要的自然是和时代精神与思潮、政治背景与倾向、文学观念与主张密切联系的；只有一些人在这些方面相同或近似，甚至达到同声相应、同气相求的地步，才能形成一种流派。“荷派”的形成也是这样，它充分体现了新中国成立前后的政治气候和革命热情。孙犁带着抗日战争和解放战争的风云和烟尘，从农村和战地进入刚解放的城市（天津，它也是战地），而刘绍棠、从维熙、房树民、韩映山等则是河北农村和战地的孩子，在北京、天津、保定解放前后进城念书。孙犁后来说，“抗日战争，在中国共产党领导之下，是有枪出枪，有力出力。……至于我们，则

---

① 《关于编辑和投稿》，《秀露集》160页。

是带着一支笔去抗日。……穷乡僻壤,没有知名的作家,我们就不自量力地在烽火遍野的平原上驰骋起来。……在解放初,战争时期的余风犹烈,进城以后,我还是写了不少东西。"①这一番话,概括了从抗日战争时期的解放区到新中国的生气勃勃、热气腾腾的大好形势和人才辈出、万木争荣的动人景象。在中国共产党的领导之下,伟大的抗日战争使孙犁这一代的青年在烽火遍野的平原上成长为知名的作家;而伟大的社会主义开创时期的热烈的生活和斗争,又使刘绍棠这一代的文学青年在歌声遍野的平原上破土而出。他们拿起笔来歌颂共产党,歌颂新中国,歌颂社会主义,歌颂新人新事。在政治上、在艺术上,这些青年人和前辈一样是纯朴的、向上的,所以他们喜欢解放区的作家们描写解放区的生活和斗争的作品,并以此为范本来进行自己的创作。这可以说是"荷派"得以形成的政治背景和思想基础。

然而,新生的美好的事物,常常走着曲折发展的道路。五十年代中期以后,"荷派"初步形成,却就势难发展。先是反右扩大化,后是"文化大革命",使得它不但未能生发和扩充,反而萎缩和解体。直到十年内乱结束以后,几乎涣散和停顿了二十多年的"荷派"才恢复其活力。近几年来,老作家孙犁虽然没有再写小说,但散文、杂文时见发表;刘绍棠、从维熙、韩映山等中年作家的创作力很旺盛,不断有短篇和中篇的力作问世;而且,还有些文学新人,从其创作"个性"、"色彩"看来,可以说是倾向于和学习着"荷派"。这是可喜的。

但是,时代毕竟不同了,十年内乱和此后的拨乱反正造成的人们生活经历和思想感情的重大变化,不能不在"荷派"中体现出来。这一点,在从维熙的创作中表现尤为分明。他不但写日常生活,也写非常生活;不但写出了诗情画意,也写出了生活悲剧,写

---

① 《文字生涯》,《晚华集》100—101页。

"在特定的历史条件下,悲而壮,慨而慷,给人以鼓舞力量"①的东西,这和他在五十年代的创作的情调和气息是显然有所不同的。刘绍棠、韩映山固然还在致力于描画他们的家乡,不时以运河边上和白洋淀周围的人物和环境的图画奉献读者,但也自然不免带有生活变化和作者心境波澜起伏的新的印痕。要而言之,他们的生活经验丰富了,视野阔大了,观察力和表现力加深了和提高了,在气质上也有了不同的变化。这种发展变化,甚至使得"荷派"在一些方面无复旧观了。

鲁迅说过,"文学团体不是豆荚,包含在里面的,始终都是豆。大约集成时本已各个不同,后来更各有种种的变化。"②像所有的文学团体和流派一样,"荷派"在发展(其中还有停顿和中断)中有所变化,是很自然的事情;所可喜者,一是其中的作家除孙犁以外,都正当盛年;二是他们的成长带来的变化,并没有使"荷派"原有的特色消失,而是使它有所发展和升华;三是他们对流派既"不抱虚无的态度",而又"一贯是反对'派性'的"③,相互之间,以各人的新发展新成就相期许,相庆幸,并不拘泥于已经形成的流派,不死抱住原有的成果不放。孙犁就说过,"我总是鼓励一些青年朋友从我这里跳得更高一点,走得更远一点。……如果在小溪之前,出现大溪,而此大流,不忘涓涓之细,我就更感到高兴了。"④这一番话,既是孙犁这一位老作家的自谦和心愿的流露,也是"荷花淀"这一文学"流派"发生发展的写照。

二

文学史表明,在一个文学流派中,诸作家的风格会各有不同,

① 见从维熙给孙犁的一封信,据《关于〈大墙下的红玉兰〉的通信》,载《文艺报》1979年11、12期合刊号。

② 鲁迅:《且介亭杂文二集·〈中国新文学大系〉小说二集序》。

③④ 《人道主义·创作·流派——作家孙犁答问》,《文汇月刊》1981年第2期。

但必然有其共同的特色。"荷派"的特色是什么呢？也许可以说是其诗情画意之美。

致力于挖掘和表现生活中的美，是"荷派"的一个特点。孙犁的作品是给人以很高的美学享受的，他的文章真是美文。孙犁说，"人天生就是喜欢美的"①。他总是以"美"的观点和敏感来看人，来看农村和农民，来看抗日战争和农业合作化(《铁木前传》)。当然，他不是唯美论者，所以他又说，"作家永远是现实生活的真善美的卫道士。他的职责就是向邪恶虚伪的势力进行战斗。"②农民的美，抗日战争的美，社会主义的美，正是在矛盾斗争中表现出来，也正是要在矛盾斗争中予以表现的。孙犁说，他"经历了美好的极致，那就是抗日战争"；他的作品通过描写农民的"爱国热情，参战的英勇"表现了"真善美的极致"③。孙犁的这些说法，对于考察他的创作个性和艺术风格的特点是重要的。要写出美的"极致"来——这就是他的创造的着眼和着力之点。

举例来说，在《荷花淀》里，女人们划着小船去找她们的丈夫，被大船上的鬼子发现和追逐。"她们向荷花淀里摇，最后，努力的一摇，小船窜进了荷花淀。几只野鸭扑楞楞飞起，尖声惊叫，……就在她们的耳边响起一排枪！"她们先以为这是鬼子向她们开枪，一齐翻身投水；等到她们辨清枪不是朝着她们开的时候，她们看见不远的地方，荷花下面有人的脸。"荷花变成人了！"——原来她们找到了她们的丈夫的脸。"啊！原来是他们！"我们不能不说这是写实，因为作者所写的是荷花淀里的战斗，荷花丛中，荷叶底下，正是抗日战士和人民的最好伏击之地，隐蔽之所。然而，"荷花变成人了"，这又可以说是由作者的"美的极致"的文学思想和创作个性里幻化出来的诗情画意。

---

① 《画的梦》，《秀露集》26页。

② 《文字生涯》，《晚华集》104页。

③ 《文学和生活的路》，《秀露集》119页。

又如,在《芦花荡》里,“水淀里没有一个人影,有只一团白绸子样的水鸟,也躲开鬼子往北飞去,落到大荷叶下面歇凉去了。”此情此景,难道不是很美的吗?作者写这样的一只水鸟,也赋予它以民族感情和抗日意识,从而表现了作者的激情。但更美的是“从荷花淀里却撑出一只小船来”,“船头上放着那样大的一捆莲蓬,是刚从荷花淀里摘下来的”。此情此景,是何等的诱人!但作者在这里不是写农家乐和渔家乐,不是写山水画和田园诗;一叶小舟轻荡,一捆莲蓬喷香,乃是老人的诱敌战术,他使得泡在水里洗澡的鬼子们垂涎欲滴,把他们引进圈套,给他们以应得的惩罚,从而表现了“真善美的极致”。

再如,在《嘱咐》里,女人“逗着孩子说:‘看你爹没出息,当了八年八路军,还得叫我撑冰床子送他!’她轻轻地跳上冰床子后尾,象一只雨后的蜻蜓爬上草叶。轻轻用竿子向后一点,冰床子前进了。……小小的冰床象离开了强弩的箭,摧起的冰屑,在它前面打起团团的旋花。前面有一条窄窄的水沟,水在冰缝里汹汹地流,她只说了一声‘小心’,两脚轻轻地一用劲,冰床就像受了惊的小蛇一样,抬起头来,窜过去了。”还有,请听,丈夫警告她说:“你慢一些,疯了?”女人擦一擦脸上的冰雪和汗,笑着说:“同志!我们送你到战场上去呀,你倒说慢一些!”她接着质问他:“在这八年里面,你知道我用这床子,送过多少次八路军?”——这不是又写出了真善美的“极致”了吗?

孙犁就是这样地力求表现美的生活,表现生活的美。然而,他不是孤立地写了“荷花变成人”的奇景,写了白的水鸟落到绿的大荷叶下面歇凉的雅趣,写了冰床就像受了惊的小蛇一样窜过水沟的绝技,……而是写了全面的生活和人民的战争,反映出革命的某些本质的方面。认真说来,写战争的进攻和防御,写两军对垒的战斗,并非孙犁之所长,他所写的多是战时的人民的日常生活,通过日常生活的美的发掘和真实的描写表现出革命的本质来。《荷花淀》、《芦花荡》、《嘱咐》等篇就正是如此；至于像《光荣》、《山地回忆》这样的小说，尤其是《村歌》这个中篇，就更是写日常生活了。孙犁所创造的美，是由于现实生活给予作者的激发和启发，反过来说，又是由于力求表现美的“极致”的作家对于生活的美的发掘和升华。

这种情景，这种美趣，在“荷派”的青年作家的作品中也是有所表现的。他们的作品都吐露出华北的泥土和水乡的清新气息，有如“淀边初拱土的苇锥锥”①，“早晨喇叭花上滚动的露珠”②，表现出他们的青春的活力和激情，这种感情，是由新中国的宏伟气象和新农村的美好现实生发出来的。这可以说是他们的早期作品的共同特点。他们在建国初年的作品，在题材和立意上有时相近似，这是生活使然；但是，尽管如此，这棵“苇锥锥”和那棵“苇锥锥”在早晚会有所不同，这朵“喇叭花”和那朵“喇叭花”因晴雨也各异其趣。举例来说，刘绍棠的《大青骡子》和从维熙的《七月雨》写的都是老饲养员热爱和精心饲养社里的骡马的故事，韩映山的《鸭子》和从维熙的《鸡鸭委员》写的都是农村少年尽心竭力地为人民、为集体服务的故事，房树民的《引力》和刘绍棠的《中秋节》则都是写的老年农民对于农业合作化这个新事物的认识过程和态度转变的故事；它们的题材虽然相同，立意虽然近似，但都能各出心裁，各有新意、特色和妙趣。至于刘绍棠的《瓜棚记》写农村青少年爱科学，学科学，房树民的《花花轿子房》写旧风俗和依附于它的旧行业在新农村的没落，韩映山的《作画》写艺术家在深入生活、亲近农民的日子里的美的感受和收获，也都是立意颇高和开掘颇深的作品，至今读来仍然使人感到新鲜。当然，这还都是就他们的早期作品而言的。他们在创作上取得更大的进展和更显著的成就是此

---

① 韩映山：《紫苇集·后记》。

② 见从维熙给孙犁的一封信，据《关于〈大墙下的红玉兰〉的通信》，载《文艺报》1979 年 11、12 期合刊号。

后的事，特别是最近几年的事。三十年前在河北平原上破土而出的这些新秀，到如今已经成长为根深叶茂的花树了。

是的，“荷派”是花树，它表现了美的生活，表现了生活的诗情画意。这种美是怎样创造出来的呢？

要回答这个问题，首先要说的还是作家的深入生活。这似乎是老生常谈；但这是文学艺术的规律，在谈“荷派”创作的成就和特色的时候也是不能不谈的；何况人们在欣赏和谈论“荷派”艺术时对这一点注意不够。人们也许有这种想法：美的极致，诗情画意，如孙犁所追求和创造的，主要是来自作家的主观和艺术的秉赋，而不一定是由于深入生活。这样的想法是不全面的，甚至是误解。应该看到，孙犁很重视深入生活，“荷派”的花树是深深地扎根于生活的土壤的。孙犁曾这样谈到他在抗日战争时期的生活：“这时候，不只是主观上要求改造自己，而且，更实际地说，是客观现实要你改造。战争要求你勇敢，要求你不可动摇，生活要求你能够忍受任何艰苦，集体的战斗行动要求你不能犯自由主义。这些要求都是严峻的现实的，甚至可以说是无情的。你要经得起这个考验，……这就是思想精神的提高。当然不单单是客观影响，对于我们，更重要的还是认识，就是革命的理想。理想照耀着我们克服种种困难和障碍。这个经历，对于一个文学作家来说，就积蓄了他的创作的财富。”①孙犁就正是这样在革命战斗的生活实践中“积蓄”起“财富”来。这是生活和创作的财富，也是思想和精神的财富。不但是在战时，就是在进城以后，孙犁也是在深入生活的基础上才写得出优秀的作品。在谈创作问题和他自己的创作经验时，他总要首先和着重谈到深入生活问题。例如，谈到情节，他说“情节要求的是真实，它的生命的基础是作者的丰富的生活经历”②；

① 《怎样认识生活》，《文学短论》6—7页。

② 《论情节》，《文学短论》100页。

谈到风格,他说"风格任何时候都不能是单纯形式的问题,它永远和作家的思想、作家的生活实践形成一体"①。孙犁的独创艺术风格,他的作品的诗情画意,归根结蒂,正是从常青的生活之树开出的花朵和结出的果实。"荷派"的青年作家的创作也是如此。他们拿起笔来,写的都是把他们培育成人的农村。韩映山主要写白洋淀,他说,"我热爱那里的勤劳朴实的人民,热爱那里的河堤淀水,热爱那里的风光风气及一草一木。我把这种感情溶进了自己的作品里"②。刘绍棠说他"只想住在我的运河家乡的泥棚茅舍里"写小说,因为,"我喜欢农村的大自然景色,我喜欢农村的泥土芳香,我喜欢农村的安静和空气清新,我更热爱对我情深义重的乡亲父老兄弟姐妹们"③。从五十年代初学创作以迄于今,他们是经常深入到农村生活中去的。可以说"荷派"所创造的是一种乡土文学。他们将自己的激情和彩笔,都奉献给中国的农民了。

作家的深入生活,既要和群众一起进行革命斗争,同时也要使自己到一定时候能进入创作过程。孙犁是怎样观察生活和进入艺术构思的呢?他说:"要看一个事物的最重要的部分,强调它,突出它,更多地提出它,用重笔调写它,使它鲜明起来,凸现出来,发射光亮,照人眼目。这样就能达到质朴、单纯和完整的统一,即使写的只是生活中的一个小小环节,但是读者也可以通过这样一个鲜亮的环节,抓住整个链条,看到全面的生活。"④同样意思的话,孙犁在四十年代就说过⑤,那是说给农村和连队的青年作者听的,也是要求于他自己的;到了八十年代,他还是这样介绍他的创作经验。这些话道出了他的艺术创造的特点。真的,在他的作品中,形

① 《论风格》,《文学短论》105页。
② 《我是怎样开始写作的》,《河北文学》1980年10月号。
③ 《野人怀土》,《艺丛》1980年创刊号。
④ 《人道主义·创作·流派——作家孙犁答问》,《文汇月刊》1981年第2期。
⑤ 《文艺学习》,新文艺出版社版。

象是那样的“鲜明起来”,景物是那样的“凸现出来”,以致“发射光亮,照人眼目”;每一个故事都是“一个鲜亮的环节”,通过“这样的”一个环节可以“抓住整个链条”。如他的《白洋淀纪事》,就可以说是一个“链条”,由许多“鲜亮的环节”组成;甚至他的长篇小说《风云初记》也是一个“链条”,其中的章节也是“鲜亮的环节”。这些闪光的“链条”中的每一个“环节”都是“质朴、单纯和完整的统一”,就整个的“链条”来说也是如此。

为什么单纯和完整在艺术创造中能够很好地统一呢?这是由于作家在生活中提取了典型的事物,并将它的“最重要的部分”用生花之笔予以“强调”、“突出”,去其杂质,使其净化、升华,因而更加带有典型性和概括力。例如《荷花淀》反复强调和着力描绘的是白洋淀人民特别是青年妇女的爱祖国、爱人民、爱家乡的深情;“不要叫敌人汉奸捉活的。捉住了要和他拚命。”——这是她们的意志,全文的描写都是为了突出地表现她们的这种战斗的崇高的思想感情。在《碑》里,老人每天撒着网,“打捞一种力量,打捞那些英雄们的灵魂”,这个崇高的意念,正是全文所强调的,作者要把老人塑造成“平原上的一幢纪念碑”,故事中的一切描写,都是为了树立这个“碑”。在《山地回忆》里,作者所反复描写的是一双袜子,由袜子而关联到纺线,织布,并由此而关联到买布、做国旗,而这一切的自然和圆满的描写,都是为了突出地表现妞儿的单纯的和丰富的精神世界,使她的形象发射光亮,照人眼目。这些作品的人物形象和情节结构,都是异常完整而又异常单纯的,表现为单纯和完整的统一。

孙犁作品中的诗情画意之美,就是质朴、单纯和完整的统一的艺术创造。这种美的创造不仅是由一种艺术力量,同时也是由一种道德力量完成的。孙犁非常看重和强调文学的道德力量,他把道德看得比艺术更重,更高。他认为,情节的结构固然是一种艺术手段,但它是负有道德的使命的,所以“艺术的高潮应该是情节发展，最后达到的道德力量，这种力量，读者几乎是不可抗拒的”①，而“风格是一种道德品质。它包含在作品中间，贯彻得无微不至，如同在一个人的思想行为上所全部表现的那样”②。孙犁作品在情节安排和人物描写上，所致力的正是把一种道德品质和精神力量“贯彻得无微不至”，并使它产生“不可抗拒”的艺术魅力。当然，这种道德力量和艺术魅力是体现着时代精神的，而这又是中国劳动人民的传统的高贵品质和优美情操的继承和发展。孙犁说《荷花淀》所描写的“是这一时代，我的家乡，家家户户的平常故事”，是“所有离家抗日战士的感情，所有送走自己儿子、丈夫的人们的感情”，特别是那些青年妇女，“她们在抗日战争年代，所表现的识大体、乐观主义以及献身精神，使我衷心敬佩到五体投地的程度”③；孙犁还说，《山地回忆》里所描写的“是那些我认为可爱的人，而这种人，在现实生活中间，占大多数。她们在我的记忆里是数不清的”，“我在写她们的时候，用的多是彩笔，热情地把她们推向阳光照射之下，春风吹拂之中”④。由此可见，孙犁之所以要用“重笔调”写他所心爱的和敬佩的人物，要把她们升华到“美的极致”的境界来表现，其根本的原因，是由于洋溢于现实斗争生活中的革命精神和道德观念的激发和驱遣。

毛泽东同志说，在文学艺术上，我们要求的是“革命的政治内容和尽可能完美的艺术形式的统一”。孙犁的作品以他自己的独创性体现了我们所要求的政治和艺术的“统一”，而“荷派”的其他作家也在努力追求这个“统一”。因而不断地有所创造，有所前进。也许是由于孙犁作品的文章之美和艺术性强的原故吧，有些人在有的时候似乎在这位作家的作品中只看见艺术，而看不见政

① 《论情节》，《文学短论》103 页。
② 《论风格》，《文学短论》107 页。
③ 《关于〈荷花淀〉的写作》，《晚华集》87—88 页。
④ 《关于〈山地回忆〉的回忆》，《晚华集》81、83 页。

治，以致形成了如孙犁自己说的这一种情况："在过去若干年里，强调政治，我的作品就不行了，也可能就有人批评了；有时强调第二标准，情况就好一点。"①这当然是没有看准和吃透孙犁的作品，是一种片面"强调政治"的"左"的偏向；偏的结果，是把本来是正确地和艺术地强调了和描写了的革命的政治内容轻易地放过去了，并且还要对这种艺术进行指责。难道孙犁所说的和用艺术来表现的"道德力量"不就是革命的政治和党的政策的力量吗？不就是人民和人民战争的力量吗？

就文学主张和创作方法来说，"荷派"着重坚持的是现实主义。进城之初，孙犁就在对青年作者的谈话中强调"掌握现实主义的创作方法"的必要。他说，现实主义应该是"不脱离群众并能引导群众向上"。又说，"在现实生活里，充满伟大的抒情，在现实主义的作品里，作家的丰盛的情感含蕴在描写和人物的对话里。"②在这里，他既向青年作者鲜明地提出了现实主义，又很明显，他所说的这种"充满伟大的抒情"的、"引导群众向上"的现实主义，和浪漫主义是相通的。在这以后，他经常在谈到现实主义的时候，也谈浪漫主义。"文化大革命"以后，出于对文学上的瞒和骗的憎恶和拨乱反正的必要，他更多地谈现实主义，而不大谈浪漫主义了，但仍然说，"只有把现实主义的基础打好了，才能产生真正的浪漫主义"③，"浪漫主义是从现实主义的基础上升华出来"④。当然，最足以说明他的文学主张和创作方法的，还是他的作品。孙犁创作的重要特点，是现实主义的真情实景的深刻描写和浪漫主义的诗情画意的浓郁气息的水乳交融的统一。这个特点，也体现在"荷派"的青年作家的优秀作品中。

---

① 《文学和生活的路》，《秀露集》126页。

② 《作品的生活性和真实性》，《文学短论》41、43页。

③ 《从维熙小说选·序》，《秀露集》273页。

④ 《耕堂读书记·庄子》，《秀露集》190页。

在这里，还有必要谈谈“荷派”对于文学传统的继承和师承关系。很明显，“荷派”里的青年作家主要是师法孙犁的；那么孙犁呢？他对这个问题曾多次谈及，说是要“取法乎上”；较新近的说法是：“中外作家之中，我喜爱的人太多了。举其对我的作品有明显影响者，短篇小说有普希金、契诃夫、鲁迅；长篇小说有曹雪芹、果戈理、屠格涅夫。”[①]由此也可见：“荷派”是继承了我国文学的现实主义传统的；是从外国文学吸取养分的；而尤其重要的是以鲁迅为师。

对于中外的古典文学，孙犁是自觉地用政治与艺术的统一、内容与形式的统一的标准，取法乎上，并取其和自己的气质相近者，来学习和借鉴的。就俄国文学来说，他认为果戈理“和陀斯妥耶夫斯基、安特列夫，不是一个系统；他是普希金、契诃夫中间，承上启下的人”[②]，他取法普希金至契诃夫又至于高尔基的这一“系统”，而不喜欢陀斯妥耶夫斯基等人之作。就世界短篇小说大师来说，他爱好契诃夫，而对莫泊桑不感兴趣，尽管他也认为莫泊桑的短篇小说是“无懈可击的”，“是最规格的短篇小说”[③]。由此可见，他对过去的现实主义文学，首先看重的是思想内容上的积极进取健全向上者，同时也珍惜其高明的写实手段和驰骋想象之力。普希金、果戈理、屠格涅夫、契诃夫、高尔基，还有法国的梅里美，丹麦的安徒生等人的作品，都充满了对生活的热爱和道德力量，都表现了具有幻想和诗美的现实主义特色，孙犁和“荷派”诸作家喜欢他们，乐于借鉴他们，不是偶然的。

中国的古典现实主义文学，发展到曹雪芹，成为新的高峰。孙犁对曹氏的《红楼梦》是推崇备至的。他说，“从各个方面，各种角度，细微地表现人物，这是现实主义的一种手法，也是中国文艺创

① 《人道主义·创作·流派——作家孙犁答问》，《文汇月刊》1981年第2期。

② 《果戈理》，《文学短论》54页。

③ 《文学和生活的路》，《秀露集》111页。

作积累起来的经验”，而这种手法，这种经验，由曹雪芹大为丰富和提高，他的刻划人物性格的方法几乎达到“神化了”的地步，而这种“神化”，“其实是认真地对待现实的态度”；孙犁还认为，《红楼梦》的思想不是出世的，不是调和矛盾斗争的，而是入世的，“对人生美好、人生幸福爱慕追求的思想”，而“这是现实主义必然达到的效果”，“这是怀有伟大思想和人生目的的作家必然的收获”①。《红楼梦》给予孙犁创作的影响，正如孙犁所说，是“明显”的。孙犁说，《红楼梦》“写了那么多可爱的人物，这些人物可爱，当然并不因为她们是女孩子，而在于作者赋予她们的可爱的性格”②。这话用在孙犁的小说上，不也是恰当的吗？孙犁在写他自己时代的可爱的人物时，不也正是赋予她们可爱的性格吗？

当然，我们时代的现实主义作家的最直接、最亲切和最尊敬的老师，是鲁迅。孙犁说，鲁迅的“批判农村现实的能力和对农民的深厚同情，给反映农村的文学建立了一个伟大的传统”。③ 这是不错的。由于“五四”文学革命的激励，由于鲁迅小说的启迪，在“五四”以后，不断地有作家以农村为题材进行创作，可以称之为乡土文学；这一方面的作品，表现了我国一些不同地区农村生活的特色，不同程度地反映了社会的病态和农民的疾苦。有的作家的作品还表现了独创的艺术风格和别具一格的文章之美，其不足之处在于作者思想和眼界往往不够开阔，作品不足以表现时代精神。到了三十年代，在左翼文学运动的指导和影响下，有些作家以比较明确的阶级观点和革命意识来描写社会的黑暗和农民的抗争，表现了我国文学在描写农村和农民方面的新的成就和进展，但是，一般说来，由于作家在深入生活，接近农民方面的难以克服的局限，因而对他们所描写的人物和事件并不很熟悉，也就难以创造出生

---

① 《〈红楼梦〉的现实主义成就》，《文学短论》125—126 页。

② 同上，129 页。

③ 《论农村题材》，《文学短论》109 页。

动和深刻的艺术形象来。这种情况，在抗日战争发生以后，特别是在延安文艺座谈会以后，才有了根本的变化。解放区的作家们，由于文艺思想的提高和创作实践的深入，不断创造出新的作品来，使我国文学的面貌焕然一新。孙犁就是其中作出了独特贡献的一个。他的创作的意义在于，他继承了鲁迅开创的深刻描写农村现实的文学传统，吸取了"五四"以后的乡土文学和革命文学的经验，在新的农村环境和广阔天地间尽情地描写真实和驰骋想象，并在艺术风格和文章美学上刻意追求，有所独创，使自己不但成为一个文艺战士，而且成为一个文体家，并以此影响青年，给他们以思想的启迪和文学的培养。"荷派"的成就和意义，大概也在于此吧。

三

关于本书编选上的一些情况和问题，有必要作如下的说明。

本书为现代文学流派创作选之一种，按这套丛书的编辑计划和要求，所收作品的时限应从"五四"到中华人民共和国的成立。考虑到和照顾到"荷派"形成的特殊情况，所收作品在时限上适当往下放宽，也就是说，在新中国成长起来的作家的早期作品，亦可收入；但老作家孙犁的作品，还是以建国之日为下限。《山地回忆》写于一九四九年十二月，如果严格地按照时限，也须割爱；但考虑到这一篇是孙犁小说的名篇之一，而且其中写到"开国大典那天"，写到山沟里的那个可爱的妞儿要做国旗，让五星红旗在刚刚停止战斗的山地挂起来，扬开去！——考虑到这一些，感到孙犁的作品选到这里恰好，所以就收到这一篇为止了。

本书所收的第一篇作品，孙犁的《琴和箫》，曾发表在一九四三年四月十日《晋察冀日报》的文艺副刊《鼓》上（题为《爹娘留下琴和箫》），但是，在后来作者自编的集子里，在康濯给他编的《白洋淀纪事》里，都没有这一篇。直到一九八〇年二月在《新港》重新发表，较多的读者才得以读到这个较早表现了孙犁风格和“荷派”特点的作品。《琴和箫》重发时，附有作者的《后记》，其中说：“这一篇文章，我并没有忘记它，好象是有意把它放弃了。原因是：从它发表以后，有些同志说它过于‘伤感’。有很长一个时期，我是很不愿意作品给人以‘伤感’的印象的，因此就没有保存它。后来，在延安写作的《芦花荡》和《白洋淀边一次小斗争》里，好象都采用了这篇作品里提到的一些场景，当然是改变得‘健康’了，这三篇文章，如果读者有兴趣，可以参照来看。”又说，“我重读了一遍，觉得并没有什么严重的伤感问题，同时觉得它里面所流露的情调很是单纯，它所含的激情，也比后来的一些作品丰盛。……它存在的缺点是：这种激情，虽然基于作者当时的抗日要求，但还没有多方面和广大群众的伟大的复杂的抗日生活融会贯通。”作者还说他因此进而想到，在创作上，“真正的激情，就是在反映现实生活时所流露的激情，恐怕是构成现实主义文学作品的重要因素。……应该发扬这一点，并向现实生活突进。”①这一番话，对于我们考察和了解孙犁的文学见解和创作实际以至“荷派”的生发过程和美学特点，都是很有帮助的。

在流传较广的《白洋淀纪事》里，《芦花荡》、《荷花淀》分别以“白洋淀纪事之一”和“之二”排列，近据调查，这个次序是颠倒了的。实际情况是，《荷花淀——白洋淀纪事之一》，一九四五年五月作于延安，载同年五月十五日《解放日报》；《芦花荡——白洋淀纪事之二》，一九四五年八月作于延安，载同年八月三十一日《解放日报》②。本书据此排列并标明写作日期。

---

① 《琴和箫·后记》，《新港》1980年第2期；又，这篇《后记》于《秀露集·后记》中亦可见之。读者可参看。

② 据冉淮舟：《〈孙犁文集〉拟目》，载《莲池》1981年第5期。《孙犁文集》由百花文艺出版社分卷出版。

刘绍棠、从维熙、韩映山、房树民的创作，在五十年代还只是开始，此后有较大的发展，而且还正在向前发展中。这里所收的作品，只能是他们的“少作”，但是读者由此可见“荷派”形成时期的面貌。

本书所收作品，都是小说，而且除了孙犁的《村歌》是中篇小说以外，都是短篇小说。这是因为，短篇小说的创作，在“荷派”作家的作品中最有代表性，同时还因为，作为一本选集，多选中篇以至选入长篇，是不大可能也并不适宜的。在这个问题上还应说明的是：孙犁的《白洋淀边一次小斗争》，本来是作为散文发表并编入《白洋淀纪事》的，但可作为小说读，或者竟可以说是小说。刘绍棠的《中秋节》和《船》都曾作为短篇小说在文学刊物上发表过，但它们又各为中篇小说《运河的桨声》（一九五四）和《夏天》（一九五五）的首章。

本书的编选工作，得到“荷派”作家和一些关心和爱好“荷派”的同志们的热心支持和帮助。孙犁的创作，许多年来一直有人在关注和研究；“五四”以来的文学流派，包括“荷派”在内，则是近年为人们感兴趣的课题和话题。本书的编选和出版，是适应了这个情况和需要的。但编选者识见短浅，能力单薄，资料收集欠周，篇幅亦自有限，不足不当之处，尚希作家、专家和各方面的读者批评指教。

一九八二年一月五日写成，

三月十四日修补。

孙犁

琴和箫

去年，我回到冀中区腹地的第三天，就托了一个可靠的人到河间青龙桥去打听那两个孩子的消息。过了一个星期，送信人回来说，她姐妹两个在今年春天就参加了分区的剧社，姐姐已经登台演奏过，妹妹也会跳舞。社长很喜欢她们。抚养她们的衰老的外祖父，也带给我一封用旧账篇写的信，谢过我的费心，好象很愉快。在信的末尾他又想起死去的姑爷，久不通音讯的女儿……泪痕还可以辨认。但是那总的感情，我看出来，老人是很振奋的。

这老人也是个音乐爱好者。直到今天他还领导着本村的音乐队。他钟爱自己独生的女儿，和钟爱他那笙笛胡琴一样。他竭力供给女儿上学，并且鼓励她要和一个音乐能手结婚，哪怕是一个穷光蛋，只要十个手指能够拨弄好丝弦，两片嘴唇能吹好竹管。这样我那朋友钱智修就入选了。

接到老人的信，我也长出一口气，这代表我自己，也代表我那死去的朋友。这样他可以瞑目了。而我也象那老人了却一件挂心事一样，甚至不想去看看她们。我想她们既是入了这个园地，就会有人浇灌培养，热情和关照不会比我差。人多，伙伴多，一定比我还要周到。算来，大的孩子已经十三岁，小的是十一岁了。

我同她们的父亲虽然是同乡，但是在抗战刚开始，家乡正在混乱的时候才搅熟了。那时候，我闷在家里得不到什么消息就常到他那里去，一去就谈上半天，不到天晚不回家。在那些时候，我要求几次,他才肯把挂在墙上的旧南胡,拉去布套,为我,在他也许是为他自己,奏几支曲子。在那些时候,女人总是把一个孩子交到我的怀里,从床头上拉出一支黑色的竹箫来吹。我的朋友望着他那双膝间的胡琴筒,女人却凝视着丈夫的脸,眼睛睁的很大,有神采随着音韵飘出来。她那脸虽然很严肃,但我详细观察了,总觉得在她的心里和在那个男人的心里,有一种共同的东西在交流。女人的脸变化很多,但总叫微笑笼罩着。

他们之间,看来已经养成这样一种习惯,女人与其和丈夫诉说什么,是宁可拉过箫来对丈夫吹一支曲子的。丈夫也能在这中国古老的乐器的音节里了解到爱人的要求和心情。这样把生活推演下去。而且,他们的生活如同我的生活一样。过去的二十八年里,是很少有任情奔放的时候。现在,生活才象拔去了水闸的河渠一样,开始激流了。所以,我的友人不愿意再去拉那只能引起旧日苦闷的回忆的胡琴。

不久,他就参加了那风起云涌一样的游击队。女人却留在家里一个时期,因为还有两个孩子,就是现在我说的大菱和二菱。那个女人比起我的朋友来,更沉默些,但关于她的孩子的事,是很爱谈论的。就在那些时候,我去拜访他们,也常从孩子的病说到奶的不够用,说到以后的日子。她很少和我谈音乐上的事,因为我虽然常自称很懂得音乐并且也非常爱音乐,她总不相信。她说一个人爱什么早就应该学习了,早就应该会唱会奏了,不会唱不会奏,那就是不爱。

有一次,我指着怀里的大孩子说:

"你说大菱爱好音乐么?"

"爱!"

"她也不会唱不会演奏啊。"

"好,这么大人和孩子比。"

我也觉得这孩子将来能够继承父母的爱好,也能吹唱。她虽然才八岁,当母亲吹箫的时候,她就很安静,眼里也有象她母亲那样的光辉放射出来了。

那母亲说的,爱好什么就该去做什么。不久,她就同丈夫一同到军队里去了。把孩子送到河间的年老的父亲那里去。大菱爱好音乐不久也证明了,那时已经丧失了南胡的演奏者,孩子们还不能即刻去射击,但也知道爱好复仇的战争了。

敌人进攻我们的县城,我的朋友同他的部队在离县城十五里地的沙滩迎击,受伤殒命。那时正是春天。孩子们的母亲赶回来,把他埋葬了。在我看来,这样一个丈夫对她是不能失去,失去就不能再有,甚至连她也就失去了生活的主持,在心里失去了主张。她把孩子们接来,又到家里整理了一下我的朋友的遗物。她和我商议,把大菱交给我看管,她带着二菱去。因为孩子们要受教育了。临走,她把那个布满灰尘的南胡给我们留下,她和二菱带走了箫。我想箫对她或者有用。至于胡琴只是在第一个夜晚,大菱从梦里醒来,哭着叫妈的时候,我扯去布套,拉了几声,哄她上床去睡。

等到大菱和我熟惯了以后,一天夜晚,或者是什么中秋节日,我给她讲了一个故事,虽然说在教育心理学上,我不应该用这样的撕裂人的心肺的悲哀的故事,去刺那样稚小的孩子的心灵,但我终丁讲完了。我努力看进她的眼睛,当看到从那小眼睛里逐渐升起了怨恨的火,我才抱起她到临街的窗前。

"珂叔叔,你把爹的南胡放到哪里了?"

孩子找到了南胡。我帮她定好弦,安放在她那小膝盖上,孩子就也望着那胡琴筒开始演奏了,但那声音简直是泣不成声,我支持不住自己,转过身去,探身窗外,月色多么皎洁,天空多么清冷啊!

冬天,母亲带了二菱来看我们。母亲已经能够镇静,只是当从包裹里拿出一双白色的小鞋给大菱换上的时候,她才哭了。

我叫大菱拉南胡给母亲听。母亲大大惊异地望着我,半天没说出话来。当她又从包裹里拉出那支箫来,交给二菱,那九岁的孩子就慢慢地送到微微突起的嘴边去，我才知道她为什么那样惊异了。但我想，只是这样来叫孩子们纪念父亲吗？

这一次，母亲又把二菱强留给我，说是要到延安去了。箫交在二菱的手里。那时，村庄后面就是一条河。我常带她们到河边去，讲一些事情给她们听。我说人宁可以象一棵水里的鸡头米，先刺那无礼的人一手血，不要象荷花那样顺从，并且拿美丽的花朵来诱人采撷。两个孩子高兴听我讲，我也愿意她们完全愉快。有时甚至感觉，虽然我不到三十岁，在这上面，已经有些唠叨了！

不久，我只得把她们又送到河间去，因为我要到别处去工作。

今年五月，敌人调集了有四五万兵力，说要用“拉网战术”消灭我们。我用了三个夜晚的时间，跳过敌人在滹沱河岸的封锁，沙河的封锁，走过一条条的白色蛇皮一样的汽车路，在炮楼前面踱过去。我想，叫敌人去拉滹沱河和沙河里的鱼吧，我可是提着驳壳枪在他们身边走过来了。每逢在雨露寒冷的夜间踏上一条汽车路，我就想：敌人象一个愚呆恶毒的蜘蛛，妄想用那个肚子里拉出来的脆弱的残网，绞杀有五年幸福生活的人民和有五年战斗历史的子弟兵吗？我看见敌人那些炮楼在夜色里摇摇欲倾，因为它们没有根底。

我们又在白洋淀里集合了。已经是秋初，稻子比往年分外好，漫天漫野的沉重低垂的稻穗。在田埂上走过，稻穗扫着我的腿，我就象每逢跳到那些交通沟里一样，觉到振奋了。

我重新看见了那无底洞一样的苇地，一丈多高的苇子全吐出荻花，到处有苇喳子鸟的噪叫，我们那些把裤脚卷的高高的，不分昼夜在泥泞里转动，战斗的士兵们，静静地机警地在那里面出没，简直没有声响，苇叶划破他们的脸皮，蔓延的草绊住了腿脚，他们轻轻地把它挪开了。

一个夜晚，我和一个专摆渡游击战士的船夫约好，到淀北边一个偏僻的小庄子上去，我顺着羊肠小道摸到了泊船的处所，对好口令、暗号，跳了上去。借助星光和经验，我知道那是一只以前放鱼鹰捉鱼的尖底的小艇，只能坐两三个人。我倒坐在艇的前面，船夫站在后尾上撑起篙来。

船夫默默地拨弄着小艇前进，离了岸到水浑处就加快起来。十几天来，在炮火毒气里工作，已经使我十分的神经质，身体的各部分受到一个近似枪炮呼喊的声音，就立时反应动作起来，每一条神经象多日因为焦躁失眠的人一样，简直容纳不了什么刺激，对什么刺激，也立刻会有本能的抵抗。现在坐在船上了，眼前是一片茫茫的水，船划过荷茎菱叶，嚓嚓地响，潮气浸到眼皮上来，却更有些清醒了。我开始想到这也是和大菱二菱旧游之地，现在淀不是闲游处所，我们就要在这里和敌人决战了。我忽然小声问：

"同志，你这是只鹰船吧？"

"是啊！"他的声音更小。

"白天还放鹰吗？"

"看事。有了抗日的事儿，别的全二五眼！"

"鱼还多吗？"

"多个屁，鬼子一来，人间百物全都晦气，鱼鹰，他们看见了全要抢去杀掉，捉鱼儿弄屁！"

他即刻制止了我说话，他用篙尖敲了敲我，连船划水的声音全寂然了。一会，我看见在西边远处，一个火亮一闪，就是一梭机枪。

"我们的队伍。"他低低地讲了一句。

当船将要靠近北岸的时候，他告诉我说：

"就在这个地方，"他用篙触一触一个久已作废的渔人撒网站立的棚台架，"两个女孩子死的好惨。"

他说过，身子很象就站不稳，船也摇摆起来，他继续说：

"同志，我也是五十岁的人了，也伤过几个儿女，可是没比这一次伤了我的老心。她们，就坐着我的船啊。刚上船来，你没见过那股欢喜劲儿，她们大的也不过十三四岁，那小的也就有十岁，还有象你这样一个同志带领她们。一上船那大孩子就说：可不怕了，在这里我们就不怕他们。你知道，那些孩子也是和我们一样，在敌人的炮火里爬过来跳过去啊。那孩子说了就趴在船帮上洗了一个脸，把一个多月小脸上带着的烟火气汗土，眼上的泥污，全洗了个干净。那带她们的大同志还说不要洗脸，战斗没完啊，那孩子不管，把头发也洗了洗。我没见过那样俊气的孩子，我看见了这样可爱的孩子，我就忘去了我那死去的孩子了。我也高兴，就说洗吧，咱们不怕他们。可是就在这个地方，没提防岸上那片苇地里一小队鬼子跑出来，就用机枪向我们扫射，那大同志把那个小女孩子拉到自己怀里，卧倒下去，他是第一个死的，当我赶紧拨转船想跑，那大女孩子就直栽到水里去了，临死我还看见她那新洗过的俊气的脸，就是我这老没死的倒钻到水里逃了命。”

我听下去，无数我认识的孩子们的脸就一一出现在眼前，我检阅着她们，我也一一检阅自己的心、志气。我在孩子们的脸上，象那老渔人的话，我只看见了一股新鲜的俊气，这俊气就是我的生命的依据。从此，我才知道自己的心，自己的志气对她们是负着一个什么样誓言的约束，我每天要怎样在这些俊气的面孔前面受到检查。

那老船夫最后一篙把船撑到岸上，临别他又说一句：

“就为了这两个孩子，我也要干到底啊！”

我在岸上停了一刻，看见他急转回船去，箭似的走了。我再看看那久已作废的渔人撒网站立的棚台架，但已经不能辨认，我从那茫茫的一片水里象看见了大菱和二菱。

我走向那约定工作的小庄子上去，我甚至忘记了那附在我裸露的腿上象马蝇一样厉害的蚊虻，我不是设想那殉了难的就是大菱姐妹，那也许是她们，也许不是她们，但那对我是一样，对谁也是一样，象那老船夫说的。

当然，我想起那些死去的同志和死去的那朋友。但是这些回忆抵不过目前斗争现实。我想，我不是靠过去的回忆活着，我是靠眼前的现实活着。我们的眼前是敌人又杀死了我的同志们，朋友们的孩子。我们眼前是一个新局面，我们将从这个局面上，扫除掉一切哀痛的回忆了。

我，整天就在那一个小庄子上工作，一股力随时来到我的心里。无数花彩来到我的眼前。晚间休息下来的时候，我遥望着那漫天的芦苇，我知道那是一个大帐幕，力量将从其中升起。忽然，我也想起在一个黄昏，不知道是在山里或是平原，远远看见一片深红的舞台幕布，飘卷在晚风里。人们集齐的时候，那上面第一会出现两个绿军装的女孩子，一个人拉南胡，一个人吹箫，演奏给人们听。

一九四二年八月二十五日晨

白洋淀边一次小斗争

有一天,我送一封信到同口镇去。把信揣在怀里,脱了鞋,卷起裤腿,在那漫天漫地的芦苇里穿过。芦苇正好一人多高,还没有秀穗,我用两手拨开一条小道,脚下的水也有半尺深。

走了半天,才到了淀边,拨开芦苇向水淀里一望,太阳照在水面上,白茫茫一片,一个船影儿也没有。我吹起暗号,吹过之后,西边芦苇里就哗啦啦响着,钻出一只游击小艇来,撑船的还是那个爱说爱笑的老头儿。他一见是我,忙把船靠拢了岸。我跳上去,他说:

"今天早啊。"

我说:"道远。"

他使竹篙用力一顶,小艇箭出弦一般,窜到淀里。四外没有一只船,只有我们这只小艇,象大海上飘着一片竹叶,目标很小。就又拉起闲话来。

老头儿爱交朋友,干抗日的活儿很有瘾,充满胜利情绪,他好打比方,证明我们一定胜利,他常说:

"别看那些大事,就只是看这些小事,前几年是怎样,这二年又是怎么样啊!"

过去,他是放鱼鹰捉鱼的,他只养了两只鹰,和他那个干瘦得象柴禾棍一样的儿子,每天从早到晚在淀里捉鱼。刚一听这个职业,好象很有趣味,叫他一说却是很苦的事。那风吹雨洒不用说了,每天从早到晚在那船上号叫,敲打鱼鹰下船就是一种苦事。而且父子两个是全凭那两只鹰来养活的,那是心爱的东西,可是为了多打鱼多卖钱,就得用一种东西紧紧的卡住鱼鹰的嗓子,使它吞不下它费劲捉到的鱼去,这更是使人心酸可又没有办法的事。老头儿是最心痛那两只鹰的,他说,别人就是拿二十只也换不了去;他又说:

“那一对鹰才合作哩,只要一个在水里一露头,叫一声,在船上的一个,立刻就跳进水里,帮它一手,两个抬出一条大鱼来。”

老头儿说,这两只鹰,每年要给他抬上一千斤。鬼子第一次进攻水淀,在淀里抢走了他那两只鱼鹰,带到端村,放在火堆上烧吃了。于是,儿子去参加了水上游击队,老头儿把小艇修理好,做交通员。

老头儿乐观,好说话,可是总好扯到他那两只鹰上,这在老年人,也难怪他。这一天,又扯到这上面,他说:

“要是这二年就好了,要在这个时候,我那两只水鹰一定钻到水里逃走了,不会叫他们捉活的去。”

可是这一回他一扯就又扯到鸡上去,他说:

“你知道前几年,鬼子进村,常常在半夜里,人也不知道起床,鸡也不知道撒窠,叫鬼子捉了去杀了吃了。这二年就不同了,人不在家里睡觉,鸡也不在窠里宿。有一天,在我们镇上,鬼子一清早就进村了,一个人也不见,一只鸡也不见,鬼了和伪军们在街上,东走走西走走,一点食也找不到。后来,有一个鬼子在一株槐树上发见一只大红公鸡,他高兴极了,就举枪瞄准。公鸡见他一举枪,就哇的一声飞起来,跳墙过院,一直飞到那村外。那鬼子不死心,一直跟着追,一直追到苇垛场里,那只鸡就钻进了一个大苇垛里。”

没到过水淀的人,不知道那苇垛有多么大,有多么高。一到秋后霜降,几百顷的芦苇收割了,捆成捆,用船运到码头旁边的大场上,垛起来,就象有多少高大的楼房一样,白茫茫一片。这些芦苇在以前运到南方北方,全国的凉棚上的,炕上的,包果货物的席子,都是这里出产的。

老头儿说:“那公鸡一跳进苇垛里,那鬼子也跟上去,攀登上去。他忽然跳下来,大声叫着,笑着,往村里跑。一时他的伙伴们从街上跑过来,问他什么事,他叫着,笑着,说他追鸡,追到一个苇垛里,上去一看,里面藏着一个女的,长的很美丽,衣服是红色的。——这样鬼子们就高兴了,他们想这个好欺负,一下就到手了。五六个鬼子饿了半夜找不到个人,找不到东西吃,早就气坏了,他们正要撒撒气,现在又找到了这样一个好欺侮的对象,他们向前跃进,又嚷又笑,跑到那个苇垛跟前,追鸡的那个鬼子先爬了上去,刚爬到苇垛顶上,要直起身来喊叫,那姑娘一伸手就把他推下来。鬼子仰面朝天从三丈高的苇垛上摔下来。别的鬼子还以为他失了脚,上前去救护他。这个时候,那姑娘从苇垛里钻出来,咬紧牙向下面投了一个头号手榴弹,火光起处,炸死了三个鬼子。人们看见那姑娘直直的立在苇垛上,她才十六七岁,穿一件褪色的红布褂,长头发上挂着很多芦花。”

我问:

“那个追鸡的鬼子炸死了没有?”

老头儿说:

“手榴弹就摔在他的头顶上,他还不死?剩下来没有死的两三个鬼子爬起来就往回跑,街上的鬼子全开来了,他们冲着苇垛架起了机关枪,扫射,扫射,苇垛着了火,一个连一个,漫天的浓烟,漫天的大火,烧起来了。火从早晨一直烧到天黑,照得远近十几里地方都象白天一般。”

从水面上远远望过去,同口镇的码头就在前面,广场上已经看不见一堆苇垛,风在那里吹起来,卷着柴灰,凄凉得很。我想,这样大火,那姑娘一定牺牲了。

老头儿又扯到那只鸡上,他说:

“你看怪不怪,那样大火,那只大公鸡一看势头不好,它从苇子里钻出来,三飞两飞就飞到远处的苇地里去了。”

我追问：

“那么那个姑娘呢？她死了吗？”

老人说：

“她更没事。她们有三个女人躲在苇垛里，三个鬼子往回跑的时候，她们就从上面跳下来，穿过苇垛向淀里去了。到同口，你愿意认识认识她，我可以给你介绍，她会说的更仔细，我老了，舌头不灵了。”

最后老头说：

“同志，咱这里的人不能叫人欺侮，尤其是女人家，那是情愿死了也不让人的。可是以前没有经验，前几年有多少年轻女人忍着痛投井上吊？这二年就不同啊！要不我说，假如是在这二年，我那两只鱼鹰也不会叫鬼崽子们捉了活的去！”

一九四五年

荷　花　淀

——白洋淀纪事之一

月亮升起来，院子里凉爽得很，干净得很，白天破好的苇眉子潮润润的，正好编席。女人坐在小院当中，手指上缠绞着柔滑修长的苇眉子。苇眉子又薄又细，在她怀里跳跃着。

要问白洋淀有多少苇地？不知道。每年出多少苇子？不知道。只晓得，每年芦花飘飞苇叶黄的时候，全淀的芦苇收割，垛起垛来，在白洋淀周围的广场上，就成了一条苇子的长城。女人们，在场里院里编着席。编成了多少席？六月里，淀水涨满，有无数的船只，运输银白雪亮的席子出口，不久，各地的城市村庄，就全有了花纹又密、又精致的席子用了。大家争着买：

“好席子，白洋淀席！”

这女人编着席。不久在她的身子下面，就编成了一大片。她象坐在一片洁白的雪地上，也象坐在一片洁白的云彩上。她有时望望淀里，淀里也是一片银白世界。水面笼起一层薄薄透明的雾，风吹过来，带着新鲜的荷叶荷花香。

但是大门还没关，丈夫还没回来。

很晚丈夫才回来了。这年轻人不过二十五六岁，头戴一顶大草帽，上身穿一件洁白的小褂，黑单裤卷过了膝盖，光着脚。他叫水生，小苇庄的游击组长，党的负责人。今天领着游击组到区上开会去来。女人抬头笑着问：

“今天怎么回来的这么晚？”站起来要去端饭。水生坐在台阶上说：

“吃过饭了，你不要去拿。”

女人就又坐在席子上。她望着丈夫的脸，她看出他的脸有些红胀，说话也有些气喘。她问：

“他们几个哩？”

水生说：

“还在区上。爹哩？”

女人说：

“睡了。”

“小华哩？”

“和他爷爷去收了半天虾篓，早就睡了。他们几个为什么还不回来？”

水生笑了一下。女人看出他笑的不象平常。

“怎么了，你？”

水生小声说：

“明天我就到大部队上去了。”

女人的手指震动了一下，想是叫苇眉子划破了手，她把一个手指放在嘴里吮了一下。

水生说：

“今天县委召集我们开会。假若敌人再在同口安上据点，那和端村就成了一条线，淀里的斗争形势就变了。会上决定成立一个地区队。我第一个举手报了名的。”

女人低着头说：

“你总是很积极的。”

水生说：

“我是村里的游击组长，是干部，自然要站在头里，他们几个也报了名。他们不敢回来，怕家里的人拖尾巴。公推我代表，回来和家里人们说一说。他们全觉得你还开明一些。”

女人没有说话。过了一会，她才说：

“你走，我不拦你，家里怎么办？”

水生指着父亲的小房叫她小声一些。说：

“家里，自然有别人照顾。可是咱的庄子小，这一次参军的就有七个。庄上青年人少了，也不能全靠别人，家里的事，你就多做些，爹老了，小华还不顶事。”

女人鼻子里有些酸，但她并没有哭。只说：

“你明白家里的难处就好了。”

水生想安慰她。因为要考虑准备的事情还太多，他只说了两句：

“千斤的担子你先担吧，打走了鬼子，我回来谢你。”

说罢，他就到别人家里去了，他说回来再和父亲谈。

鸡叫的时候，水生才回来。女人还是呆呆地坐在院子里等他，她说：

“你有什么话嘱咐我吧！”

“没有什么话了，我走了，你要不断进步，识字，生产。”

“嗯。”

“什么事也不要落在别人后面！”

“嗯，还有什么？”

“不要叫敌人汉奸捉活的。捉住了要和他拚命。”这才是那最重要的一句，女人流着眼泪答应了他。

第二天，女人给他打点好一个小小的包裹，里面包了一身新单衣，一条新毛巾，一双新鞋子。那几家也是这些东西，交水生带去。一家人送他出了门。父亲一手拉着小华，对他说：

“水生，你干的是光荣事情，我不拦你，你放心走吧。大人孩子我给你照顾，什么也不要惦记。”

全庄的男女老少也送他出来，水生对大家笑一笑，上船走了。

女人们到底有些藕断丝连。过了两天，四个青年妇女集在水

生家里来,大家商量:

"听说他们还在这里没走。我不拖尾巴,可是忘下了一件衣裳。"

"我有句要紧的话得和他说说。"

水生的女人说:

"听他说鬼子要在同口安据点……"

"哪里就碰得那么巧,我们快去快回来。"

"我本来不想去,可是俺婆婆非叫我再去看看他,有什么看头啊!"

于是这几个女人偷偷坐在一只小船上,划到对面马庄去了。

到了马庄,她们不敢到街上去找,来到村头一个亲戚家里。亲戚说:你们来的不巧,昨天晚上他们还在这里,半夜里走了,谁也不知开到哪里去。你们不用惦记他们,听说水生一来就当了副排长,大家都是欢天喜地的……

几个女人羞红着脸告辞出来,摇开靠在岸边上的小船。现在已经快到晌午了,万里无云,可是因为在水上,还有些凉风,这风从南面吹过来,从稻秧上苇尖吹过来。水面没有一只船,水象无边的跳荡的水银。

几个女人有点失望,也有些伤心,各人在心里骂着自己的狠心贼。可是青年人,永远朝着愉快的事情想,女人们尤其容易忘记那些不痛快。不久,她们就又说笑起来了。

"你看说走就走了。"

"可慌(高兴的意思)哩,比什么也慌,比过新年,娶新——也没见他这么慌过!"

"拴马桩也不顶事了。"

"不行了,脱了缰了!"

"一到军队里,他一准得忘了家里的人。"

"那是真的,我们家里住过一些年轻的队伍,一天到晚仰着脖子出来唱,进去唱,我们一辈子也没那么乐过。等他们闲下来没有事了,我就傻想:该低下头了吧。你猜人家干什么?用白粉子在我家影壁上画上许多圆圈圈,一个一个蹲在院子里,托着枪瞄那个,又唱起来了!"

她们轻轻划着船,船两边的水哗,哗,哗。顺手从水里捞上一棵菱角来,菱角还很嫩很小,乳白色。顺手又丢到水里去。那棵菱角就又安安稳稳浮在水面上生长去了。

"现在你知道他们到了哪里?"

"管他哩,也许跑到天边上去了!"

她们都抬起头往远处看了看。

"唉呀!那边过来一只船。"

"唉呀!日本,你看那衣裳!"

"快摇!"

小船拚命往前摇。她们心里也许有些后悔,不该这么冒冒失失走来;也许有些怨恨那些走远了的人。但是立刻就想,什么也别想了,快摇,大船紧紧追过来了。

大船追的很紧。

幸亏是这些青年妇女,白洋淀长大的,她们摇的小船飞快。小船活象离开了水皮的一条打跳的梭鱼。她们从小跟这小船打交道,驶起来,就象织布穿梭,缝衣透针一般快。

假如敌人追上了,就跳到水里去死吧!

后面大船来的飞快。那明明白白是鬼子!这几个青年妇女咬紧牙制止住心跳,摇橹的手并没有慌,水在两旁大声哗哗,哗哗,哗哗哗!

"往荷花淀里摇!那里水浅,大船过不去。"

她们奔着那不知道有几亩大小的荷花淀去,那一望无边际的密密层层的大荷叶,迎着阳光舒展开,就象铜墙铁壁一样。粉色荷花箭高高地挺出来,是监视白洋淀的哨兵吧!

她们向荷花淀里摇，最后，努力的一摇，小船窜进了荷花淀。几只野鸭扑楞楞飞起，尖声惊叫，掠着水面飞走了。就在她们的耳边响起一排枪！

整个荷花淀全震荡起来。她们想，陷在敌人的埋伏里了，一准要死了，一齐翻身跳到水里去。渐渐听清楚枪声只是向着外面，她们才又扒着船梆露出头来。她们看见不远的地方，那宽厚肥大的荷叶下面，有一个人的脸，下半截身子长在水里。荷花变成人了？那不是我们的水生吗？又往左右看去，不久各人就找到了各人丈夫的脸，啊！原来是他们！

但是那些隐蔽在大荷叶下面的战士们，正在聚精会神瞄着敌人射击，半眼也没有看她们。枪声清脆，三五排枪过后，他们投出了手榴弹，冲出了荷花淀。

手榴弹把敌人那只大船击沉，一切都沉下去了。水面上只剩下一团烟硝火药气味。战士们就在那里大声欢笑着，打捞战利品。他们又开始了沉到水底捞出大鱼来的拿手戏。他们争着捞出敌人的枪支、子弹带，然后是一袋子一袋子叫水浸透了的面粉和大米。水生拍打着水去追赶一个在水波上滚动的东西，是一包用精致纸盒装着的饼干。

妇女们带着浑身水，又坐到她们的小船上去了。

水生追回那个纸盒，一只手高高举起，一只手用力拍打着水，好使自己不沉下去。对着荷花淀吆喝：

"出来吧，你们！"

好象带着很大的气。

她们只好摇着船出来。忽然从她们的船底下冒出一个人来，只有水生的女人认的那是区小队的队长。这个人抹一把脸上的水问她们：

"你们干什么去来呀？"

水生的女人说：

"又给他们送了一些衣裳来!"

小队长回头对水生说:

"都是你村的?"

"不是她们是谁,一群落后分子!"说完把纸盒顺手丢在女人们船上,一泅,又沉到水底下去了,到很远的地方才钻出来。

小队长开了个玩笑,他说:

"你们也没有白来,不是你们,我们的伏击不会这么彻底。可是,任务已经完成,该回去晒晒衣裳了。情况还紧的很!"

战士们已经把打捞出来的战利品,全装在他们的小船上,准备转移。一人摘了一片大荷叶顶在头上,抵挡正午的太阳。几个青年妇女把掉在水里又捞出来的小包裹,丢给了他们,战士们的三只小船就奔着东南方向,箭一样飞去了。不久就消失在中午水面上的烟波里。

几个青年妇女划着她们的小船赶紧回家,一个个象落水鸡似的。一路走着,因过于刺激和兴奋,她们又说笑起来,坐在船头脸朝后的一个噘着嘴说:

"你看他们那个横样子,见了我们爱搭理不搭理的!"

"啊,好象我们给他们丢了什么人似的。"

她们自己也笑了,今天的事情不算光彩,可是:

"我们没枪,有枪就不往荷花淀里跑,在大淀里就和鬼子干起来!"

"我今天也算看见打仗了。打仗有什么出奇,只要你不着慌,谁还不会趴在那里放枪呀!"

"打沉了,我也会浮水捞东西,我管保比他们水式好,再深点我也不怕!"

"水生嫂,回去我们也成立队伍,不然以后还能出门吗!"

"刚当上兵就小看我们,过二年,更把我们看得一钱不值了,谁比谁落后多少呢!"

这一年秋季，她们学会了射击。冬天，打冰夹鱼的时候，她们一个个登在流星一样的冰船上，来回警戒。敌人围剿那百顷大苇塘的时候，她们配合子弟兵作战，出入在那芦苇的海里。

一九四五年五月于延安

芦 花 荡

——白洋淀纪事之二

夜晚，敌人从炮楼的小窗子里，呆望着这阴森黑暗的大苇塘，天空的星星也象浸在水里，而且要滴落下来的样子。到这样深夜，苇塘里才有水鸟飞动和唱歌的声音，白天它们是紧紧藏到窠里躲避炮火去了。苇子还是那么狠狠地往上钻，目标好象就是天上。

敌人监视着苇塘。他们提防有人给苇塘里的人送来柴米，也提防里面的队伍会跑了出去。我们的队伍还没有退却的意思。可是假如是月明风清的夜晚，人们的眼再尖利一些，就可以看见有一只小船从苇塘里撑出来，在淀里，象一片苇叶，奔着东南去了。半夜以后，小船又飘回来，船舱里装满了柴米油盐，有时还带来一两个从远方赶来的干部。

撑船的是一个将近六十岁的老头子，船是一只尖尖的小船。老头子只穿一件蓝色的破旧短裤，站在船尾巴上，手里拿着一根竹篙。

老头子浑身没有多少肉，干瘦得象老了的鱼鹰。可是那晒得干黑的脸，短短的花白胡子却特别精神，那一对深陷的眼睛却特别明亮。很少见到这样尖利明亮的眼睛，除非是在白洋淀上。

老头子每天夜里在水淀出入，他的工作范围广得很：里外交通，运输粮草，护送干部；而且不带一支枪。他对苇塘里的负责同志说：你什么也靠给我，我什么也靠给水上的能耐，一切保险。

老头子过于自信和自尊。每天夜里，在敌人紧紧封锁的水面上，就象一个没事人，他按照早出晚归捕鱼撒网那股悠闲的心情撑着船，编算着使自己高兴也使别人高兴的事情。

因为他，敌人的愿望就没有达到。

每到傍晚，苇塘里的歌声还是那么响，不象是饿肚子的人们唱的：稻米和肥鱼的香味，还是从苇塘里飘出来。敌人发了愁。

一天夜里，老头子从东边很远的地方回来。弯弯下垂的月亮，浮在水一样的天上。老头子载了两个女孩子回来。孩子们在炮火里滚了一个多月，都发着疟子，昨天跑到这里来找队伍，想在苇塘里休息休息，打打针。

老头子很喜欢这两个孩子：大的叫大菱，小的叫二菱。把她们接上船，老头子就叫她们睡一觉，他说：什么事也没有了，安心睡一觉吧，到苇塘里，咱们还有大米和鱼吃。

孩子们在炮火里一直没安静过，神经紧张得很。一点轻微的声音，闭上的眼就又睁开了。现在又是到了这么一个新鲜的地方，有水有船，荡悠悠的，夜晚的风吹得长期发烧的脸也清爽多了，就更睡不着。

眼前的环境好象是一个梦。在敌人的炮火里打滚，在高粱地里淋着雨过夜，一晚上不知道要过几条汽车路，爬几道沟。发高烧和打寒噤的时候，孩子们也没停下来。一心想：找队伍去呀，找到队伍就好了！

这是冀中区的女孩子们，大的不过十五，小的才十三。她们在家乡的道路上行军，眼望着天边的北斗。她们看着初夏的小麦黄梢，看着中秋的高粱晒米。雁在她们的头顶往南飞去，不久又向北飞来。她们长大成人了。

小女孩子爬在船边，用两只小手淘着水玩。发烧的手浸在清凉的水里很舒服，她随手就掬了一把泼在脸上，那脸涂着厚厚的泥和汗。她痛痛快快地洗起来，连那短短的头发。大些的轻声吆喝她：

“看你,这时洗脸干什么？什么时候呵,还这么爱干净!”

小女孩子抬起头来,望一望老头子,笑着说:

“洗一洗就精神了!”

老头子说:

“不怕,洗一洗吧,多么俊的一个孩子呀!”

远远有一片阴惨的黄色的光,突然一转就转到她们的船上来。女孩子正在拧着水淋淋的头发,叫了一声。老头子说:

“不怕,小火轮上的探照灯,它照不见我们。”

他蹲下去,撑着船往北绕了一绕。黄色的光仍然向四下里探照,一下照在水面上,一下又照到远处的树林里去了。

老头子小声说:

“不要说话,要过封锁线了!”

小船无声的,但是飞快的前进。当小船和那黑虎虎的小火轮站到一条横线上的时候,探照灯突然照向她们,不动了。两个女孩子的脸照得雪白,紧接着就扫射过一梭机枪。

老头子叫了一声“趴下”,一抽身就跳进水里去,踏着水用两手推着小船前进。大女孩子把小女孩子抱在怀里,倒在船底上,用身子遮盖了她。

子弹吱吱地在她们的船边钻到水里去,有的一见水就爆炸了。

大女孩子负了伤,虽说她没有叫一声也没有哼一声,可是胳膊没有了力量,再也搂不住那个小的,她翻了下去。那小的觉得有一股热热的东西流到自己脸上来,连忙爬起来,把大的抱在自己怀里,带着哭声向老头子喊:

“她挂花了!”

老头子没听见,拚命的往前推着船,还是柔和地说:

“不怕。他打不着我们!”

“她挂了花!”

“谁?”老头子的身体往上窜了一窜,随着,那小船很厉害地仄歪了一下。老头子觉得自己的手脚顿时失去了力量，他用手扒着船尾，跟着浮了几步，才又拚命地往前推了一把。

她们已经离苇塘很近。老头子爬到船上去，他觉得两只老眼有些昏花。可是他到底用篙拨开外面一层芦苇，找到了那窄窄的入口。

一钻进苇塘，他就放下篙，扶起那大女孩子的头。

大女孩子微微睁了一下眼，吃力地说：

"我不要紧。快把我们送进苇塘里去吧！"

老头子无力地坐下来，船停在那里。月亮落了，半夜以后的苇塘，有些飒飒的风响。老头子叹了一口气，停了半天才说：

"我不能送你们进去了。"

小女孩子睁大眼睛问：

"为什么呀？"

老头子直直地望着前面说：

"我没脸见人。"

小女孩子有些发急。在路上也遇见过这样的带路人，带到半路上就不愿带了，叫人为难。她象央告那老头子：

"老同志，你快把我们送进去吧，你看她流了这么多血，我们要找医生给她裹伤呀！"

老头子站起来，拾起篙，撑了一下。那小船转弯抹角钻入了苇塘的深处。

这时那受伤的才痛苦地哼哼起来。小女孩子安慰她，又好象是抱怨，一路上多么紧张，也没怎么样，谁知到了这里，反倒……一声一声象连珠箭，射穿老头子的心。他没法解释：大江大海过了多少，为什么这一次的任务，偏偏没有完成？自己没儿没女，这两个孩子多么叫人喜爱？自己平日夸下口，这一次带着挂花的人进去，怎么张嘴说话？这老脸呀！他叫着大菱说：

"他们打伤了你，流了这么多血，等明天我叫他们十个人流血!”

两个孩子全没有答言,老头子觉得受了轻视。他说:

“你们不信我的话,我也不和你们说。谁叫我丢人现眼,打牙跌嘴呢!可是,等到天明,你们看吧!”

小女孩子说:

“你这么大年纪了,还能打仗?”

老头子狠狠地说:

“为什么不能?我打他们不用枪,那不是我的本事。愿意看,明天来看吧!二菱,明天你跟我来看吧,有热闹哩!”

第二天,中午的时候,非常闷热。一轮红日当天,水面上浮着一层烟气。小火轮开的离苇塘远一些,鬼子们又偷偷地爬下来洗澡了。十几个鬼子在水里泅着,日本人的水式真不错。水淀里没有一个人影,有只一团白绸子样的水鸟,也躲开鬼子往北飞去,落到大荷叶下面歇凉去了。从荷花淀里却撑出一只小船来。一个干瘦的老头子,只穿一条破短裤,站在船尾巴上,有一篙没一篙地撑着,两只手却忙着剥那又肥又大的莲蓬,一个一个投进嘴里去。

他的船头上放着那样大的一捆莲蓬,是刚从荷花淀里摘下来的。不到白洋淀,哪里去吃这样新鲜的东西?来到白洋淀上几天了,鬼子们也还是望着荷花淀瞪眼。他们冲着那小船吆喝,叫他过来。

老头子向他们看了一眼,就又低下头去。还是有一篙没一篙地撑着船,剥着莲蓬。船却慢慢地冲着这里来了。

小船离鬼子还有一箭之地,好象老头子才看出洗澡的是鬼子,只一篙,小船溜溜转了一个圆圈,又回去了。鬼子们拍打着水追过去,老头子张惶失措,船却走不动,鬼子紧紧追上了他。

眼前是几根埋在水里的枯木桩子,日久天长,也许人们忘记这是为什么埋的了。这里的水却是镜一样平,蓝天一般清,拉长的水草在水底轻轻地浮动。鬼子们追上来,看看就扒上了船。老头子又是一篙，小船旋风一样绕着鬼子们转，莲蓬的清香，在他们的鼻子尖上扫过。鬼子们象是玩着捉迷藏，乱转着身子，抓上抓下。

一个鬼子尖叫了一声，就蹲到水里去。他被什么东西狠狠咬了一口，是一只锋利的钩子穿透了他的大腿。别的鬼子吃惊地往四下里一散，每个人的腿肚子也就挂上了钩。他们挣扎着，想摆脱那毒蛇一样的钩子。那替女孩子报仇的钩子却全找到腿上来，有的两个，有的三个。鬼子们痛得鬼叫，可是再也不敢动弹了。

老头子把船一撑来到他们的身边，举起篙来砸着鬼子们的脑袋，象敲打顽固的老玉米一样。

他狠狠地敲打，向着苇塘望了一眼。在那里，鲜嫩的芦花，一片展开的紫色的丝绒，正在迎风飘撒。

在那苇塘的边缘，芦花下面，有一个女孩子，她用密密的苇叶遮掩着身子，看着这场英雄的行为。

一九四五年八月于延安

碑

赵庄村南有三间土坯房，一圈篱笆墙，面临着滹沱河，那是赵老金的家。这老人六十几岁了，家里只有一个五十多岁的老伴和一个十六七岁的姑娘。姑娘叫小菊，这是一个老生子闺女，上边有两个哥哥全没拉扯大就死了。赵老金心里只有两件东西：一面打鱼的丝网和这个女孩子。天明了，背了网到河边去打鱼，心眼手脚全放在这面网上；天晚了，身子也疲乏了，慢慢走回家来，坐在炕上暖脚，这时候，心里眼里，就只有这个宝贝姑娘了。

自从敌人在河南岸安上炮楼，老人就更不干别的事，整天到河边去，有鱼没鱼，就在这里呆一天。看看天边的山影，看看滹沱河从天的边缘那里白茫茫的流下来，象一条银带，在赵庄的村南曲敛了一下，就又奔到远远的东方去了。看看这些景致，散散心，也比呆在村里担惊受怕强，比受鬼子汉奸的气便宜多了。

平常，老头子是个宽心人，也看得广。一个人应该怎么过一辈子，他有一套很洒脱很乐观的看法。可是自从敌人来了，他比谁也愁眉不展，比谁也咬牙切齿，简直对谁也不愿意说话，好象谁也得罪了他，有了不可解的仇恨似的。

那个老伴却是个好说好道好心肠的人。她的心那么软，同情心那么宽，比方说东邻家有了个病人，她会吃不下饭，睡不好觉。西邻家要娶媳妇了，她比小孩子还高兴，黑夜白日自动地去帮忙。谁家的小伙子要出外，她在鸡叫头遍的时候就醒来，在心里替人家打点着行李，计算着路程，比方着母亲和妻子的离别的心，暗暗地流泪。她就是这样一个热心肠的人。事变后，她除去织织纺纺，还有个说媒的副业。她不要人家的媒人钱和谢礼，她只有那么一种癖病，看见一个俊俏小伙子，要不给他说成一个美貌的媳妇，或是看见一个美貌的姑娘，不给她找一个俊俏的丈夫，她就象对谁负了一笔债，连祖宗三代也对不起似的。当她把媒说成了，那个俊俏的和美貌的到了一家，睡到一条炕上了，她会在意想不到的时候，就是在那年轻夫妇最从心里感到自己的幸福的时候，突然驾临他们那小小的新房，以至使新郎新妇异口同声的欢呼道：

“咳呀，大娘来了！”

在这样情形下面，她坐下来，仰着脸看看那新媳妇，一直把那新人看的不好意思起来，她才问道：

“怎么样，我给你说的这婆家好不好？”

因为对这媒人是这么感激，新人就是不想作假，也只能红着脸答应一个好字。她又问那个当丈夫的，自然丈夫更爽快利落地感谢了她。这样老婆子破口一笑，心满意足了。

一九四二年“五一”事变以前，晋察冀边区双十纲领一颁布，她就自动放弃了这个工作。遇到那二十上下的男子，十八帮近的姑娘们，她还是热心地向他们提说提说，不过最后她总是加个小注，加一段推卸责任的话，那意思就象我们常常说的：“这不过是我个人的意见，提出来请你参考，你自己考虑考虑吧。”

至于那个叫小菊的姑娘，虽说从小娇生惯养，却是非常明理懂事。她有父亲一样的安静幽远，有母亲一样的热情伶俐。从小学会了织纺，在正发育的几年，恰好是冀中的黄金时代，呼吸着这种空气，这孩子在身体上、性情上、认识上，都打下了一个非常宝贵非常光采的基础。三间土坯北房，很是明亮温暖，西间是一家人的卧室，东间安着一架织布机，是小菊母女两个纺织的作坊，父亲的网也挂在这里。屋里陈设虽说很简单，却因为小菊的细心好强，拾掇的异常干净。

“五一”以后，这一间是常住八路军和工作人员的。大娘的熟人很多,就是村干部也不如她认识人多。住过一天,即便吃过一顿饭,大娘就不但记住了他的名字,也记住了他的声音。

这些日子,每逢赵老金睡下了,母亲和女儿到了东间,把窗户密密地遮起来,一盏小小的菜油灯挂在机子的栏杆上,女儿登上机子,母亲就纺起线来。

纺着纺着,母亲把布节一放,望着女儿说:

“八路军到哪里去了呢?怎么这么些日子,也不见一个人来?”

女儿没有说话,她的眼睛还在随着那穿来穿去的梭流动,她听清了母亲的话,也正在想着一件事情,使她茫然的有些希望,却也茫然的有些忧愁的事情。

母亲就又拾起布节纺起来,她象对自己说话一样念道着:

“那个李连长,那年我给了他一双白布夹袜。那个黑脸老王,真是会逗笑啊!他一来就合不上嘴。那个好看书写字的高个子,不知道他和他那个对象结了婚没有?”

现在是九月底的天气,夜深了,河滩上起了风,听见沙子飞扬的声音。窗户也呼打呼打的响。屋里是纺车嗡嗡和机子挺拍挺拍的合奏,人心里,是共同的幻想。

母亲忽然听见窗户上拍拍的响了两下,她停了一下纺车,以为是风吹的,就又纺起来。立时又是拍拍拍的三下,这回是这么清楚,连机子上的女儿也听见了,转眼望着这里。

母亲停下来小声地对女儿说:

“你听听,外面什么响?”

她把耳朵贴到窗纸上去,外面就有这么一声非常清楚、熟悉又亲热的声音:

“大娘!”

“咳呀!李连长来了!”母亲一下就出溜下炕来,把纺车也带翻了。女儿又惊又喜地把机子停止,两手接着柱板,嘱咐着母亲:

“你看你，小心点。”

母亲摘下灯来，到外间去开了门，老李一闪进来，随手又关了门，说：

“大娘进来吧！小心灯光射出去。”

大娘同老李到了屋里，老李手里提了一把盒子，身上又背一棵大枪，穿一件黑色短袄黑色单裤，手榴弹子弹袋缠满了他的上半截身子。他连坐也没顾的坐，就笑着对大娘说：

“大伯在家吗？”

“在家里。干什么呀，这么急？”大娘一看见老李那大厚嘴唇和那古怪的大鼻子，就高兴地笑了。

“我们有十几个人要过河，河里涨了水，天气又凉不好浮。看见河边有一只小船，我们又不会驶，叫起大伯来帮帮忙。”

小菊叫着，连忙从机子上下来到西间去了。

“十几个人？他们哩？”大娘问。

“在外边。我是跳墙进来的。”老李说。

看见老李那么急的站不住脚，大娘看定了老李，眼里有些酸。

“你知道你们这些日子没来，我是多么想你们呀！”

老李心里也有很多话要说，可是他只能笑着说：

“我们也想你，大娘。我们这不是来了吗？”

“来了，做点吃的再走。”大娘简直是求告他，见有机会就插进来。

“不饥。”

“烧点水？”

“不渴，大娘。我们有紧急的任务。”老李就转眼望着西间。

“那你就快点吧！”大娘叹息地向着西间喊了一声。

“来了。走吧，同志。”老金已经穿好衣服，在外间等候了。

老金在院里摸着一只篙。大娘开了篱笆门送了他们出去。她摸着在门外黑影里等候着的人们说：

"还有我认识的不？"

"有我，大娘。"

"大娘，有我。"

有两个黑影子热情激动地说着，就拉开队走了。

大娘掩好门，回到屋里，和女儿坐在炕上。她听着，河滩里的风更大了，什么声音也听不见。但是她还是听着，她在心里听见，听见了那一小队战士发急的脚步，听见了河水的波涛，听见了老李受了感动的心，那更坚强的意志，战斗的要求。

娘儿俩一直听着，等着。风杀了，一股寒气从窗子里透进来。

小菊说：

"变天了。娘，地下挺冷，我换上我那新棉裤吧！"

"你换去吧！谁管你哩。"

小菊高兴地换上她那新做的，自己纺织自己裁铰的裤子。窗纸上已经结上了一团团的冰花。老金回来，他的胡子和鬓角上挂着一层霜雪。他很忧愁地说：

"变天了，赶上了这么个坏天气！要是今黑间封了河，他们就不好过来了。"

一家三口，惦记着那十几个人，放心不下。

早晨，天没亮，大娘就去开了门。满天满地霜雪，草垛上、树枝上全挂满了。树枝垂下来，霜花沙沙地飘落。河滩里白茫茫什么也看不见。

当大娘正要转身回到屋里的时候，在河南边响起一梭机枪。这是一个信号，平原上的一次残酷战斗开始了。

机枪一梭连一梭，响成一个声音。中间是清脆沉着的步枪声。一家人三步两步跑到堤埝上，朝南望着。

枪声越紧也越近，是朝着这里来了。村里乱了一阵，因为还隔着一条河，又知道早没有了渡口，许多人也到村南来张望了。只有这一家人的心里特别沉重，河流对他们不是保障，倒是一种危险了。

树枝开始摇动,霜雪大块的往下落。风来了,雾也渐渐稀薄。枪声响到河南岸,人们全掩藏到堤后面去了。

他们这叫观战。长久的对战争的想望,今天才得到了满足。他们仔细地观察,并且互相答问着。

雾腾起,河流显出来,河两边水浅的地方,已经结了冰,中间的水流却更浑浊汹涌了。

他们渐渐看见一小队黑衣服的战士,冲着这里跑来。他们弯着身子飞跑,跑一阵就又转回身去伏在地上射击。他们分成了三组,显然是一组对付着一面的敌人。敌人也近了,敌人从三个方向包围上来,形成了一个弓背。这一小队黑衣服的战士就是这个弓的弦,是这弦牵动着那个弓背,三面的敌人迅速地逼近他们。

"那穿黑衣裳的是我们八路军!夜里才过去的。"小菊兴奋又担心地,大声告诉她身边的人。

这一小队人马,在平原上且战且走。他们每个人单独作战,又连结成了一个整体,自己留神是为的保护别人。在平原上初冬清晨的霜雾里,他们找到每一个可以掩蔽自己的东西:小濠沟、地边树、坟头和碑座、大窑疙瘩和小树林。他们在那涂满霜雪的小麦地里滚过来了。

这自然是败退,是突围。他们一个人抵挡着那么些个敌人。三面的敌人象一团旋转的黄蜂,他们飞上飞下,迫害着地面上的一条蜈蚣。蜈蚣受伤,并且颤抖了一下,但就是受伤的颤抖,也在观战人的心里形成了悲壮的感觉。

人们面前的土地是这样的平整和无边际。一小队人滚动在上面,就象一排灿烂的流星撞击在深夜的天空里,每一丝的光都在人们的心上划过了。

战争已经靠近河岸。子弹从观战人们的头顶上吱吱地飞过去。人们低下头来,感到一种绝望的悲哀。他们能渡过这条河吗?能过来可就平安了。

赵老金忘记了那飞蝗一样的子弹,探着身子望着河那边。他看见那一小队人退到了河边。当他们一看出河里已经结了冰,中间的水又是那么凶的时候,微微踌躇了一下。但是立刻就又转过身去了,他们用河岸作掩护,开始向三面的敌人疯狂地射击。

老金看出来:在以前那么寡不敌众,那么万分危险的时候,他们也是节省了子弹用的。现在他们好象也知道是走到一条死路上来了。

他们沉着的用排枪向三面的敌人射击。敌人一扑面子压过来,炮火落到河岸上,尘土和泥块,掩盖了那一小队人。

老金看见就在那烟火里面,这一小队人钻了出来,先后跳到河里去了。

他们在炮火里出来,身子象火一样热,心和肺全要爆炸了。他们跳进结冰的河里,用枪托敲打着前面的冰,想快些扑到河中间去。但是腿上一阵麻木,心脏一收缩,他们失去了知觉,沉下去了。

老金他们冒着那么大的危险跑到河边,也只能救回来两个战士。他们那被水湿透的衣裳,叫冷风一吹,立时就结成了冰。他们万分艰难的走到老金的家里。村北里也响起枪来,村里大乱了。母女两个强拉硬扯地给他们脱下冻在身上的衣服,小菊又忙着到东间把自己的新棉裤换下来,把一家人过冬的棉衣服叫他们穿上,抱出他们的湿衣服去,埋在草里。

大娘含着两眼热泪说:

“你们不能呆着,还得走,敌人进村了!”

她送他们到村西的小交通沟里,叫他们到李庄去。到那里再暖身子吃饭吧。她流着泪问:

“同志!你们昨晚上过去了多少人?”

“二十个。就剩我们两个人了!”战士们说。

“老李呢?”

“李连长死在河里了。”

这样过了两天,天气又暖和了些。太阳很好,赵老金吃过午饭,一句话也不说,就到河边去了。他把网放在一边,坐在沙滩上抽一袋烟。河边的冰,叫太阳一照,乒乓的响,反射着太阳光,射的人眼花。老金往河那边望过去,小麦地直展到看不清楚的远地方,才是一抹黑色的树林,一个村庄,村庄边上露出黄色的炮楼。老金把眼光收回来。他好象又看见那一小队人从这铺满小麦的田地里滚过来,纵身到这奔流不息的水里。

他站立起来,站到自己修好的一个小坝上去。他记得很清楚,那两个战士是从这个地方爬上岸来的。他撒下网去,他一网又一网地撒下去,慢慢地拉上来,每次都是叹一口气。

他在心里祝告着,能把老李他们的尸首打捞上来就好了,哪怕打捞上一支枪来呢!几天来只打上一只军鞋和一条空的子弹袋。就这点东西吧,他也很珍重地把它们铺展开晒在河滩上。

这些日子,大娘哭的两只眼睛通红。小菊却是一刻不停地织着自己的布,她用力推送着机子,两只眼狠狠地跟着那来往穿送的梭转。她用力踏着蹬板,用力卷着布。

有时她到河岸上去叫爹吃饭,在傍晚的阳光里,她望着水发一会呆,她觉得她的心里也有一股东西流走了。

老头固执的要命,每天到那个地方去撒网。一直到冬天,要封河了,他还是每天早晨携带一把长柄的木锤,把那个小鱼场砸开,“你在别处结冰可以,这地方得开着!”于是,在冰底下别闷一夜的水,一下就冒了上来,然后就又听见那奔腾号叫的流水的声音了。这声音使老人的心平静一些。他轻轻地撒着网。他不是打鱼,他是打捞一种力量,打捞那些英雄们的灵魂。

那浑黄的水,那卷走白沙又铺下肥土的河,长年不息地流,永远叫的是一个声音，固执的声音，百折不回的声音。站立在河边的老人，就是平原上的一幢纪念碑。

一九四六年春于冀中

嘱　咐

水生斜背着一件日本皮大衣,偷过了平汉路,天刚大亮。家乡的平原景色,八年不见,并不生疏。这正是腊月天气,从平地上望过去,一直望到放射红光的太阳那里,他深深地吸了一口气。把身子一挺,十几天行军的疲劳完全跑净,脚下轻飘飘的,眼有些晕,身子要飘起来。这八年,他走的多半是山路,他走过各式各样的山路:五台附近的高山,黄河两岸的陡山,延安和塞北的大土圪瘩山。哪里有敌人就到哪里去,枪背在肩上、拿在手里八年了。

水生是一个好战士,现在已经是一个副教导员。可是不瞒人说,八年里他也常常想到家,特别是在休息时间,这种想念,很使一个战士苦恼。这样的时候,他就拿起书来或是到操场去,或是到菜园子里去,借游戏、劳动和学习,好把这些事情忘掉。

他也曾有过一种热望,能有个机会再打到平原上去,到家看看就好了。

现在机会来了,他请了假,绕道家里看一下。因为地理熟,一过铁路他就不再把敌人放在心上。他悠闲地走着,四面八方观看着,为的是饱看一下八年不见的平原风景。铁路旁边并排的炮楼,有的已经拆毁,破墙上洒落了一片鸟粪。铁路两旁的柳树黄了叶子,随着铁轨伸展到远远的北方。一列火车正从那里慢慢地滚过来,惨叫,吐着白雾。

一时,强烈的战斗要求和八年的战斗景象涌到心里来。他笑了一笑,想,现在应该把这些事情暂时地忘记,集中精神看一看家乡的风土人情吧。他信步走着,想享受享受一个人在特别兴奋时候的愉快心情。他看看麦地，又看看天，看看周围那象深蓝淡墨涂成的村庄图画。这里离他的家不过九十里路，一天的路程。今天晚上，就可以到家了。

不久，他觉得这种感情有些做作。心里面并不那么激动。幼小的时候，离开家半月十天，当黄昏的时候走近了自己的村庄，望见自己家里烟囱上冒起的袅袅的轻烟，心里就醉了。现在虽然对自己的家乡还是这样爱好、崇拜，但是那样的一种感情没有了。

经过的村庄街道都很熟悉。这些村庄经过八年战争，满身创伤，许多被敌人烧毁的房子，还没有重新盖起来。村边的炮楼全拆了，砖瓦还堆在那里，有的就近利用起来，垒了个厕所。在形式上，村庄没有发展，没有添新的庄院和房屋。许多高房，大的祠堂，全拆毁修了炮楼，幼时记忆里的几块大坟地，高大的杨树和柏树，也砍伐光了，坟墓曝露出来，显的特别荒凉。但是村庄的血液，人民的心却壮大发展了。一种平原上特有的勃勃生气，更是强烈扑人。

水生的家在白洋淀边上。太阳平西的时候，他走上了通到他家去的那条大堤，这里离他的村庄十五里路。

堤坡已经破坏，两岸成荫的柳树砍伐了，堤里面现在还满是水。水生从一条小道上穿过，地势一变化，使他不能正确地估计村庄的方向。

太阳落到西边远远的树林里去了，远处的村庄迅速地变化着颜色。水生望着树林的疏密，辨别自己的村庄，家近了，就进家了，家对他不是吸引，却是一阵心烦意乱。他想起许多事。父亲确实的年岁忘记了，是不是还活着？父亲很早就是有痰喘的病。还有自己女人，正在青春，一别八年，分离时她肚子里正有一个小孩子。房子烧了吗？

不是什么悲喜交加的情绪，这是一种沉重的压迫，对战士的心的很大的消耗。他在心里驱逐这种思想感情，他走的很慢，他决定坐在这里，抽袋烟休息休息。

他坐下来打火抽烟，田野里没有一个人，风有些冷了，他打开大衣披在身上。他从积满泥水和腐草的水洼望过去，微微地可以看见白洋淀的边缘。

黄昏时候，他走到了自己的村边，他家就住在村边上。他看见房屋并没烧，街里很安静，这正是人们吃完晚饭，准备上门的时候了。

他在门口遇见了自己的女人。她正在那里悄悄地关闭那外面的梢门。水生热情地叫了一声：

“你！”

女人一怔，睁开大眼睛，咧开嘴笑了笑，就转过身子去抽抽打打地哭了。水生看见她脚上那白布封鞋，就知道父亲准是不在了。两个人在那里站了一会。还是水生把门掩好说：“不要哭了，家去吧！”他在前面走，女人在后面跟，走到院里，女人紧走两步赶到前面，到屋里去点灯。水生在院里停了停。他听着女人忙乱地打火，灯光闪在窗户上了，女人喊：“进来吧！还做客吗？”

女人正在叫唤着一个孩了，他走进屋里，女人从炕上掩起一个孩子来，含着两眼泪水笑着说：

“来，这就是你爹，一天价看见人家有爹，自己没爹，这不现在回来了。”说着已经不成声音。水生说：

“来！我抱抱。”

老婆把孩子送到他怀里，他接过来，八九岁的女孩子竟有这么重。那孩子从睡梦里醒来，好奇地看着这个生人，这个“八路”。女人转身拾掇着炕上的纺车线子等等东西。

水生抱了孩子一会，说：

“还睡去吧。”

女人安排着孩子睡下，盖上被子，孩子却圆睁着两眼，再也睡不着。水生在屋里转着，在那扑满灰尘的迎门橱上的大镜子里照看自己。

女人要端着灯到外间屋里去烧水做饭,望着水生说:

“从哪里回来?”

“远了,你不知道的地方。”

“今天走了多少里?”

“九十。”

“不累吗?还在地下蹓跶?”

水生靠在炕头上。外面起了风,风吹着院里那棵小槐树,月光射到窗纸上来。水生觉着这屋里是很暖和的,在黑影里问那孩子:

“你叫什么?”

“小平。”

“几岁了?”

女人在外边拉着风箱说:

“别告诉他,他不记的吗?”

孩子回答说:

“八岁。”

“想我吗?”

“想你。想你,你不来。”孩子笑着说。

女人在外边也笑了。说:

“真的!你也想过家吗?”

水生说:

“想过。”

“在什么时候?”

“闲着的时候。”

“什么时候闲着?……”

“打过仗以后,行军歇下来,开荒休息的时候。”

“你这几年不容易呀?”

“嗯,自然你们也不容易。”水生说。

“嗯?我容易,”她有些气愤地说着,把饭端上来,放在炕上。

"爹是顶不容易的一个人,他不能看见你回来……"她坐在一边看着水生吃饭,看不见他吃饭的样子八年了。水生想起父亲,胡乱吃了一点,就放下了。

"怎么?"她笑着问,"不如你们那小米饭好吃?"

水生没答话。他拾掇了出去。

回来,插好了隔扇门。院子里那挤在窝里的鸡们,有时转动扑腾。孩子睡着了,睡的是那么安静,那呼吸就象泉水在春天的阳光里冒起的小水泡,愉快地升起,又幸福地降落。女人爬到孩子身边去,她一直呆望着孩子的脸。她好象从来没有见过这个孩子,孩子好象是从别人家借来,好象不是她生出,不是她在那潮湿闷热的高粱地,在那残酷的"扫荡"里奔跑喘息,丢鞋甩袜抱养大的,她好象不曾在这孩子身上寄托了一切,并且在孩子的身上祝福了孩子的爹:"那走的远远的人,早一天胜利回来吧!一家团聚。"好象她并没有常常在深深的夜晚醒来,向着那不懂事的孩子,诉说着翻来复去的题目:

"你爹哩,他到哪里去了?打鬼子去了……他拿着大枪骑着大马……就要回来了,把宝贝放在马上……多好啊!"

现在,丈夫象从天上掉下来一样。她好象是想起了过去的一切,还编排那准备了好几年的话,要向现在已经坐到她身边的丈夫诉说了。

水生看着她。离别了八年,她好象并没有老多少。她今年二十九岁了,头发虽然乱些,可还是那么黑。脸孔苍白了一些,可是那两只眼睛里的光,还是那么强烈。

他望着她身上那自纺自织的棉衣和屋里的陈设。不论是人的身上,人的心里,都表现出是叫一种深藏的志气支撑,闯过了无数艰难的关口。

"还不睡吗?"过了一会,水生问。

"你困你睡吧,我睡不着。"女人慢慢地说。

“我也不困。”水生把大衣盖在身上，“我是有点冷。”

女人看着他那日本皮大衣，笑着问：

“说真的，这八九年，你想起过我吗?”

“不是说过了吗？想过。”

“怎么想法?”她逼着问。

“临过平汉路的那天夜里，我宿在一家小店，小店里有个鱼贩子是咱们乡亲。我买了一包小鱼下饭，吃着那鱼，就想起了你。”

“胡说。还有吗?”

“没有了。你知道我是出门打仗去了，不是专门想你去了。”

“我们可常常想你，黑夜白日。”她支着身子坐起来，“你能猜一猜我们想你的那段苦情吗?”

“猜不出来。”水生笑了笑。

“我们想你，我们可没有想叫你回来。那时候，日本人就在咱村边。可是在黑夜，一觉醒了，我就想:你如果能象天上的星星，在我眼前晃一晃就好了。可是能够吗?”

从窗户上那块小小的玻璃上结起来冰花，夜深了，大街的高房上有人高声广播：

“民兵自卫队注意！明天，鸡叫三遍集合。带好武器，和一天的干粮!”

那声音转动着，向四面八方有力地传送。在这样降落霜雪严寒的夜里，一只粗大的喇叭在热情地呼喊。

“他们要到哪里去?”水生照战争习惯，机警地直起身子来问。

“准是到胜芳。这两天，那里很紧!”女人一边细心听，一边小声地说。

“他们知道我们来了。”

“你们来了？你要上哪里去?”

“我们是调来保卫冀中平原，打退进攻的敌人的!”

“你能在家住几天?”

“就是这一晚上。我是请假绕道来看望你。”

“为什么不早些说?”

“还没顾着啊!”

女人呆了。她低下头去,又无力地仄在炕上。过了半天,她说:

“那么就赶快休息休息吧,明天我撑着冰床子去送你。”

鸡叫三遍,女人就先起来给水生做了饭吃。这是一个大雾天,地上堆满了霜雪。女人把孩子叫醒,穿的暖暖的,背上冰床,锁了梢门,送丈夫上路。出了村,她要丈夫到爹的坟上去看看。水生说等以后回来再说,女人不肯。她说:

“你去看看,爹一辈子为了我们。八年,你只在家里呆了一个晚上。爹叫你出去打仗了,是他一个老年人照顾了咱们全家。这是什么太平日子呀?整天价东逃西窜。因为你不在家,爹对我们娘俩,照顾的惟恐不到。只怕一差二错,对不起在外抗日的儿子。每逢夜里一有风声,他老人家就先在院里把我叫醒,说:水生家起来吧,给孩子穿上衣裳。不管是风里雨里,多么冷,多么热,他老人家背着孩子逃跑,累的痰喘咳嗽。是这个苦日子,遭难的日子,担惊受怕的日子,把他老人家累死。还有那年大饥荒……”

在河边,他们放下冰床。水生坐上去,抱着孩子,用大衣给她包好脚。女人站在床子后尾,撑起了竿。女人是撑冰床的好手,她逗着孩子说:

“看你爹没出息,当了八年八路军,还得叫我撑冰床子送他!”她轻轻地跳下冰床子后尾,象一只雨后的蜻蜓爬上草叶。轻轻用竿子向后一点,冰床子前进了。大雾笼罩着水淀,只有眼前几丈远的冰道可以望见。河两岸残留的芦苇上的霜花飒飒飘落,人的衣服上立时变成银白色。她用一块长的黑布紧紧把头发包住,冰床象飞一样前进,好象离开了冰面行走。她的围巾的两头飘到后面去,风正从她的前面吹来。她连撑几竿,然后直起身子来向水生一笑。她的脸冻得通红,嘴里却冒着热气。小小的冰床象离开了强弩的箭,摧起的冰屑,在它前面打起团团的旋花。前面有一条窄窄的水沟,水在冰缝里汹汹地流,她只说了一声"小心",两脚轻轻地一用劲,冰床就象受了惊的小蛇一样,抬起头来,窜过去了。

水生警告她说:

"你慢一些,疯了?"

女人擦一擦脸上的冰雪和汗,笑着说:

"同志!我们送你到战场上去呀,你倒说慢一些!"

"擦破了鼻子就不闹了。"

"不会。这是从小玩熟了的东西。今天更不会。在这八年里面,你知道我用这床子,送过多少次八路军?"

冰床在霜雾里,在冰上飞行。

"你把我送到丁家坞,"水生说,"到那里,我就可以找到队伍了。"

女人没有言语。她呆望着丈夫。停了一会,才说:

"你给孩子再盖一盖,你看她的手露着。"她轻轻地喘了两口气。又说:"你知道,我现在心里很乱。八年我才见到你,你只在家里呆了不到多半夜的工夫。我为什么撑的这么快?为什么着急把你送到战场上去?我是想,你快快去,快快打走了进攻我们的敌人,你才能快快地回来,和我见面。

"你知道,我们,我们这些留在家里当媳妇的,最盼望胜利。我们在地洞里,在高粱地里等着这一天。这一天来了,我们那高兴,是不能和别人说的。

"进攻胜芳的敌人,是坐飞机来的;他们躺在后方,和妻子团聚了八九年。他们来了,可把我们的幸福打破了,他们打破了我们的心。他们造的罪孽是多么重!一定要把他们完全消灭!"

冰床跑进水淀中央,这里是没有边际的冰场。太阳从冰面上升出来,冲开了雾,形成一条红色的胡同,扑到这里来照在冰床上。

女人说：

“爹活着的时候常说，水生出去是打开一条活路，打开了这条活路，我们就得活，不然我们就活不了。八年，他老人家焦愁死了。国民党反动派又要和日本一样，想来把我们活着的人完全逼死！

“你应该记着爹的话，向上长进，不要为别的事情分心，好好打仗。八年过去了，时间不算不长。只要你还在前方，我等你到死！”

在被大雾笼罩、杨柳树环绕的丁家坞村边，水生下了冰床。他望着呆呆站在冰上的女人说：

“你们也到村里去暖和暖和吧。”

女人忍着眼泪，笑着说：

“快去你的吧！我们不冷。记着，好好打仗，快回来，我们等着你的胜利消息。”

一九四六年河间

“藏”

这一家就住在村边上。虽然家里不宽绰,新卯从小可是娇生惯养,父亲死的早,母亲拧着纺车把他拉扯大,真是要星星不给月亮。现在他已经是二十五岁的人,娶了媳妇,母亲脾气好,媳妇模样好,过的是好日子。媳妇叫浅花,这个女人,好说好笑,说起话来,象小车轴上新抹了油,转的快叫的又好听。这个女人,嘴快脚快手快,织织纺纺全能行,地里活赛过一个好长工。她纺线,纺车象疯了似的转;她织布,梃柏乱响,梭飞的象流星;她做饭,切菜刀案板一齐响。走起路来,两只手甩起,象扫过平原的一股小旋风。

婆婆有时说她一句:“你消停着点。”她是担心她把纺车轮坏,把机子碰坏,把案板切坏,走路栽倒。可是这都是多操心,她只是快,却什么也损坏不了。自从她来后,屋里干净,院里利落,牛不短草,鸡不丢蛋。新卯的娘念了佛了。

刚结婚那二年,夫妇的感情好象不十分好。母亲和别人说:“晚上他们屋里没动静,听不见说说笑笑。”那二年两个人是有些别扭,新卯总嫌她好说,媳妇在心里也不满意丈夫的“话贵”和邋遢。但是很快就好了,夫妻间容易想到对方的好处,也高兴去迁就。不久新卯的话也多些了,穿戴上也干净讲究了。

浅花好强,她以为新卯不好说不算什么,只要心眼实在,眉里眼里有她也就够了。而且看来新卯在她跟前话也真是不少。她只是嫌他当不上一个村干部。年上冬天,新卯参加了村里的工作,并且人们全说他是个顶事的干部,掌着大权,是村里的“大拿”。可是他既不是村长,又不是农会主任,不是治安员,也不是调解委员。

浅花问他他不说，晚上问，他装睡着了，呼呼地打鼾睡。浅花有气，“什么话这样贵重，也值得瞒着我？”她暗施一计：在黑暗里自言自语地说：“唉，八路军领导的这是什么世道啊！”“你说这是什么世道，八路军哪一点对不起你？”新卯醒了，他狠狠地给她讲了一番大道理，上了一堂政治课，粗了脖子红了脸，好象面对着仇人。浅花暗笑了，她说：

“你是这里边的虫，好坚决，和我也不说实话。”

“你嘴浅。”新卯说。

他又转过身去睡了，这样常常气的浅花一直睁眼到天明。今年春天：春耕地耘上了，出全了苗，该锄头遍了，新卯却什么活也不愿意去做。在家里的时候更少了，每天黑更半夜才家来，早晨天一亮，就披上袍子出去了，家不象他的家，家里的人见他的面也难。浅花又是六七个月的身子，饭熟了还得挺着大肚子满街去找他，也不一定找得来，找回来象赴席一样，吃上一碗饭，将筷子一摆，就披上那件破棉袍子出去了。一顿饭什么话也不说。他的母亲虽然心疼儿子，可是对他近来的行动也不满意，只是存在心里不说；浅花可憋着一肚子气等机会发泄。她倒不是怨他不到地里去做活，她伤心的是近来对家里的人太冷淡，他那嘴象封起来的，脸上满挂着霜，一点笑模样也看不见。半夜人家睡醒一觉了，他才家来，什么也不说，倒头便睡，你和他念道个家长里短吧，他就没好气地说：

“你叫人歇一下子吧，我累。”

浅花说：

“你累什么呀？水你不挑，柴你不抱，地你不锄，草苗快一般高了！”

“你不知道我有工作？”

他倒发火了。浅花只好冷冷地一笑，过半天自己又忍不住地小声问道：

“你近来做什么工作呀？”

"你没听说风声不好?"

"风声不好,我看又是谣言。就是吧,你也得照顾自己的身子呀,你近来脸色不好,身上又瘦多了。"

这时她才心疼起他来。他近来吃饭很少,眼都陷了下去,叫他睡觉吧,她不言语了。

又过了两天,他竟连夜不家来睡觉,天明了才家来,累的不象个人样子,进家就睡了,睡上多半天才起来;可是天一擦黑便又精神起来,央告着说:

"给我做点好吃的吧。"

母亲听见了便说:

"你给他炒个鸡蛋烙张饼。"

媳妇虽然不高兴他出去,却也照样给他做了,看着他一边吃,她一边问:

"吃了好东西干什么去?"

他咧着油光的大厚嘴唇说:

"这可不能告诉你!"

乡下的夫妇,有这么三天五天不在一条炕上,浅花就犯了疑心。她胡猜乱想,什么工作呀,夜间出去白天回来?她家住在顶南头村外,不常有人来;她想,村里干部多着呢,别人不一定这样。这一天,大街上刘喜的媳妇来借梭来,浅花就问她:

"大嫂子,你听见说敌人又要出来'扫荡'吗?"

"没听见说呀!'扫荡'怕什么呀,我就不怕。"

"可是俺家他爹没事忙,现在连黑夜间也不家来睡觉了!"

"哈!不家来睡觉,到哪里睡呀?"这女人大吃一惊,张着嘴问。

"谁知道,有这么三四宿了,人家说工作忙。"浅花叹了一口气。

"准是工作忙呗!"那女人说着,却撇了撇嘴,"工作忙,一天家是男女混杂，咱也不知道那是干什么工作！”

“大嫂子，你听见什么风声了吗？”浅花直着眼问。

“没有，你家他爹很老实，不象那些流氓蛋，你们夫妻的感情又不错！不过你要留点神，年轻的人说变心可快哩！街上那些小狐狸们可能勾引着哩！说句不嫌你见怪的话吧，哪一个不比你年轻。”

这一晚浅花留上心，心里也顶生气。做晚饭了，丈夫从炕上爬起来迷着眼走出来说：

“擀点白条子吃吧？”

浅花的脸刷的拉下来，嘴噘的可以拴一匹小驴，脸上阴的只要有一点风吹就可滴下水来；半天才丧声丧气地说：

“吃好的吧，你是有了功的了！”

“有功没功，反正尽自己的责任。”丈夫认真地说。

“瓮里没水！”浅花把手里的空水瓢往瓮里一丢，大声地说。

“我去担。”丈夫不紧不慢地担起水桶出去了。

等他担了水来，浅花还是生气，在灶火前低着头，手里撕着一根柴禾叶。丈夫说：

“快烧吧，你也知道发愁？别发愁，只要我们有准备，多么困难的环境也能通过去。”

浅花越听越没有好气，她想，你念什么咒呀！她打起火来，可是手有些颤；火镰凿在火石下，火星却落不到火绒上。丈夫接过去给她打着了，咧着大嘴笑了笑说：

“真笨。”

“我们是笨。”浅花把火点着，一手拉动风箱，“你去找精灵的去啊！”丈夫也听不出头绪，他以为女人也正在不高兴，他就坐在台阶上去，看着野外的高粱在晚风里摇摆。近来天旱，高粱长的才一尺来高，他想，下场透雨吧，高粱长起来，就是敌人“扫荡”也不怕了。他望着那里发呆，浅花又忍不住，她扭转头来问：

“你别又装傻，我问你，这几日夜里你出去干什么来？”

“搞工作。”丈夫回过头来，还是心平气和地说。

“什么工作？”

“抗日工作。”

“你不用和我花马掉嘴，你好好地告诉我没事！”

女人是那么横，直眉瞪眼脸发青，丈夫也有些恼了。恼的是，女人为什么这么糊涂，这么顽固，这么不知心，这么不心疼人！我黑间白日累个死，心里牵挂着这些事，她不知道安慰我，还净找斜碴！他也嚷着说：

“我不能告诉你！你为什么这么横？你审我吗？”

母亲听见他们吵嘴，赶紧出来说了两句，两人才都不言语了。这一顿晚饭，一家人极不痛快，谁也没说话。

等新卯吃完饭，母亲将他叫到屋子里说：

“你整天整夜忙的什么，也不在家里照顾照顾。”

新卯没有说话，守着母亲坐了一会。天已经大黑了，他走到外间屋里，想出去，浅花正在门帘外慎着，一伸手就把他拉到自己屋里来；她在炕沿上一坐，哭着说：

“今黑夜你就不能出去，你出去我死在你手里！”

新卯瞪了瞪眼，想发火，但转眼看了看她，他忍下去了。他在屋里转了一会，浅花汪着两眼泪盯着他，他叹了一口气说道：

“我再出去一晚上。”

“不行！”

“你行行好，我算向你告假。”

“不行。”

浅花转过脸去啼哭起来，那脸在灯光下是那样的黄，过了一会，转动那笨重的大肚子仄到炕上去了。新卯又在屋里转了半天，他一边脱衣裳一边向媳妇解释：

“听你的话碴，好象我在外边有男女关系。绝没有那回事，你怎么这样猜疑呢，我是那样的人吗？”

浅花转过脸来说：

“没有那回子事，为什么净夜里出去，为什么一出去就是一宿，一回来就是那么乏，还向我要好的吃，我没那些个好东西来养着你！”

新卯说：

“你不信就罢，这反正和你说不着。”他钻进被窝睡去了。浅花爬起来脱了衣服吹灭灯也睡了。外面起了风，吹的窗户纸响，外边的柴禾叶子也飞着。不久，浅花翻过身去呼呼地睡着了。

新卯静静地躺着，静静地坐起来，穿好衣服。下炕来，摸到外间，轻轻地开了门。外面很黑，风很大，但是春天的风吹到脸上是暖的，叫这样的风吹着，人的身上也懒起来，身子轻飘飘的，反倒有些睡意了。他集中了一下精神，振作了一下，奔着村南走去。他顺着那条窄窄的通到菜园子的小道走去，野外也很黑，但他可以看见那一望无边的高粱地在风里滚动，在远处柳树林的风很大，忽忽的响。

在他后面，浅花象一片轻轻的叶子从门里飘出来。她的身上虽然很笨重，但是她提着一口气走的很轻妙，她的两只眼什么也顾不的看，只望定了前边的黑影子紧跟着。她怕他一回头看见，又轻轻地躲闪，她走几步就停一下，常常很快地蹲下去，又很快地站起来。她心里又胡涂又害怕，他是到哪里去呢？

她看见新卯走到菜园子里站住了。她一闪就进了高粱地，坐下去，一尺高的高粱，正好遮住她的身子，但遮不住她的眼睛，她看见他冲着井台走过去了。她心里猛然跳了一下，半夜三更他到井边去干什么？要浇园白天浇不了吗？他又没带着水斗子，莫非有什么发愁的事或者是生了我的气要寻短见？这个人可是死心眼。她一挺就立起来。他真的一转身子掉到井里去了。

浅花叫了一声奔着井沿跑去，她心里一冷，差一点没有栽倒地上死过去。她想，竟来不及拉他一把，自己也跳到井里去吧。忽然新卯从井内把头伸出来，举着一只手大声问：“你是谁？”浅花没听清他说的什么，她哭着喊着跑过去，拉住自己丈夫的那只手，他手里抓着一支橛枪。她紧紧地攥他的手，死力往上拉，她哭着说：“你不能死，你先杀了我吧！”新卯一把推了她三尺远，纵身跳出来，狠狠地压低声音说道：“你这是干什么？”浅花又跑过去拉住他不放，她躺在新卯的怀里，哭的是那么伤心，那么动情，以致使新卯的心热起来，感觉到在这个女人心里，他竟是这么重要。他的嘴唇动了两动，真想把真情实话告诉给她，但他心里一转想道：一个女人在你身边滴这么几点泪，就暴露了秘密，那还算什么人？可是，告诉她不是告诉别人，她不会卖我；假如她叫敌人抓住了呢，能够在刺刀前面，烈火上面也不说出这个秘密吗？谁能断定？这样一想他又把嘴闭紧了。他说：

“我不死，你回去吧。”

“你和我一起回去。”

“你看你又是这样，你总是这么缠磨我，耽误我的工作，那我就不再见你了。”

浅花呆在黑影里，好象也看见丈夫那生了气的老实样子。她是聪明人，她想到了一些来由，她轻轻笑了，擦了擦眼泪，坐正了说：

“你不对我说，我不怪你。该知道的就知道，不该知道的我也不强要你告诉我。”

“这才算明白人！”新卯肯定地说。

“你也得早些回去。”女人站起来要走，她转眼又看了看丈夫，忽然心里一酸。她觉得自己是错怪了他，他是为了工作，才不回家吃饭，不进家睡觉，夜里一个人在地里偷偷地干活。她觉得丈夫有这么一个别人赶不上、自己也赶不上的大优点。她好象上到了摩天的高山，走进了庄严的佛殿，听见了煽动的讲演，忽然觉得自己的心胸也一下宽阔了，忘记了自己，身上好象来了一股力量，也想做那么一些工作，象丈夫一样。

“我能帮助你吗？”她立定了问。

“不用，你看你那么大肚子。”丈夫催她走了。

浅花转身走了几步。既然知道丈夫夜间出来不是为了男女关系，倒是为了抗日工作，不觉涌出了一种放下了心的愉快，一种因为羞愧引起的更强烈的爱情，一种顽皮的好奇心。她走到丈夫看不到的地方停了一会，又轻轻绕了回来，走到井边，已经看不见丈夫了。

她一个人坐在井台上。风渐渐小了，天空渐渐清朗，星星很稀，那几颗大的星星却很亮。她探望井里，井虽然深，但可以看见那象油一样发光，象黑绸子一样微微颤抖的泉水。一颗大星直照进去，在水里闪动，使人觉到水里也不可怕，那里边另有一个小天地。

田野里没有一点声音，村里既然没有狗叫，天还早也没有鸡鸣。庄稼地里吹过来的风，是温暖的，是干燥的，是带着小麦的花香的。浅花坐在井台上，静静地听着想着。

一个在这里等着想着，那一个却在远远的一块小高粱地里，一棵小小的柳树下面，修造他避难和斗争的小道口。他把几夜来掘出的土，匀整的撒到更远的地里去，在洞口，他安好一块四方的小石板；然后他倚在那小柳枝上休息了。他赤着膊子，叫春天的夜风吹着，为工作的完成高兴，为同志的安全放宽了心，为那远远的胜利日子急躁，为那就要来到的大“扫荡”不安。

然后他把那方小石头掀开，伏下身象条蛇一样钻了进去。他翻上翻下弯弯曲曲地爬着，呼吸着里面湿潮的土气，身上流着汗。他在那个大堡垒地方休息了一会，长好的草上已经汪着一层水。他又往前爬，这里的洞，更窄更细了，他几乎拉细了自己的身子，才钻到了那最后一个横洞。他抽开几个砖，探身出来，看见了那碧油油的井水,不觉用力吸了一口清凉的空气,两只脚登着井砖的错边,上了井口。那一个还在那里发呆,没有发觉哩。

“怎么你还没走?”

“我守着你。”

“你这人!”丈夫唉了一声。

“我知道了。你这里是个洞,叫谁藏在里面?”浅花笑着问。

丈夫不高兴,他说:

“你问这些事干什么,想当汉奸?”

浅花还是笑着说:

“我想起了一件事,自己的事得自己结记着,你是不管的。”

丈夫披上他的衣服没有答声。

“我快了,要是敌人‘扫荡’起来,能在家里坐月子?我就到你这洞里来。”

“那可不行,这洞里要藏别的人。”新卯郑重地说,“坐月子我们再另想办法。”

以后不多几天,这一家就经历了那个一九四二年五月的大“扫荡”。这残酷的战争,从一个阴暗的黎明开始。

能用什么来形容那一月间两月间所经历的苦难,所眼见的事变?心碎了,而且重新铸成了;眼泪烧干,脸皮焦裂,心脏要爆炸了。

清晨,高粱叶黑豆叶滴落着夜里凝结的露水,田野看来是安静的。可是就在那高粱地里豆棵下面,掩藏着无数的妇女,睡着无数的孩子。她们的嘴干渴极了,吸着豆叶上的露水。如果是大风天,妇女们就把孩子藏到怀里,仄下身去叫自己的背遮着。风一停,大家相看,都成了土鬼。如果是在雨里,人们就把被子披起来,立在那里,身上流着水,打着冷颤,牙齿得得响,象一阵风声。

浅花的肚子越沉重了,她也得跟着人们奔跑,忍饥挨饿受惊怕。她担心自己的生命,还要处处留神肚里那个小生命。婆婆也很担心浅花那身子，她计算着她快生产了，象这样整天逃难，连个炕席的边也摸不着，难道就把孩子添在这潮湿风野的大洼里吗？

在一块逃难坐下来休息的时候，那些女伴们也说：

“你看你家他爹，就一点也不管你们，要男人干什么用呀！这个时候他还不拉一把扯一把！”

浅花叹了一口气说：“他也是忙。”

“忙可把鬼子打跑了哇，整天价拿着破橛枪去斗，把马蜂窝捅下来了，可就追着我们满世界跑，他又不管了。”一个女伴笑着说，“现在有这几棵高粱可以藏着，等高粱倒了可怎么办哩？”

“我看我恐怕只有死了！”浅花含泪道。

“去找他！他不能推的这么干净……”女同伴们都这样撺掇她。

浅花心里明白，现在她不能去麻烦丈夫，他现在正忙得连自己的命也不顾。只有她一个人知道新卯藏在小菜园里，每天下午情况缓和了，浅花还得偷偷给他送饭去。

和丈夫在一块的还有一个年轻的人，浅花不认识，丈夫也没介绍过。刚见面那几天，这个外路人连话也不说，看见她来送饭，只是笑一笑，就坐下来吃。浅花心里想，哪里来的这么个哑吧；后来日子长了，他才说起话来，哇啦哇啦的是个南蛮子。

从浅花眼里看过去，丈夫和这个外路人很亲热。外路人说什么，丈夫很听从。浅花想：真是，你要这么听我说也就好了。

这天她又用布包了一团饭，揣在怀里，在四外没有人走动的时候，跑进了对面的高粱地，从一人来高密密的高粱里钻过去，走到自家的菜园。高粱地里是那样的闷热，一到了井边，她感觉到难得的舒畅和凉快。

太阳光强烈地照着，园子里放散着黑豆花和泥土潮热的香甜味道。

这小小的菜园，就做了新卯和那个人退守的山寨。他们在井台上安好了辘轳,还带着一把锄,将枪掖在背后的腰里,这样远远看去,他们是两个安分的农夫,大大的良民。虽然全村广大的土地都因为战争荒了,这小小的菜园却拾掇的异常出色。几畦甜瓜快熟了,懒懒地躺在太阳光下面。

人还没有露面,这沉重凸胀的大肚子先露了出来。新卯那大厚嘴唇就动了动,不知道因为是喜爱还是心疼。

"那边没事吗?"他问。

浅花说:"没有。"

新卯和那人吃着饭,浅花坐在一边用褂子襟扇着汗,那个人问:

"这几天有人回家去睡觉了?"

"家去的不少了,鬼子修了楼,不常出来,人们就不愿再在地里受罪了。"浅花说。

"青年人有家去的吗?"那人着急地问。

"没有。"新卯说,"我早下了通知。"

那个人很快地吃完饭,站起身来,望望她的肚子笑着说:

"大嫂子,快了吧,还差多少日子?"

浅花红了脸看着丈夫。那人又问新卯,新卯说:

"谁闹清了她们那个!"

"你这个丈夫!"那个人说,"要关心她们么!我考虑了这个问题,在家里生产不好,就到这洞里来吧,我们搬到上面来睡,保护着你,你说好不好?"

浅花笑着说:

"那不成了耗子吗?"

."都是鬼子闹的么!"那个人愤愤地说。

新卯吃完了饭,跑去摘了几个熟透了的大甜瓜,自己吃着一个,把那两个搬到浅花面前,他说:

"还是这个玩艺省事,熟透了不用摘,一碰自己就掉下来了。"

浅花狠狠地斜了他一眼。

她回到家里，心里犹豫着，她不愿去扰乱丈夫，又在家里睡了。

这一晚上，敌人包围了他们。满街红灯火仗，敌人把睡在家里的人都赶到街上去，男男女女哆里哆嗦走到街上，慌张地结着扣子提上鞋。

敌人指名要新卯，人们都说他不在家，早跑了。敌人在人群里乱抽乱打，要人们指出新卯家的人，人们说他一家子都跑了。那些女人们，跌坐在地上，身子使劲往下缩。央告着前面的人把自己压在下面，当母亲的用衣襟盖住孩子的脸，用腿压住自己的女儿。在灯影里，她们尽量把脸转到暗处，用手摸着地下的泥土涂在脸上。身边连一点柴禾丝也没有，有些东西掩盖起自己就好了。

敌人不容许这样，要人们直直地跪起来，把能找到的东西放在人们的手里，把一张铁犁放在一个老头手里，把一块门扇放在一个老婆手里，把一根粗木棍放在一个孩子手里，命令高高举起，不准动摇。

敌人看着人们在那里跪着，托着沉重的东西，胳臂哆嗦着，脸上流着汗。他们在周围散步、吸烟、详细观看。

浅花托着一个石砘子，直着身子跪着，肚子里已经很难过，高举着这样沉重的东西，她觉得她的肠子快断了。脊背上流着冷汗，一阵头晕，她栽倒了。敌人用皮鞋踢她，叫她再跪好，再高举起那东西来。

夜深了，就是敌人也有些困乏，可是人们还得挣扎着高举着那些东西。

灯光照着人们。照在敌人的刺刀上，也照在浅花的脸上，一点血色都没有，流着冷汗。她知道自己就要死了，她想思想点什么，却什么也不能想。

她眼里冒着金星，在眼前飞，飞，又落下，又飞起来。

谁来解救？一群青年人在新卯的小菜园集合了，由那外路人带领，潜入了村庄，爬在房上瞄准敌人脑袋射击。

敌人一阵慌乱，撤离了村庄。他们把倒在地下的浅花抬到园子里去。

不久，她就在洞里生产了。

洞里是阴冷的、潮湿的，那是三丈深的地下，没有一点光，大地上的风也吹不到这里面来。一个女孩子在这里降生了，母亲给她取了个名，叫“藏”。

女孩子的第一次哭声只有母亲和那深深相隔不远的井水能听见，哭声是非常悲哀和闷塞的。

在外面的大地里，风还是吹着，太阳还是照着，豆花谢了结了实，瓜儿熟了落了蒂，人们还在受着苦难，在田野里进行着斗争。

一九四六年十月重改于河间

光　荣

饶阳县城北有一个村庄，这村庄紧靠滹沱河，是个有名的摆渡口。大家知道，滹沱河在山里受着约束，昼夜不停地号叫，到了平原，就今年向南一滚，明年往北一冲，自由自在地奔流。

河两岸的居民，年年受害，就南北打起堤来，两条堤中间全是河滩荒地，到了五六月间，河里没水，河滩上长起一层水柳、红荆和深深的芦草。常常发水，柴禾很缺，这一带的男女青年孩子们，一到这个时候，就在炎炎的热天，背上一个草筐，拿上一把镰刀，散在河滩上，在日光草影里，割那长长的芦草，一低一仰，象一群群放牧的牛羊。

"七七"事变那一年，河滩上的芦草长的很好，五月底，那芦草已经能遮住那些孩子们的各色各样的头巾。地里很旱，没有活做，这村里的孩子们，就整天缠在河滩里。

那时候，东西北三面都有了炮声，渐渐东南面和西南面也响起炮来，证明敌人已经打过去了，这里已经亡了国。国民党的军队和官员，整天整夜从这条渡口往南逃，还不断骚扰抢劫老百姓。

是从这时候激起了人们保家自卫的思想，北边，高阳肃宁已经有人民自卫军的组织。那时候，是一声雷响，风雨齐来，自卫的组织，比什么都传流的快，今天这村成立了大队部，明天那村也就安上了大锅。青年们把所有的枪支，把村中埋藏的、地主看家的、巡警局里抓赌的枪支，都弄了出来，背在肩上。

枪，成了最重要的、最必需的、人们最喜爱的物件。渐渐人们想起来：卡住这些逃跑的军队，留下他们的枪支。这意思很明白：

养兵千日，用兵一时；大敌压境，你们不说打仗，反倒逃跑，好，留下枪支，交给我们，看我们的吧！

先是在村里设好圈套，卡一个班或是小队逃兵的枪；那常常是先摆下酒宴，送上洋钱，然后动手。

后来，有些勇敢的人，赤手空拳，站在大道边上就卡住了枪支，那办法就简单了。

这渡口上原有一只大船，现在河里没水，翻过船底，晒在河滩上。船主名叫尹廷玉，是个五十多的老头子，弄了一辈子船，落了个“车船店脚牙”的坏名儿，可也没置下产业。他有一个儿子刚刚十五岁，名叫原生，河里有水的时候，帮父亲弄弄船，现在船闲着，他也就整天跟着孩子们在河滩里看过逃兵，看过飞机，割芦苇草。

这一天，割满了草筐，天也晚了，刚刚要杀紧绳子往回里走，他听得背后有人叫了他一声。

“原生！”

他回头一看，是村西头的一个姑娘，叫秀梅的，穿着一件短袖破白褂，拖着一双破花鞋，提着小镰跑过来，跑到原生跟前，一扯原生的袖子，就用镰刀往东一指：东面是深深一带芦苇，正叫晚风吹的摇摆。

“什么？”原生问。

秀梅低声说：

“那道边有一个逃兵，拿着一支枪。”

原生问：

“就是一个人？”

“就是一个。”秀梅喘喘气咬咬嘴唇，“崭新的一支大枪。”

“人们全回去了没有？”原生周围一看，想集合一些同伴，可是太阳已经下山，天边只有一抹红云，看来河滩里是冷冷清清的没有一个人了。

“你一个人还不行吗？”秀梅仰着头问。

原生看见了这女孩子的两只大眼睛里放射着光芒，就紧握他那镰刀，拨动芦草往东边去了。秀梅看了看自己那一把弯弯的明亮的小镰，跟在后边，低声说：

"去吧，我帮着你。"

"你不用来。"原生说。

原生从那个逃兵身后过去，那逃兵已经疲累得很，正低着头包裹脚上的潦泡，枪支放在一边。原生一脚把他踢趴，拿起枪支，回头就跑，秀梅也就跟着跑起来，遮在头上的小小的白布手巾也飘落下来，丢在后面。

到了村边，两个人才站下来喘喘气，秀梅说：

"我们也有一支枪了，明天你就去当游击队！"

原生说：

"也有你的一份呢，咱两个伙着吧！"

秀梅一撇嘴说：

"你当是一个雀虫蛋哩，两个人伙着！你拿着去当兵吧，我要那个有什么用？"

原生说：

"对，我就去当兵。你听见人家唱了没有：男的去当游击队，女的参加妇救会。咱们一块去吧！"

"我不和你一块去，叫你们小五和你一块去吧！"秀梅笑一笑，就舞动小镰回家去了。走了几步回头说：

"我把草筐和手巾丢了，吃了饭，你得和我拿去，要不爹要骂我哩！"

原生答应了。原生从此就成了人民解放军的战士，背着这支枪打仗，后来也许换成"三八"，现在也许换成"美国自动步"了。

小五是原生的媳妇。这是原生的爹那年在船上，夜里推牌九，一付天罡赢来的，比原生大好几岁，现在二十了。

那时候当兵，还没有拖尾巴这个丢人的名词，原生去当兵，谁也不觉得怎样，就是那登上自家的渡船，同伙伴们开走的时候，原生也不过望着那抱着小弟弟站在堤岸柳树下面的秀梅和一群男女孩子们，嘻嘻笑了一阵，就算完事。

这不象是离别，又不象是欢送。从这开始，这个十五岁的青年人，就在平原上夜晚行军，黎明作战；在阜平大黑山下砂石滩上艰苦练兵，在盂平听那滹沱河清冷的急促的号叫；在五台雪夜的山林放哨；在黄昏的塞外，迎着晚风歌唱了。

他那个卡枪的伙伴秀梅，也真的在村里当了干部。村里参军的青年很多，她差不多忘记了那个小小的原生。战争，时间过的多快，每个人要想的、要做的，又是多么丰富啊！

可是原生那个媳妇渐渐不安静起来。先是常常和婆婆吵架，后来就是长期住娘家，后来竟是秋麦也不来。

来了，就找气生。婆婆是个老好子人，先是觉得儿子不在家，害怕媳妇抱屈，处处将就，哄一阵，说一阵，解劝一阵；后来看着怎么也不行，就说：

"人家在外头的多着呢，就没见过你这么背晦的！"

"背晦，人家都有个家来，有个信来。"媳妇的眼皮和脸上的肉越发搭拉下来。这个媳妇并不胖，可是，就是在她高兴的时候，她的眼皮和脸上的肉也是松松地搭拉着。

"他没有信来，是离家远的过。"婆婆说。

"叫人等着也得有个头呀！"媳妇一转脸就出去了。

婆婆生了气，大声喊：

"你说，你说，什么是头呀？"

从这以后，媳妇就更明目张胆起来，她来了，不大在家里呆，好到街上去坐，半天半天的，人家纺线，她站在一边闲磕牙。有些勤谨的人说她："你坐的落意呀？"她就说："做着活有什么心花呀？谁能象你们呀？"等婆婆推好碾子，做熟了饭，她来到家里，掀锅就盛。还常说落后话，人家问她："村里抗日的多着呢，也不是你独一份呀，谁也不做活，看你那汉子在前方吃什么穿什么呀？"她就说："没吃没穿才好呢。"

公公要了半辈子落道，弄了一辈子船，是个有头有脸好面子的人，看看儿媳越来越不象话，就和老婆子闹，老婆子就气的骂自己的儿子。那几年，近处还有战争，她常常半夜半夜坐在房沿上，望着满天的星星，听那隆隆的炮响，这样一来，就好象看见儿子的面，和儿子说了话，心里也痛快一些了。并且狠狠地叨念：怎么你就不回来，带着那大炮，冲着这刁婆，狠狠地轰两下子呢？

小五的落后，在村里造成了很坏的影响，一些老太太们看见她这个样子，就不愿叫儿子去当兵，说："儿子走了不要紧，留下这个娘娘咱搪不开。"

秀梅在村里当干部，有一天，人们找了她来。正是夏天，一群妇女在一家梢门洞里做活，小五刚从娘家回来，穿一身鲜鲜亮亮的衣裳，站在一边摇着扇子，一见秀梅过来，她那眼皮和脸皮，象玩独脚戏一样，瓜搭就落下来，扭过脸去。

那些青年妇女们见秀梅来了，都笑着说：

"秀梅姐快来凉快凉快吧！"说着就递过麦垫来。有的就说："这里有个大顽固蛋，谁也剥不开，你快把她说服了吧！"

秀梅笑着坐下，小五就说：

"我是顽固，谁也别光说漂亮话！"

秀梅说：

"谁光说漂亮话来？咱村里，你挨门数数，有多少在前方抗日的，有几个象你的呀？"

"我怎么样？"小五转过脸来，那脸叫这身鲜亮衣裳一陪衬，显得多么难看。"我没有装坏，把人家的人挑着去当兵！"

"谁挑着你家的人去当兵？当兵是为了国家的事，是光荣的！"秀梅说。

“光荣几个钱一两?”小五追着问,“我看也不能当衣穿,也不能当饭吃!”

“是!”秀梅说,“光荣不能当饭吃,当衣穿;光荣也不能当男人,一块过日子!这得看是谁说,有的人窝窝囊囊吃上顿饱饭,穿上件衣裳就混的下去,有的人还要想到比吃饭穿衣更光荣的事!”

别的妇女也说:

“秀梅说的一点也不假,打仗是为了大伙,现在的青年人,谁还愿意当炕头上的汉子呀!”

小五冷笑着,用扇子拍着屁股说:

“说那么漂亮干什么,是‘画眉张’的徒弟吗,要不叫你,俺家那个当不了兵!”

秀梅说:“哈!你是说,我和原生卡了一支枪,他才当了兵?我觉着这不算错,原生拿着那支枪,真的替国家出了力,我还觉着光荣呢!你也该觉着光荣。”

“俺不要光荣!”小五说,“你光荣吧,照你这么说,你还是国家的功臣呢,真是木头眼镜。”

“我不是什么功臣,你家的人才是功臣呢!”秀梅说。

“那不是俺家的人。”小五丝声漾气地说,“你不是干部吗?我要和他离婚!”

大伙都一愣,望着秀梅。秀梅说:

“你不能离婚,你的男人在前方作战!”

“有个头没有?”小五说。

“怎么没头,打败日本就是头。”

“我等不来,”小五说,“你们能等可就别寻婆家呀!”

秀梅的脸腾地红了,她正在说婆家,就要下书定准了。别人听了都不忿,说:“碍着人家了吗!你不叫人家寻婆家,你有汉子好等着,叫人家等着谁呀!”

秀梅站起来,望着小五说:

“我不是和你赌气，我就不寻婆家，我们等着吧。”

别的人都笑起来，秀梅气的要哭了。小五站不住走了。有的就说：“象这样的女人应该好好打击一下，一定有人挑拨着她来破坏我们的工作。”秀梅说：“我们也不随便给她扣帽子，还是教育她。”那人说：“秀梅姐！你还是佛眼佛心，把人全当成好人；小五要是没有牵线的，挖下我的眼来当泡踏！”

对于秀梅的事，大家都说：

“你真是，为什么不结婚？”

“我先不结婚。”秀梅说，“有很多人把前方的战士，当做打了外出的人，我给她们做个榜样。你们还记得那个原生不？现在想起来，十几岁的一个人，背起枪来，一出去就是七年八年，才真是个好样儿的哩！”

“原生倒是不错，”一个姑娘笑了，“可是你也不能等着人家呀！”

“我不是等着他，”秀梅庄重地说，“我是等着胜利！”

小五到村外一块瓜园里去。这瓜园是村里一个粮秣先生尹大恋开的。这人原是村里一家财主，现在村中弄了名小小的干部当着，掩藏身体，又开了个瓜园，为的是喝酒说落后话儿，好有个清净地方。

尹大恋正坐在高高的窝棚里摇着扇子喝酒，一看见小五儿来了就说：

“拣着大个儿的摘着吃吧，你那离婚的事儿谈的怎样了？”

小五儿拨着瓜秧说：

“人家叫等到打败日本，谁知道哪年哪月他们才能打败日本呀！”

“唉！长期抗战，这不是无期徒刑吗？喂，不是有说讲吗？五年没有音讯就可以。这是他们的法令呀，他们自己还不遵守吗？和他打官司呀，你这人还是不行！”

小五儿回来就又和公婆闹，闹的公婆没法，咬咬牙叫她离婚走了，老婆婆狠狠啼哭了一场。老头说："哭她干什么！她是我一付牌赢来的，只当我一付牌又把她输了就算了！"

自从小五儿出门走了以后，秀梅就常常到原生家里，帮着做活，看看水瓮里没水，就去挑了来，看看院子该扫，就打扫干净，伏天，帮老婆拆洗衣裳，秋天帮着老头收割打场。

日本投了降，秀梅跑去告诉老人家，老人听了也欢喜，可是过了好久，有好些军人退伍回来了，还不见原生回来。

原生的娘说：

"什么命呀，叫我们修下这样一个媳妇！"

秀梅说：

"大娘，那就只当没有这么一个媳妇，有什么活我帮你做，你不是没有闺女吗，你就只当有我这么个闺女！"

"好孩子，可是你要出聘了呢？"原生的娘说，"唉，为什么原生八九年就连个信也没有？"

"大娘，军队开的远，东一天，西一天，工作很忙，他就忘记给家里写信了。总有一天，一下子回来了，你才高兴呢！"

"我每天晚上听着门，半夜里醒了，听听有人叫娘开门哩，不过是想念的罢了。这么些人全回来了，怎么原生就不回来呀？"

"原生一定早当了干部了，他怎么能撂下军队回来呢？"

"为国家打仗，那是本分该当的，我明白。只是这个媳妇，唉！"

今年五月天旱，头一回耩的晚田没出来，大庄稼也旱坏了，人们整天盼雨。晚上，雷声忽闪的闹了半夜，才淅沥淅沥下起雨来，越下越大，房里一下凉快了，蚊子也不咬人了。秀梅和娘睡在炕上，秀梅说：

"下透了吧，我明天还得帮着原生家耩地去。"

娘在睡梦里说：

“人家的媳妇全散了,你倒成了人家的人了。你好好地把家里的活做完了,再出去乱跑去,你别觉着你爹不说你哩!”

“我什么活没做完呀!我不过是多卖些力气罢了,又轮着你这么嘟哝人!”

娘没有答声。秀梅却一直睡不着,她想,山地里不知道下雨不,山地里下了大雨,河里的水就下来了。那明天下地,还要过摆渡呢!她又想,小的时候,和原生在船上玩,两个人偷偷把锚起出来,要过河去,原生使篙,她掌舵,船到河心,水很急,原生力气小,船打起转来,吓哭了,还是她说:

“不要紧,别怕,只要我把的住这舵,就跑不了它,你只管撑吧!”

又想到在芦苇地卡枪,那天黑间,两个人回到河滩里,寻找草筐和手巾,草筐找到了,寻了半天也寻不见那块手巾,直等月亮升上来,才找到了。

想来想去,雨停了,鸡也叫了,才合了合眼。

起身就到原生家里来,原生的爹正在院里收拾“种式”,一见秀梅来了,就说:

“你给我们拉砘子去吧,叫你大娘旁耧。我常说,什么活也能一个人慢慢去做,惟独锄草和耩地,一个人就是干不来。”

秀梅笑着说:

“大伯,你拉砘子吧,我拿耧,我好把式哩!我们那几亩地,都是我拿的‘种式’哩!”

“可就是,我还没问你,”老头说,“你那地全耩上没有?”

秀梅说:“我前两天就耩上了,耩的‘干打雷’,叫它们先躺在地里去求雨,我的时气可好哩!”

老头说:

“年轻人的时运总是好的,老了就倒霉,走吧!”

秀梅背上“种式”就走。她今天穿了一条短裤,光着脚,老婆子牵着小黄牛，老头子拉着耧子葫芦在后边跟着，一字长蛇阵，走出村来。

田野里，大道小道上全是忙着去种地的人，象是一盘子好看的走马灯。这一带沙滩，每到春天，经常刮那大黄风，刮起来，天昏地暗人发愁。现在大雨过后，天晴日出，平原上清新好看极了。

耩完地，天就快晌午了，三个人坐在地头上休息。秀梅热的红脸关公似的摘下手巾来擦汗，又当扇子扇，那两只大眼睛也好象叫雨水冲洗过，分外显得光辉。

她把道边上的草拔了一把，扔给那小黄牛，叫它吃着。

从南边过来一匹马。

那是一匹高大的枣红马，马低着头一步一颠地走，象是已经走了很远的路，又象是刚刚经过一阵狂跑。马上一个八路军，大草帽背在后边，有意无意挥动着手里的柳条儿。远远看来，这是一个年轻的人，一个安静的人，他心里正在思想什么问题。

马走近了，秀梅就转过脸来低下头，小声对老婆子说："一个八路军！"老头子正仄着身子抽烟，好象没听见，老婆子抬头一看，马一闪放在道旁上的石砘子，吃了一惊，跑过去了。

秀梅吃惊似的站了起来，望着那过去的人说：

"大娘，那好象是原生哩！"

老头老婆全抬起头来，说。

"你看差眼了吧！"

"不，"秀梅说。那骑马的人已经用力勒住马，回头问："老乡，前边是尹家庄不是？"

秀梅一跳说：

"你看，那不是原生吗，原生！"

"秀梅呀！"马上的人跳下来。

"原生，我那儿呀！"老婆子往前扑着站起来。

"娘，也在这里呀！"

儿子可真的回来了。

爹娘儿女相见，那一番话真是不知从哪说起，当娘的嘴一嘮一嘮想把媳妇的事说出来，话到嘴边，好几次又咽下去了。原生说：

"队伍往北开，攻打保定，我请假家来看看。"

"咳呀！"娘说，"你还得走吗？"

原生笑着说：

"等打完老蒋就不走了。"

秀梅说：

"怎么样，大娘，看见儿子了吧！"

"好孩子，"大娘说，"你说什么，什么就来了！"

远处近处耩地的人们全围了上来，天也晌午了，又围随着原生回家，背着耧的，拉着砘子的。

刚到村边，新农会的主席手里扬着一张红纸，满头大汗跑出村来，一看见原生的爹就说：

"大伯，快家去吧，大喜事！"

"什么事呀？"

"大喜事，大喜事！"

人们全笑了，说：

"你报喜报的晚了！"

"什么呀？"主席说，"县里刚送了通知来，我接到手里就跑了来，怎么就晚了！"

人们说：

"这不是原生已经到家了！"

"哈，原生家来了？大伯，真是喜上加喜，双喜临门呀！"主席喊着笑着。

人们说：

"你手里倒是拿的什么通知呀？"

"什么通知，原生还没对你们大家说呀？"主席扬一扬那张红纸，“上面给我们下的通知：咱们原生在前方立了大功，活捉了蒋介石的旅长，队伍里选他当特等功臣，全区要开大会庆祝哩！”

“哈，这么大事！怎么，原生，你还不肯对我们说呀，你真行呀！”人们嚷着笑着到了村里。

第二天，在村中央的广场上开庆功大会。

天晴的很好，这又是个热天，全村的男女老少，都换了新衣裳，先围到台下来，台上高挂全区人民的贺匾：“特等功臣”。

各村新农会又有各色各样的贺匾祝辞，台上台下全是红绸绿缎，金字彩花。

全区的小学生，一色的白毛巾，花衣服，腰里系着一色的绸子，手里拿着一色的花棍，脸上搽着胭脂，老师们擦着脸上的汗，来回照顾。

区长讲完了原生立功的经过，他号召全区青壮年向原生学习，踊跃参军，为人民立功。接着就是原生讲话。他说话很慢，很安静，台下的人们说：老脾气没变呀，还是这么不紧不慢的，怎么就能活捉一个旅长呀！原生说：自己立下一点功；台下就说：好家伙，活捉一个旅长他说是一点功。原生又说：这不是自己的功劳，这是全体人民的功劳；台下又说：你看人家这个话说的。

区长说：老乡们，安静一点吧，回头还有自由讲话哩，现在先不要乱讲吧。人们说，这是大喜事呀，怎么能安静呢！

到了自由讲话的时候，台下妇女群里喊了一声，欢迎秀梅讲话，全场的人都嚷赞成，全场的人拿眼找她。秀梅今天穿一件短袖的红白条小褂，头上也包一块新毛巾，她正楞着眼望着台上，听得一喊，才转过脸东瞧瞧，西看看，两只大眼睛，转来转去好象不够使，脸飞红了。

她到台上讲了这段话：

“原生立了大功，这是咱们全村的光荣。原生十五岁就出马打仗，那么一个小人，背着那么一支大枪。他今年二十五岁了，打了十年仗，还要去打，打到革命胜利。

“有人觉着这仗打的没头没边，这是因为他没把这打仗看成是自家的事。人们光愿意早些胜利，问别人：什么时候打败蒋介石？这问自己就行了。我们要快就快，要慢就慢，我们坚决，我们给前方的战士助劲，胜利就来得快；我们不助劲，光叫前方的战士们自己去打，那胜利就来得慢了。这只要看我们每个人尽的力量和出的心血就行了。

“战士们从村里出去，除去他的爹娘，有些人把他们忘记了，以为他们是办自己的事去了，也不管他们哪天回来。不该这样，我们要时时刻刻想念着他们，帮助他们的家，他们是为我们每个人打仗。

“有的人，说光荣不能当饭吃。不明白，要是没有光荣，谁也不要光荣，也就没有了饭吃；有的人，却把光荣看的比性命还要紧，我们这才有了饭吃。

“我们求什么，就有什么。我们这等着原生，原生就回来了。战士们要的是胜利，原生说很快就能打败蒋介石，蒋介石很快就要没命了，再有一年半载就死了。

“我们全村的战士，都会在前方立大功的，他们也都象原生一样，会带着光荣的奖章回来的。那时候，我们要开一个更大更大的庆功会。

“我的话完了。”

台下面大声地鼓掌，大声地欢笑。

接着就是游行大庆祝。

最前边是四杆喜炮，那是全区有名的四个喜炮手；两面红绸大旗：一面写“为功臣贺功”，一面写“向英雄致敬”。后面是大锣大鼓，中间是英雄匾，原生骑在枣红马上，马笼头马颈上挂满了花朵。原生的爹娘，全穿着新衣服坐在双套大骡车上，后面是小学生的队伍和群众的队伍。

大锣大鼓敲出村来，雨后的田野，蒸晒出腾腾的热气，好象是叫大锣大鼓的声音震动出来的。

到一村，锣鼓相接，男男女女挤的风雨不透，热汗齐流。

敲鼓手疯狂地抡着大棒，抬匾的柱脚似的挺直腰板，原生的爹娘安安稳稳坐在车上，街上的老头老婆们指指画画，一齐连声说：

“修下这样好儿子，多光荣呀！”

那些青年妇女们一个扯着一个的衣后襟，好象怕失了联络似的，紧跟着原生观看。

原生骑在马上，有些害羞，老想下来，摄影的记者赶紧把它捉住了。

秀梅满脸流汗跟在队伍里，扬着手喊口号。她眉开眼笑，好象是一个宣传员。她好象在大秋过后，叫人家看她那辛勤的收成；又好象是一个撒种子的人，把一种思想，一种要求，撒进每个人的心里去。她见到相熟的姐妹，就拉着手急急忙忙告诉说：

“这是我们村里的原生，十五上就当兵去了，今年二十五岁，在战场上立了大功，胸前挂的那金牌子是毛主席奖的哩。”

说完就又跟着队伍跑走了。这个农民的孩子原生，一进村庄，就好把那放光的奖章，轻轻掩进上衣口袋里去。秀梅就一定要他拉出来。

大队也经过小五家的大门。一到这里，敲大鼓的故意敲了一套花点，原想叫小五也跑出来看看的，门却紧紧闭着，一直没开。

队伍在平原的田野和村庄通过，带着无比响亮的声音，无比鲜亮的色彩。太阳在天上，花在枝头，声音从有名的大鼓手那里敲打，这是一种震动人心的号召：光荣！光荣！

晚上回来，原生对爹娘说：“明天我就回部队去了。我原是绕道家来看看，赶巧了乡亲们为我庆功，从今以后，我更应该好好打仗,才不负人民对我的一番热情。”

娘说:“要不就把你媳妇追回来吧!”

原生说:“叫她回来干什么呀!她连自己的丈夫都不能等待,要这样的女人一块革命吗?”

爹说:“那么你什么时候才办喜事呢?以我看,咱寻个媳妇,也并不为难。”

原生说:“等打败蒋介石。这不要很长的时间。有个一年半载就行了。”

娘又说:“那还得叫人家陪着你等着吗?”

“谁呀?”原生问。

“秀梅呀!人家为你耽误了好几年了。”娘把过去小五怎样使歪造耗,秀梅怎样解劝说服,秀梅怎样赌气不寻婆家,小五走了,秀梅怎样体贴娘的心,处处帮忙尽力,原原本本说了一遍。

在原生的心里,秀梅的影子,突然站立在他的面前,是这样可爱和应该感谢。他忽然想起秀梅在河滩芦苇丛中命令他去卡枪的那个黄昏的景象。当原生背着那支枪转战南北,在那银河横空的夜晚站哨,或是赤日炎炎的风尘行军当中,他曾经把手扶在枪上,想起过这个景象。那时候,在战士的心里,这个影子就好比一个流星,一只飞鸟横过队伍,很快就消失了。现在这个影子突然在原生心里鲜明起来,扩张起来,顽强粘住,不能放下了。

在全村里,在瓜棚豆架下面,在柳阴房凉里,那些好事好谈笑的青年男女们议论着秀梅和原生这段姻缘,谁也觉的这两个人要结了婚,是那么美满,就好象雨既然从天上降下,就一定是要落在地上,那么合理应当。

一九四八年七月十日饶阳东张岗

村　歌

上篇　互助组

一

老郦区长和县妇救会王同志到张岗组织农民生产，住在妇女生产部长香菊家里。王同志整天去开会，老郦实际上只处理着村里的事务问题，整天忙的下不来炕。村里陈年烂芝麻的老账，都找他来解决，他觉得这也是自己分内的工作。另外，他自己是个工农干部，最害怕在群众面前讲话。他讲话准备了半天，三言两语就完了，又好发脾气；所以什么召集大会，组织识字班的事，他就乐得叫王同志去。

村生产委员会的妇女生产小组，已经组织了八组。今天又开会，王同志同香菊吃过早饭就走了，香菊临走告诉老郦给她看门。

老郦留在家里，一个人在台阶上坐着看文件。

香菊家院里什么东西也没有，只有一棵枣树。旱枣潦梨，今年枣儿挂的很密，树尖上的已经全红，有的裂纹了。窗台下疏疏拉拉种着几棵扁豆，没有多少花。

香菊是贫农，老郦觉得这和自己的家里，仿佛完全一样，他想起了还在冀南老家一个人过日子的母亲。他想香菊的爹娘早早死去，一个小姑娘，还养活着一个妹妹，过这样的日子，多么艰难。

他听见吃吃的笑声。转过脸来，看见一个姑娘抱着一个小孩，正用青秫秸打枣，逗着小孩笑。这姑娘细长身子，梳理得明亮乌黑的头发,披在肩上;红线白线紫花线合织的方格子上身,下身穿一条短裤,光脚穿着薄薄的新做的红鞋。

她仰着头望着树尖,象是寻找哪一个枣儿红的透,吃着可口,好动手去梆。

那姑娘准备好一个姿式,才回过脸来。她好象早就测量好了方位距离;一眼就望到区长的脸上,笑了笑,扔下青秫秸,和孩子哼哈说笑着转身走了。

老郦看准了她的脸,她的脸在太阳地里是那么白,眼睛是那么流动。老郦想:为什么不认识这个妇女?她为什么不去开会?

那姑娘走出院,往东去了,拐进一个白梢门,又回头望了望。

老郦觉着奇怪,跟到那里看看。一进白梢门,是三间土甓北房,新糊的洒油的窗纸,镶着小玻璃镜。那姑娘在屋里脸贴着镜子,望着老郦。

老郦站在院当中,问:

"你们在这里住呀?"

"嗯,"那姑娘笑了一下说。

"你家里尽有什么人呀?"

"他们全不在家。你有事吗,区长?"

"没有事,"老郦一时觉得不好意思,要转身出来。那姑娘却爬下炕走出来,站在门台上,回身取过一个小板床,放在老郦面前,笑着说:

"区长,坐一坐吧,你轻易不到我们家里来。我有个问题,和你讨论讨论。"

"什么问题?"老郦坐下来。

姑娘没有说话。老郦看见这姑娘的脸上擦着粉,两道眉毛虽然那么弯弯的,左边的一道却只有一半,在眼睛上面,秃秃的断了。

老郦说:

"你家里的人,都到地里去了吗?"

"没有。"

"去开会了?"

姑娘的脸一红,她说:

"没有,我正要和你讨论这个问题。"

"你说吧!"老邴有些不耐烦,"你叫什么名字?"

"我叫双眉。"姑娘说。

"你们也姓李,和香菊是一家子?"

"不是,我们姓郭。"

"你们常在一处做活吧?"

"不在一处,"双眉说,"我正要和你讨论这个。我问区长,凭什么,她们不叫我参加?"

"参加什么?"老邴问。

"参加生产组。"双眉的嘴唇有点发白,"不是讲生产吗?我们可以比一比呀,她们一天卸一个半布,我一天卸三个,她们不叫我参加。你看看!"她一扯自己的花褂子,"她们能织这样的布?一道街上,都到我这里来讨换布样子;可她们不叫我参加。"

"谁不叫你参加?"老邴问。

"她们!"双眉的眼里噙着泪。

"她们说什么?"

"说我参加过剧团,有男女问题。"双眉的声音放低了。

"有错误,纠正了就完了!"老邴站起来想走,双眉又高声说:

"我没有问题。我问区长:什么叫流氓?"

老邴笑了笑。

"这里说的明白!"双眉跑到屋里,拿出一张报纸,交给老邴。在问事处栏里,有关于流氓的解释。

"我得叫她们看看报,她们为什么给我扣帽子!"没等老邴看完,双眉就把报纸扯了回去。

"我问区长:登台演戏算不算流氓?"

“那是宣传么，怎么能叫流氓？”老邴说。

“夜晚演戏算流氓吗？”

“那也不是。”

“出村演戏算流氓吗？出村体操算流氓？”

“不是那么个问题。”老邴说。

“什么问题？”双眉说，“她们就根据这个叫我流氓！我问区长：好说好笑，算不算流氓？赶集上庙算不算流氓？穿干净点算不算流氓？”

“报上说的明白，”老邴很郑重地说，“流氓主要是不生产。”

“却又来！”双眉扬眉一笑，“我一天能卸三个布。好说好笑是我的脾气，赶集上庙是我要买线卖布，穿的花布是我自己织纺的。我问问她们还能说出我什么来！”

“你家是什么成份？”老邴问。

双眉一转身就进屋里去了，走到外间，她回过头来叫：

“区长，你进来看看俺们的家。”

老邴跟了进去。外间屋一只木板床，上面放一垒大花碗，一块大案板，一条大擀杖，油瓶醋瓶盐罐，墙上挂一个大笊篱。双眉撩起西间的门帘，一条头打外的大炕一领新炕席，屋里是任什么也没有。双眉又把他领到东间，迎门就是一架顿机，机上还安着没织完的花格布，别的陈设也不多，可是拾掇打扫擦洗的明亮干净。

“你们家里有几口人？”老邴问。

“四口。”

“种多少地？”

“五亩半。”

“牲口？”

“和别人插着一个小驴，”双眉笑一笑，“区长你说我们叫什么农？”

“按地亩和人口说，你们该是贫农。可是你们生活不错吧，你家案板那样大，敢是常吃白面？”

“俺家开的是起火小店。”双眉笑了，“你没看见那头那大炕？吃的就从这里边赚出来；穿的就凭我这两只手，织织纺纺。”

“我回去和王同志谈谈。”老郦说着走出来。双眉把他送到大门外边，站了好久才进去。

二

老郦回到香菊家，王同志和香菊全开会回来了，正等着他吃饭。

在当屋放下白木桌，听姐姐支使，小二菊用水把桌面洗了一下，又拣那两个大的完整的黑碗，给王同志和老郦盛上饭。

王同志文化高，上过抗战学院，下乡来，饭量很小，可是好吃乡下的“鲜儿”。香菊特别给她预备的有：大青豆角，新刨的没长好的山药，嫩棒子——王同志叫它老玉米，小二菊一听就笑。有些东西是香菊自己地里种的，有的就是小二菊随手从别人家地里摘来。

王同志、老郦和小二菊在桌上吃，香菊端着碗坐在屋门限上吃。

老郦说：

“香菊，我今日个到一家开小店的家去了，那是谁家？”

“哪头呀？我们村里三家开小店的哩！”香菊仰着头问。

“东头路南那个白梢门里。”

“那是郭忠家。”香菊说。

“你不要到那里去吧，同志！”王同志剥着毛豆，“她家是破鞋哩！”

“我问问香菊，”老郦说，“他家那个姑娘，叫双眉的，到底怎么样？”

“很坏么，同志！”王同志啃着老玉米，“是个流氓！”

“香菊把她的历史谈谈。”老郦说。

“说起来,那话就远了。”香菊安稳地说。

“你从近处说。”老邴一看见香菊谈问题的时候那么老老实实,就笑了。

“双眉的姥姥家是拉大宝局的,双眉的娘从小就在那场儿里长大,听说小的时候就跟双眉一样,长的很好,有多少人想算着。她爹是街面一个光棍,却看准了开小店的郭忠,就把她嫁给郭忠了。郭忠是个有名的老实头,村里那些烂七八糟的人,就短不了往小店里跑,双眉的娘又是那么个不在乎的脾气,人们就说她的坏话,可是人家开的是店,那也不能比平常住家。”

“双眉哩?”老邴问。

“也有人说她的闲话,我看不准。”香菊说。

“毫无问题!”王同志说,“什么娘什么女,什么桌子什么腿!”

“过去,她当过女自卫队的队长,那时我们都怕她。可是哪一次我们也是考第一。她好胜。她也参加过剧团,剧团里黑间排戏,回来的晚,她又好说笑,好打闹,好打扮,闲话就来了。今年整组,把她撤了,那时王同志在这村里。”香菊又补充了一段。

“那是一点也不冤枉的,双眉横着哩!”王同志吃饱,站起来到里间屋歇晌去了。

“当时是谁提出来撤双眉的职?”老邴问。

“那是小组会上提的,听说是西头大器提的劲大。”香菊说。

“大器不是真破鞋么?”

“那倒是!”香菊笑了,“近来才听说她是叫郭环指使。郭环是大地主老太的侄子,他把家业糟了,年上没斗他。过去,他常往双眉家跑,在整组以前,听说双眉把他骂了出来!”

“啊,是这样一个人说双眉是流氓!为什么你们就听信?”老邴问。

“双眉也有她的缺点。她强迫命令,她瞧不起不如她的人,她说话刻薄,这样得罪的人就多了。有一个人一吹气,就刮起风来。”香菊笑了笑，站起来去拾掇桌子。

“你们为什么不叫她参加生产组？”老郦问。

“就为这个呗！她是撤过职的，人们不愿意和她成组，我们也怕影响不好，就没叫她参加。你的意见，叫她参加？”

“我的意见，叫她参加，也批评教育她。我们不能把真正坏蛋的话，当成金口玉言，把自己的人推在外边。”老郦也站起来，“你们再讨论讨论！”

“王同志！”香菊叫了一声，王同志在屋里睡着了，没有答声。“恐怕王同志不叫她参加哩，双眉当场和她顶过嘴！”

“那不是重要问题，”老郦说，“明天，你把我的饭派到双眉家去，我了解她家一下。”

“嗯。”香菊笑着答应了。

三

第二天，双眉很早就来叫老郦吃饭去。桌子放在炕上，双眉的娘和双眉的小弟弟和老郦一块吃，双眉盛饭。双眉的爹不好说话，和区长笑着打个招呼，就端着碗街上吃去了。

在她家一连吃了三天饭，老郦知道了这家人家的风俗和历史。

原来这个张岗镇是河间府通保定府的大道，事变前，村里的地主们在街上开了五六家绸缎店和两家大钱庄，造成村里无数的穷人，吸收来很多流氓。村里添了十几处赌局烟馆，在人民的生活上，也造成一种浮华和轻视正当劳动生产的风气。

那时张岗街上象唱着一台戏：街上热热闹闹，哄哄吵吵；种地的苦一年十二个月，除了直着送到地主家门的，还有拐个弯送到地主手里的，那就是经过各种摊派，经过当铺，钱庄，失盗，赌局……地主撒出粗的细的，弯的直的吸血管，扎进农民的生活，肥壮他自己。

事变以后，一场暴雨，把张岗街面上的乌烟瘴气，打下去了。

消灭剥削,就斩断了烟犯、赌徒、暗娼、偷盗的根基。绸缎庄不开了,钱庄关门,街上出现了广大的土布摊。游手好闲的人少了,大家知道劳动生产是光荣。

郭家这个小店,从郭忠的爷爷开起来。小店的历史这样长,祖父孙三代又保持着分量大佐料足的卖面方针,老主顾就特别多。店门口也不挂笊篱,也不写"招待客商草料俱全",可是每逢张岗三八大集,那些推车的小贩,担挑的匠人,就象奔回自己家里一样,来住他家的店。

郭忠是个老实人,客人也多是熟主顾。客人进了门,他有时也不打什么招呼。客人放好车子,担子,就帮着内掌柜去挑水,做饭。

四

为了叫双眉参加生产组,老邴和王同志争吵了好几次。王同志一口咬定这影响不好,批评老邴不了解情况,认识人不深刻;老邴批评她单凭印象,不从阶级关系上分析问题。最后王同志允许双眉她们单独成立一个组,这一组里,包括双眉,双眉的娘,东头说媒的大顺义,西头好抹牌的小黄梨。把她编到这么一个组里,双眉又找了老邴来,老邴对她说:

"做工作么,不能挑拣同伴。她们落后,我们帮助她们,要紧的是做出成绩来。"

"是,我要叫她们看看!"

"也不能赌气做工作。"老邴笑着说。

"区长,不要光和我讲大道理。"双眉也笑了,"这几个人管保连个会也召集不成。"

"你怎么能管保?回去你就把她们叫到一块,我也参加。"

"啊,"双眉松了一口气,"区长要参加,她们不敢不来!"

"唔!"老邴说,"要好好和她们商量。你有一个缺点,就是强迫命令,不要再犯这个毛病。"

双眉回去了，晚上老邴去参加她们的会。

王同志说笑话：

“邴区长不是不好领导开会？怎么对这个模范组发生了兴趣？”

老邴说：

“唉！这是你们妇女的事，你还开玩笑！你说她们落后，难道我们的任务光是领导那些骨干积极分子？”他望望香菊，“世界上要都是香菊，我们就吃不上一斤四两小米了。”

“区长又夸奖我！”香菊正点着灯纺线。

小组的会在大顺义家开，区长一到，那几个妇女早坐在炕上围成一圈等着了。双眉坐在炕沿上，看起来很是高兴。

老邴一进屋就笑着说：

“看，你们坐的，中间就缺一幢牌。”

“区长尽揭我们的老底！”大顺义笑着说。

老邴坐在迎门橱旁一个小木凳上，望着双眉说：

“你看，到的多齐，做工作不能主观。”

双眉笑了笑。大顺义说：

“人家把我们几个落后顽固编成一组，我们越得争气，不能叫俺们姑娘现眼，栽的她们手里！”

“栽的谁手里？”老邴说，“我们都是一家人，工作做好了，大家好，做坏了大家都有责任！不能把自己当外人看待！”

“区长说的对！”双眉的娘说，“我们欢迎区长给我们讲讲话！”

大家就拍拍地鼓起掌来。老邴的脸登时红了，他站起来说：

“我不会讲话，我讲一点。张岗街上的事，我也明白了一点。过去，在旧社会，张岗街上坏人很多。人家说：张岗街上从这头数过去，隔一个门一个破鞋，再从那头数回来，又是隔一个门一个！这都是胡说八道！坏人是地主封建阶级造成的，他们剥削穷人，他们逼着穷人做下贱，他们又有钱，又有的玩。这群王八蛋！现在是新社会，为什么没有那些坏地方，坏人了？劳动是光荣的，赌钱是可耻的，我看谁再敢赌钱，我把他抓起来！这些坏蛋，天这么旱，他不到地里浇园，他赌钱……”

老邴喊叫着。头上流着汗，拉下头上包着的手巾来回擦，吓的几个妇女坐在炕上纹丝不敢动。讲着讲着，他想起来，又发脾气了，就坐下来，笑着说：

“我一讲就着急，你们自己谈一谈吧，双眉你领导开会吧！”

说完，他站起来，出去了。

大顺义说：

“区长好大脾气呀！”

“不，”双眉说，“他和人闲说话，慢言坷语，顺情顺理，可好脾气哩，他是一讲话就——”

“你看，”小黄梨说，“这才没有的事哩，叫他把我们骂了一顿！”

“各人的秉性，”大顺义说，“人家说的不都是实话吗！说咱们的吧，双眉你说吧，叫你娘们怎么着？”

“怎么着？”双眉立起身转过脸来，“就是组织起来呗！”

“咱这不是组织起来了吗？”大顺义直直地坐着笑着说，“咱这不是到了一块吗？组织起来就是叫我们这几个老婆围在炕上坐着吗——我想该还有下文。”她把嘴一撇。

“敢情要光叫这么坐着才好哩！”小黄梨也笑笑拍拍大腿说。小黄梨连牙都是黄的。

“组织起来就是叫咱们一块做活，大伙帮着，我给你做，他给我做呗！”双眉说。

“那就是插伙着做活呗，咱们这里叫攒忙。”双眉的娘说。

“要是攒忙，还用着这么大折腾，是长年的吧？”小黄梨说。

“长年的，”双眉说，“咱们谁也不能散劲！”

“不能散劲！”大顺义说，“咱们要和他们挑战哩！”她在炕上欠起身子来。

“对!”双眉低声轻轻的说,“大娘们,咱们可得要做出个样叫他们看看,争这口气!”

五

这个组算成立起来了,第二天互助组长联席会,香菊也通知双眉参加了。

王同志带着讽刺的口吻,称呼这个小组叫“模范组”。其实在村里,在当时王同志的出心用意上,这就是一个“流氓组”。在村中小学里,有所谓“调皮组”,那是把调皮的孩子们编到一起,叫他们自相攻打,叫别的同志歧视他们,叫他们小小的心里感到孤单,有时还会自暴自弃。在村中还有落后组,那是把地主富农被斗户们组织在一起的。

双眉觉到了这一点,在会场上她那弯弯的眉毛一直簌簌地挑动。她在会上和全村认为顶棒的李三互助组挑了战,使全场的人都吃了一惊。

李三是大顺义的男人,这人是个木匠,可是除了木作活样样做的好,他还能盖房,烧窑,打磨,全梢,锯盆,锯碗,糊裱房子。他是全村最有用的人,并且脾气好,做活实落。

他这组的人包括:李大印,是长年打柚甓的小伙子;李小亮,有名的身大力不亏,做一天活回来,还要和人在场里比赛搬倒碌碡;只有一个小兴,是个高级班学生,参军以后,几天就跑了回来,光会唱歌演戏吹口琴,地里的活不通把,是生产委员会看着李三这个组太壮了,才给了他这个“饶头”。

双眉和李三挑了战,李三组里的兵马,感到有些侮辱了自己的威名。和你们挑战,就是赢了你们,还能增加多少光采?可是李三老老实实答应了。别人说:

“双眉那组里有大顺义,李三你可得小心点,……”

李三在地下磕磕烟袋,笑了笑说:

“这是开会哩,别闹。”

他们挑战的条件是:订好计划,坚持全年,带动副业,争取模范。

李三的副业是:春天打甓盖房,冬天开木货厂。双眉她们是纺线,织花布。

六

两组的生产计划都叫小兴写。歇晌的时候,给自己组写好,兴儿就走到村西水坑旁边的大柳树下面,躺在那块大石板上。

这块大石板,是在下雨的时候,村里流过水来,从这里泻到大坑里去。今年天旱短雨,坑里的水很浅很浑,有几只鸭子在里面搅。

这个小青年有点心事。原先他和双眉很好,两个人一块上高级班,一块参加剧团演戏,老是配角,两个人合演过《兄妹开荒》,也演过《夫妻俩》,两个人一上台,真是越唱嗓子越亮越高,演的越来越讨彩。兴儿参军那天,那时双眉正受了打击,还是跟在人群后面,一直把他送到村外。第二天,兴儿从城里回来看家,正赶的双眉在集上卖了一个布,就偷偷塞给他两万。

现在,兴儿想,一切都完了。自己跑回来,成了黑人,她也不愿意理他。又挑的什么战,订的什么生产计划呀!

头吃晚饭,兴儿把头上的新白手巾箍了箍,把腰里的新皮带紧了紧。他估计在这个时候,双眉是常常站在门口的。他往东走,很远就望见双眉在那里往这边看,随着就转过身子去。兴儿慢慢走到她跟前说:

“双眉,你们不是订计划吗?”

“订吧!”双眉连头也没转过来。

“在哪里订?你们有纸没有?”

“什么也齐全。”双眉往东走。

“到哪去呀!”

“到大顺义那里去。”

兴儿跟在后面,心里有点火。大顺义家在村子外边,走出村去,双眉的脚步就慢了,她说:

“好好的你跑回来干什么!”

兴儿没有答声。

“嘿嘿!”双眉在前边笑。

兴儿想转身回去,双眉并没回头,可是她说:“走啊!”

兴儿又跟上去。双眉说:

“你为什么跑回来?你不怕丢人,你怕死!”

转过一个大苇坑,她又说:

“我要是你,我就扎在这水坑里死了!”

“你别激我!”兴儿喊。

“我激你什么,”双眉小声说,“你激的起来?你有脸箍着新手巾去,你还有脸箍着新手巾来?抽皮带,上前方打仗那才有,那才好看;在家门口抽上那个给谁看,给谁看着生气呀!”

兴儿忍不住,他转身就往回走,他想找个地方去痛哭一场。双眉却跑过来把他抓住:

“你上哪去,和我去订计划。”

兴儿只好又跟她走。天大黑了,天上长了云彩,大顺义在喊叫她男人吃饭。

七

大顺义和李三吃着饭,双眉把她那一组人叫齐。吃过饭,李三擦擦他那连鬓胡子的嘴,往后一退,靠在被垒上抽烟。大顺义赶紧把吃饭桌子擦了擦,把灯往兴儿面前一推说:

“给我们写着吧,先生。”

“纸!”兴儿丧丧地说。

从怀里掏出钢笔。钢笔不强,却装在一个非常花丽精致的钢笔套里,用一条红丝线系在身上。兴儿很快把笔套掖到怀里,偷偷看了双眉一眼。双眉背着脸坐在炕沿上,也正在怀里掏什么;她掏出一张叠好的糊窗户纸,往桌子上一扔。

“怎么订法呀?”她转脸笑着问。

“我们是这么订的,”李三说,“那就象个章程一样。先把你们几个人的名字写上。”

兴儿已经开始在那里写,他一笔一划地先写上郭双眉,抬起头来问小黄梨:

“你怎么写?”

“我怎么写,她们怎么写我就怎么写!”小黄梨说。

“你姓什么?”

“这里姓李,俺娘家姓黄。”

兴儿就写上了,笑了一笑:

“你给我写的什么?”小黄梨爬过去问。

“写的你的姓名呀!”

“你写的我叫什么? 你娘的! 你没有好事!”小黄梨退回去说。

“下边写上你们各人家里的地亩,牲口,农具。”李三说。

兴儿又挨个问着写好。

“你们要带动副业,”李三又说,“还得把机子,纺车,落车,落子,柱,缯,全写上。”

“纺车家家都有,”双眉说,“机子就俺们家有一张。”

“今年冬天,我再给你们组里打一张。”李三说。

“你家不是有棚缯?”双眉问小黄梨,“你怎么不报?”

“那是从俺娘家借来的,能入在这个伙里?”小黄梨说。

“什么你娘家借来的,不是你那年在集上买的?”双眉说。

“写上吧!”小黄梨说,“反正我也不还她们了,要不显我多么自私似的!”

“还写什么?”双眉问。

李三说:“你们到地里做哪些活,到家里又做哪些活!”

“到地里,无非是锄个小苗儿,卡个棉花叉儿,搇个菜苗儿,摘个豆角儿。”小黄梨说。

“耕地拉耠子,我们也去!”双眉说。

“家里有男人的,重活还是叫男人们去做;没有男人的,就你们帮助去做,或是和男组换工。”李三说。

这些全写上。李三又说:

“按上级说的,最好是计工清工,或是按季说,或是按这一畔活说,这样又清楚,又没有话说。可是俺们那组,都说大家既是合事,才组织到一块,不愿意分斤拨两的,显着薄气,又嫌麻烦。我看你们还是讨论讨论,计工清工的办法,日子长了,一家子还有话说哩!”

“俺们也不那么小气,俺们也不弄那个!”小黄梨说。

“那你们就再写上几句话儿在后边,这计划就行了。”

“写什么话儿?”双眉说,“俺们就写上咱两组挑战的条件!”

她们决定明天先给大顺义家去打棉花叉。

八

夜里下了一场雨,虽说不大,农民们很高兴。第二天,人们起的很早,都到地里去了。互助组员们更起劲,都说这场雨是给他们助威。他们排队走着,背着大锄,光着肩膀。雨过天晴,庄稼精神起来了。大道小道,充满男男女女的说笑声音。

双眉天不亮就起来,把人叫齐,到大顺义地里去。她换上一件新褂子,地里露水很大,她卷着裤腿。走在路上,小黄梨赶上来说:

“双眉,俺家那山药该翻蔓,要不先给俺们干一天吧!”

大顺义说:

“可别,吃喝我都给你们预备下了。”

“下了这么场雨,山药不翻可不行!”小黄梨说。

“棉花不打叉,不也会疯?”大顺义出气都粗了。

“你要那么说,”小黄梨说,“不给俺解决困难?”

“谁说不给你解决困难?”大顺义说,“开会怎么讨论的?你那时还假张支,推推让让哩!下了一场雨,就不认账了?日子长着哩,象这样说了不算,算了不说还行!”

“你别教训我!”小黄梨气的脸上象又糊上一层金纸,“你要这么说,就各干各的吧,我去翻俺的山药蔓!”说完,转身就走。

“你就去!”大顺义也喊起来,“没你俺也不能不种地!”

双眉急了,她喊住小黄梨:

“别走,你回来,这是干什么呀?给我脸上不搁呀!”

双眉的娘也劝说,才把小黄梨拽到大顺义地里去。

几个人在地里拿棉花叉,小黄梨很快就到地头了,在小柳树下去坐着。大顺义满脸不高兴,一个劲拿眼斜楞小黄梨。到了地头,大顺义说:

“给人家做活,心也得出个公平,得象给自己做活一样,不能糊弄人!”

“我怎么糊弄人了?”小黄梨顶上来。

“你给俺拿净了吗?”大顺义拍着巴掌问。她两步就跑到小黄梨把着的那几个垄里去,劈着棉花看,她说:“你们来看看,这是给俺做的活,这么些叉都没拿,成心叫俺再拿一回?这组成不上来了,散了吧!”

“谁离了谁过不了呀,不成组不也是过了半辈子吗?”小黄梨拍拍身上的土,走了,双眉再也叫不回来。

在近处地里做活的人们,都望这里笑。双眉的脸红到脖颈子上,她喊:“这不是耍猴给人家看!”她直直地望着小黄梨那后影。

小黄梨走的很快,到自己地里去翻山药蔓。双眉跑过去,她娘在后面喊她:

“双眉,你可不许和人家闹!”

双眉在漫地里跑了两步站住了。她一下记起区长那句话:“你有个缺点!就是强迫命令,不要再犯。”

双眉心里很是难过,她想:“难道说,头一天就散了吗!”

她又叫了两声,小黄梨只装听不见,蹲在地里翻她的山药蔓。

“那就先不要叫她了,”双眉对组里人们说,“我们先把棉花打完!”

双眉做活又仔细又快。可是,半天她也没讲一句话,她在心里想事:

“做工作是一定要碰钉子的,”她想,“你得想想为什么碰了钉子!”“想什么!还不都是自私自利!”“可是,”她又想,“我们的任务就是要把自私自利的人组织起来,叫他慢慢变的不再自私,你得想法!”“上哪去想法呀?”她抬抬头。“看报纸?我们的报纸就告诉我们做工作的办法。”“有时候,那些办法在我们这个坏村子里用不上。”她皱皱眉。“还得领着去做!比如说,我们这个组,今天为什么闹意见?还不是为的下了这场雨,都愿意先把自己地里的活做完,多打粮食!那我就说服大家加油干,活要做的地道,又要出快,谁的地也耽误不了。”她在心里决定下来,和人们说笑着,她说:

“这点棉花,用不了一天工夫!”

几个妇女,看见双眉卖力,她们也就笑着加油!双眉说:

“咱们落后多着哩,人家苏联用机器摘棉花哩!人家那棉花,什么颜色的也有!”

“那就不用染布,”大顺义说,“这会颜色这么贵!”

“不是说,推碾子拉磨都是机器吗?”双眉的娘说,“到了那时,我就不用老围着磨转了，开着这么个小面铺，成天价得磨面。”

“什么时候才到人家那样呀？”大顺义说，“听说解板有机器哩！俺当家拉一天大锯，黑间就喊腰痛！”

“到那时候，才好哩，听说村里都有电影看！”双眉说，“我就是没见过电影！”

“咱这辈子，不知道赶得上不？”双眉的娘说。

“为什么赶不上？”双眉说，“那很快哩！我再考考你们：你们说毛主席号召的组织起来怎么讲？”

“组织起来，就是成组呗！”双眉的娘说，“组织起来，就是叫我们慢慢入大伙。”她高声笑了。

“对么！”双眉说，“娘说对了，学习毛主席的话，你不能光看字眼，你得往大处想，往远处看，那才是毛主席的意思。他一步一步领着我们往前走，我们的步得迈大点！我们加油！”

几个妇女快活地努力工作着，受着感动。她们渐渐忘记是在谁家的地里工作，她们觉得是为那毛主席指示的，大伙的幸福生活工作着。

不到晌午，她们就把这一块棉花打完了，双眉说：

“我们去帮小黄梨翻山药蔓吧！”

“她不帮人，帮她干什么！”大顺义说。

“她一个人翻不完那么一块山药蔓，我们去帮她。”

九

双眉的互助组没有垮台，晚上，她们开了一个检讨会。过了几天，组里又添了两家抗属，工作更热闹了。双眉工作的很起劲。她每天看报，学习各地方互助组的经验，又给大家讲。

老郄把双眉互助组当做一个经验，叫王同志给县里写个汇报。王同志说：

“介绍个好的组吧，她们这个组没有什么介绍头！”

“什么组算好组?”老邴问。

“你不了解情况,”王同志说,“昨天晚上,村里贴了一张黑帖。”

“什么黑帖?”

“黑帖上画着一个女的,打扮的很好看,站在梢门口。远处有一个青年小伙八路军,从队伍里跑回来。人们都说跑回来的就是兴儿,站在门口的是双眉,因为门口上面还挂着一个笊篱。”

“这都是无聊,叫他贴吧!我们不要光注意这个,他挡不住我们革命!”

“可是,”王同志说,“还有谣言哩,说双眉和你有问题哩!”

“有他娘的问题!”老邴骂着。他想了想又说:“我们不管这些,晚上开会,还是介绍双眉她们的经验。同志,你记着,我们是来给穷人办事,那些人自然要反对破坏我们哩!”

这天晚上,张岗全村开生产大会,还请了邻村的剧团来演戏。

区长在大会上介绍了双眉的互助组。他要说的是互助结组,要出于自愿,要有骨干领导,要有教育批评;要计工清工;要发挥力量,提高农业技术,几个问题。可是第一个问题还没说完,他就对村里一些坏蛋,贴黑帖子,造谣破坏,发起脾气来。还是李三上去才把那几个问题讲完。

双眉站在台下。区长介绍她们这个组,她仰头听着,不断压下嘴角的笑纹。听到贴黑帖子的事,她紧紧皱着眉头,低下头去。

晚上闷热。台上演着一出冬天的戏,一个演员穿的很厚,戴着大皮帽子,唱的又卖力气,唱着唱着满脸流汗,退到后台去了。剧团团长跑到前台来,俯着身子向观众喊:

“老乡们,我们的演员穿的太厚了,太热了,他到后台凉快凉快,请大家唱个歌好不好?”他就鼓起掌来,台下也鼓掌。

双眉走了出来。今天晚上有月亮,她顺着村外那条小道回家去。当她走到那个大水坑的时候,她听见有个人叫她。

转回头一看,是兴儿。

兴儿紧跟上几步说:

“双眉,我明天就回部队上去!”

“你有这个志气?”双眉站住脚。

“我下了决心。”

“你知道人家给我们造的什么谣?”双眉望着兴儿的脸。

“我知道。”兴儿说。

“那你就走吧!”

“我问问你,”兴儿说,“我们还好不好?”

“你还往家里跑不?”双眉问。

“我不了。到了部队上,我要好好学习,工作。”

“那我们还是好。你走吧。”

兴儿笑了笑就跑了,跑了两步又站住说:

“他们演的这是什么戏呀,不嫌丢人!我走了,你还是把咱们的剧团成立起来吧。我知道你就看不上他们这个戏。”

十

自从那天夜里下了一场雨,天就又旱起来。天暴晴,夜里连滴露水也没有。高粱叶子,下边几个已经黄了,上边几个一见太阳,就搭拉下来。谷,有的秀出半截穗子就卡住了,象难产的孩子,只从母亲身上,舒出一只手来。

人们的眼,盼雨盼的发蓝。李三每天半夜里,就叫起他那一组的人来,背上水斗子到井上去。

井在小亮家地里,是眼老土井。天不下雨,井里的水也不愿意长,浇不到吃早饭,水就浅了,只好停下来,等着。就象那眼前的庄稼,等着,盼着,能有些雨水,浇在它们头上,流到它们脚下。庄稼不会说话,它们盼水盼的是多么焦急!

他们每天起来,就先看天,天上还是一丝云彩也没有。有时,他们浇着园，一抬头看见天角上，长起一块黑云彩，他们就盼望着那块云彩，快快飞到头上来。他们等待那一声雷响，等待那雨淋到他们的头上。

只有他们的汗流不完，那块黑云慢慢地消散了。浇园的人从辘轳上拉下那汗湿的手巾，擦擦胀红的脸，无力地坐在井台上。

十一

王同志还是每天晚上召集人们开会。人们浇了一天园，又累又没心花。在一个大场院里，王同志守着一盏大油灯讲着，人们却四散在墙角睡着了。王同志讲起话来，至少是三点钟。等到她讲完了，走了，人们才相互叫醒，看看天上的三星，说：

“不早了，又该到地里去了！”

王同志回到家里和老郦发牢骚，有时还和香菊发脾气，说张岗的群众落后，疲塌。老郦说：

“我看眼前还是少开些会吧，人家都忙着浇地。”

“那我们就完不成任务。”王同志说。

“什么任务？”老郦问。

“我们组织起来的还不到百分之五十。”王同志说，“就是已经组织起来的这些组，不好好教育，我看也不巩固。”

“这几天，我们要多给他们想点浇地的办法。”老郦说。

老郦看出来，这些天，就是香菊也常常愁眉不展。她吃的很少，可还是照样给王同志和区长蒸些好干粮，炒点熟菜，她和小二菊却一口也不肯吃。这天吃饭的时候，老郦说：

“香菊，天旱了，年景不保，我们都省细着点，把这棒子干粮和熟菜免了吧！”

香菊笑笑说：“不在乎你们吃，你两个可能吃多少？就是这个坏老天爷和我们穷人作对，它就是不下雨，我这两天浇着也没劲了！”

老邴没有说话。吃完饭他找李三去了。王同志刚要回到屋里歇晌,大顺义赶来说:"王同志,我和你讨论个事,人们想着求求雨,叫我问问你许可不?"

"求雨?"王同志说,"经过八九年的教育,你们这里还这么落后?我们那里连庙都早拆了!"

"我们这里也拆了!"大顺义说,"可是,老不下雨,人们实在急了!"

"急了也不能求!"王同志坚决地说,"我在这村里工作,你们求雨,嚷出去,那不是笑话吗?"

"附近的村子有求的哩!"

"他们求,求他们的,我们不求。"

"那我就去告诉他们一声。"大顺义又慌慌张张地出去了。

香菊也同小二菊浇地去了。王同志躺在炕上,刚一合眼,她听见街上哇——哇、哇——哇地叫着,象一群小青蛤蟆在街上路过。随着,她听见有一个人吆喝:"小兔崽子们,你们还叫!王同志就住在香菊家里!"

哇哇的声音就一个个低下来,过去了。

王同志从炕上跳下来,走到街上。一群小孩子,头上围着柳枝圈,手里举着一根芦苇,拥挤着走过去了,前边的几个已经又哇哇哇哇地叫唤起来。

一群壮年老年的妇女跟在后面,小黄梨走在她们前边,托着香盘。

一看见王同志出来,跟在后边的几个妇女,就从大道上闪开,退到墙根去。小黄梨也站住了。

王同志问:"你们这是干什么?"

"我们求求雨,天这么旱!"小黄梨说。后边几个上年纪的老大娘说:"同志,不让求,我们就回去吧!"

王同志问:"谁组织的?谁的头?"

小黄梨说:“王同志,谁也没组织,这是群众的意见。”

“群众的意见?群众的意见也得先通过我!”王同志说。

“你看看哪,这里边尽是抗属!”忽然有一个男子的声音,王同志转脸一看,是地主郭老太的侄子郭环,穿着一件白背心,插着腰站在高坡上。他向那些退到墙根的老大娘们说:“你们这些人!求雨有什么罪过,也值得害怕?要是不下雨,丢了年景,还不是老百姓饿肚子!”说完,就愤愤地转身走了。

“你们不要受坏蛋分子的挑拨!”王同志喊,把小黄梨手里的香盘夺过来,扔在地下。“赶快散了回家去!我看谁敢求雨,我把他送到区里!”

“你就送我们到区里去吧!”一个白了头发的老大娘,从墙根那里颤动着腿走过来,“我的儿子在前方十年了,你把他娘送到区里去,你送送吧!”

“你抗属有什么脸!”王同志也急了。

“你说抗属没脸?这是你说的!”老大娘们全围上来,指着王同志,“我们没你的脸大!你白吃了八路军的公粮了!”

王同志觉到自己说错了话,脸胀的通红。她转身往香菊家里走,那些大娘们在她身后指点着,数说着:

“你看你穿的干干净净的,你说的话正确吗?”

“不管她!”小黄梨拾起香盘,“我们还是求雨!看她能把我们怎么了!”

“求雨!求雨!”老大娘们拥着小黄梨往前走。那群小孩子们站在远处看热闹,看见奶奶们胜利了,就又排成队转过身去,哇哇地学起蛤蟆叫,往大水坑那里去了。

郭环牵着大黑驴从梢门里出来,紧紧跟在后面,对老大娘们说:

“求,求定了,三天下了透雨,我们唱大戏!区里县里,一天一斤四两米,敢情他们不着急!”

"你这是干什么去呀!"一个老大娘问他。

"我去套水车,"郭环拉着牲口,蹬蹬从她们身旁过去了。

十 二

大顺义气昂昂回到家里,看见李三正在外间屋里锛一块木头,就问:

"你也不睡会觉?这又是做什么?"

李三抬起头来,脸上的汗在一条条深深的皱纹里横流,用手抹一把,笑着说:

"我们组里只有一把小辘轳,一个人浇,一个人就得闲着。我们几个人又都闲不住,家里有这么点材料,我做一个对浇的花辘轳!"

"你给我放着!"大顺义跑过去就把那块槐木拉过来,"我还留着打纺车哩,你又做辘轳!"

李三说:

"你看你这人,天干火燎,是做纺车要紧,还是做辘轳要紧?"

"那你们还不叫求雨哩!"大顺义把木头丢在地下,一屁股坐在上面,"我看这个王同志主观劲就不小!"

"谁叫你们去求雨呀?"

"不叫求雨,你们就别叫地里旱。你们领导,你们可就领导的下雨呀!叫我说,光凭王同志这个领导,老天爷就不会下雨!老天爷看见她在这村里领导,有块下雨的云彩,也得隔着张岗村刮过去!"大顺义说。

"得自己想办法,不能干等着下雨!"李三过来拉那块木头。

"你就是不能做!"大顺义用劲坐了坐,推了李三一把,"你想往他们身上填多少东西呀?就是你这么着急,东西叫你一个人出,活叫你一个做,敢情他们便宜!"

"我填的什么东西呀!"李三问。

“什么东西？我气胡涂了，记不清了，你叫我想想。对！添了一把锄杠，是不？”

“锄杠安在你自己的锄上呀！”

“早晚不得入到伙里？”大顺义仰着头问，“那天修理辘轳架，叫你出工还不算，还使了咱五个大蘑菇头钉子，他们给过钱吗？修理水斗子，也是用的咱的材料，还有麻绳！”

“修理好了，你就不使？你家那地就不浇？”

“可是，”大顺义冷冷地说，“总是先浇别人家的，我们是做活抢在前头，沾光躲在后头！”

“我是干部呀！”李三喊起来。

“你模范！”大顺义也喊叫，“模范能当饭吃？我看今年冬天就够你过！”

“什么年月我也过来了。”李三坐在板凳上去抽烟。

“我不是不叫你做，”大顺义一下变的很和气，“我问你：天旱水浅，小辘轳还不够浇，你忙着做大辘轳干什么用？”

“那井该淘了，淘一淘，水不就旺了！”

“你该死了？我不叫你淘井！你一天价喊腰痛，激病了谁侍候你？”

“你侍候他呗！”后边有人说话。大顺义回头一看，区长来了，就笑着说：

“我呀，我不侍候他。男女平权了，我也侍候他好几十年了，该换换班了！区长，吃过饭了？”说着斜了李三一眼，就到里间歇晌去了。

李三笑着让区长坐在板凳上，走过去，拉过那块木头，闭上一只眼睛照了照，放在脚底，举起了锛，说：“区长，当个干部真不容易呀！里外夹攻，又得受群众的气，又得受家里的气！”

老邴笑了笑。

李三说：

“老百姓看的近，光愿意六月里摘瓜，不愿意二月里种子。什么事也不愿意下本钱。这几天，大伙浇着园，越来越劲小了，都说是白费力。我说换大辘轳，他们说没水；我说淘井，他们说胶泥底白淘；我说安管子，他们说安不起。我说托人到端村去买竹子，我自己学做，自己学安，可以省下很多钱。就是这样，组里人们还是不大乐意。”停了一会，他又笑着说，“一步一步来呗，着急不行！可是天这样旱，不着急行吗！”

“等着你做好辘轳，淘好井，安好管子，地里的庄稼也就旱光了！”大顺义还没睡着，在里间插一句。

“就为的这一年？哪年不旱，哪年不红着眼盼雨？就算今年不见功，还有来年哩！”李三说。

“等到来年？”大顺义说，“一年得不到实惠，来年看谁还和你成组！”

李三没有说话。他低下头，手扶着锛，站在木头上。他想：内当家这句话说的对，得不到实惠，这互助组，就很难巩固。

“你不要灰心呀，老李！”老郦说。

“我不灰心。”李三抬头，又举起锛来，“我是怕别人灰心。”

“就按照你的计划一步一步做，我帮助你。”老郦说，“要紧的是我们不能泄气，越困难，我们越要猛干。什么时候淘井，你告诉我一声。”

十 三

起了晌，李三和他那一组去淘井。双眉听说了，也把她那一组调过来帮着绞水绞泥。她对李三说：

“三哥，我们帮你们淘，你也得给我们淘淘。你做好了大辘轳，把小辘轳给我们。”

男女八个人到了井上，李三头一个下井。他说：

“这井我知道，年久了，我下去看看。要有危险，你们就不用下去。”

大顺义仰头望着他说：

“你上点岁数了，又好腰痛，就叫他们年轻的下去吧。”

“怕什么？”李三笑一笑，坐在斗子上把着绳下去了。

双眉和大顺义绞泥绞的满脸流汗，大顺义恨不得一下把井里的泥淘完。她对双眉说：

“好侄女，我们卖点力气，快着绞，你叔好腰痛呢！”

“他不是刚和你吵过架，你还这么心疼他？”双眉笑着说。

“打了骂了，也是心疼他呀！”大顺义笑着，她不断地探着身子向着井里问：

“有闪失没有？”

“没有，快绞！”李三在井里喊。

人们在井台上说着笑着，换班绞着。不到天黑，把井淘完，水长的很好。李三提议：就着把小亮的地也浇了。大家全高兴地叫着“三哥”。

大顺义先回到家里，给李三煮了热汤面，叫他吃了早些睡觉。她躺在他的身边，用一把破蒲扇给他扇着蚊子。她说：

“你累了吧！”

李三闭着眼没说话，她又说：

“这样一淘，我看水长的很好。明天，你们再换上花辘轳对浇，我看咱那块小晚谷准长好了！”

“还要下上管子。”李三似睡不睡地说。

“还叫我们帮着下吧，我们也不少做活哩！”

“得叫你们，下管子很费力气！”

“我刚才听见说，别的组，看见我们淘了井，出水出的好，他们也张罗着要淘哩！他们说也要安管子，也求你帮着做哩，你有那么些工夫吗？”

“怎么没有！少歇会就有了。全村的生产弄好了，叫人们闯过这个灾年，比什么也好。”李三笑一笑说。

“过了这阵子，”大顺义说，“你得给我打个纺车！”

“给你打，谁说不给你打呀！”

“过了大秋，你还得给我们组里打张机子。双眉她们，都说叫我抽空求求你哩！”她笑着把头扎在李三的胳肢窝里。

李三在睡梦里喃喃地说：

“快睡觉吧，明天还要早起。”

“你睡吧，我不麻烦你了！”大顺义拉过被单盖在李三的身上，自己也睡着了。

她睡着，大声打着呼噜。她做了一个梦，梦见李三从井里淘出很多东西，里面有李三使用的洋锯洋刨，有她使用的洋机子和洋纺车。她坐在井台上试一试，那纺车转的是那样快，出的线是那样匀，那样细，双眉她们围着她跳着笑着，夸奖着。纺车转着，变成了大水车，水象瀑泉一样涌出来，流到她家那块小晚谷地里去；小晚谷一喝水，立时抬起头来，在风里摇摆着，小晚谷变成一群小孩子，穿着花红柳绿的衣裳，打着花棍扭秧歌。孩子们也围着她跳，也围着李三跳；她抱起一个男的，李三抱起一个女的。她凑近李三说：我们都是四十开外的人了，还没有一个孩子，我们就要了这两个小孩吧！

她睡着，把一只胖胖的胳膊放在李三的胸膛上。

下篇　复查以后

一

土地改革的复查工作传达到张岗。经过诉苦，农民们行动起来，是阴历七月十五。高粱全晒红米了，漫地一片红。敲打着锣鼓，农民的队伍，从村里出来，绕过大水坑，先到郭老太的四十亩水车园子来。

这一套红漆牛皮大鼓，一直在家庙的西厢房里叫尘土漫封，农民不能随便动用。抗战以来十多年，还保留了这个习惯，村剧团只能敲那套小的。这一天，大会开过，一个农民提议：把家庙的门开开，把鼓拿出来，我们敲敲。十几个人跑去了，怀锣抱鼓，把全套家伙拖出来，在太阳地晒晒，大鼓的声音是震天的焦响！

人们喊："欢迎双眉来指挥！"

双眉从斗争大会上下来，通红的脸上流着汗，手里提着一根粗粗的青秫秸。她跑过来，就用青秫秸指挥。她说："一，二，将军令！"

大鼓敲起来，这是胜利鼓！

大鼓走在前面，双眉的花褂子，汗湿透了。两旁的艳红的高粱穗，一低一扬，拂着人们的脸。大鼓的声音，震的那珊瑚珠一样的高粱粒实，簌簌下落；落到地下，落到人们的头上，脖子上。

男人们把褂子脱下来，卷一卷，斜背在肩上。

复查从山地里一开始，消息很快就传来。那时天还很旱，地主们把水车停下来，叫庄稼旱着。七月半，下了透雨，草也不除。现在，郭老太这块四十亩水浇支谷，野草齐到谷子的脖里。可是，谷子还是很好，沉甸甸的弯下来，在太阳里闪着金光。

一个农民在地头上插上一块牌子，上面写：贫农组没收谷地四十亩。他喊了一句："这地是我们的了！"人们一齐喊！大鼓更响了，好象是土地自己发出来的声音。

队伍奔东去，在每块应没收的土地上，插上牌子。天晚了，太阳在一大块红云里滚动着。

大平原的田野，叫庄稼涨满，只有在大平原上才能见到的圆大鲜红的太阳，照着红的高粱、黄的谷、正在开放的棉花。一切都要成熟。红光从大地平铺过来，一直到远远的东方去。

双眉倒转着身子，指挥着大鼓，从村东的大道回村。在村口，大鼓的声音更激烈，农民们奔着地主的家门跑去，地主们仓惶从家里走出来。农民告诉他们:你们什么也不许动!

农民们激动、紧张地度过七八两个月。李三当选了全村贫农总代表,双眉成了张岗妇女的领导人。从地主富农斗争出五顷地,全要收割,村里成立了秋收大队,双眉是妇女大队长。

二

每天,双眉摸黑集合妇女们下地,天很晚才收工。人们回到家里胡乱吃点东西,双眉又在月亮下尖声吹着哨子,集合人们开会了。

“选了这么一个大队长,连叫孩子吃口奶的工夫都没有了!”一个妇女扔下孩子,结着怀里的纽扣走出来,“她一个姑娘家,敢情干净利落,也不替别人想想!”

前边一个妇女答了腔:

“连撒尿的空都没有。到家里,脑袋放不到炕沿上,就睡着了。有两个月没和俺当家的说句话了。”

地主们开始破坏庄稼。他们削毁那还没有灌好粒实的高粱和谷子,偷窃成熟的,他们掘出还没长好的山药,拔走花生,踏倒棉花。

武委会的人们,夜晚背上枪,到地里看青。

双眉有一支小橛枪。这天晚上,她到没收的郭老太的地里去。她远远就放轻脚步,拨开两旁的庄稼,不叫它哗啦哗啦响。她看见有一个黑影,从谷地里站起,手里有一弯放光的东西,在空中一闪。她听到削倒谷子的声音。她跑了过去,喊:

“谁呀!”

那黑影立时蹲了下去。当双眉跑到地头的时候,那黑影站了起来,是郭老太那老头子。老头子四处张望一下,说:

“双眉吗? 就你一个人?”

“就我一个又怎么样?”双眉说。

“我说就你一个,我就不害怕。”老头子阴森森地笑了。

“你为什么削我们的谷子?”双眉说。

“削你们的谷子? 你们的谷子?”老头子狠狠地说,“这是我的谷子! 我全把它削了!”

“我看你削削试试,你再削一棵! 我把你送到代表会去!”

“不要吓唬我,双眉,不管怎样,我们还是一姓一家,我还是你的一个爷爷!”

“你是谁的爷爷?”双眉尖声问,“你是地主,我是贫民,我们不是一家子,你不要和我拉近胡。”

老头子无力地坐在地下,他说:

“就算我们不是一家子。我也不敢高攀,我求求你们,叫我收了这一季谷子,不行吗?”

“你凭什么收割? 这地是你剥削来的!”双眉说,“我长了十八岁,没见你通过镰把锄柄,今儿个是头一摸! 只在破坏我们的庄稼的时候,你才抓起镰来!”

“你们不要赶尽杀绝!”老头子忽的站起来,镰刀在他手里抖颤,象受伤的鱼,“我和你们拚了!”他转过身去,向谷子乱砍一阵!

“停下来!”双眉把背在后面的枪冲着老头子一扬,“你再砍,我放枪了!”

随着就往上一举,砰!

听见枪声,一大群农民跑了来,把老头子带到武委会去。

回来的路上,双眉和李三走在一块。月亮升上来,田里流着一股热气,通身燥热。

双眉说:

“这一天过的真热闹,这么晚了,还有一出戏。”

李三说:

“我们没有到战场上打过仗,今天算看见阵势了! 你看人们从村里敲着鼓出来,那股劲! 就有一座山挡在前面,也冲倒了!”

“要成年过这样的日子才快活！三哥，我今儿个心里象着了火一样。”

“到了这个时候，谁也沉不住气了！”李三也笑着说。

“三哥，我和你要求一件事！”双眉低声说。

“什么事？你说吧！”

“我要求入党，我要好好干一场，你介绍我吧！”双眉扬着手，好象要到天上摘下什么东西来。

她唱着歌：

七月里来呀高粱红
高粱红又红
姐妹们呀
集合齐了
开大会呀
来斗争

姐妹们
诉苦呀
泪双流
抬庄稼
不敢走
你家的地边头
穷人们
携儿抱女
风吹日头晒
你家的
大小姐
不用下炕头

七月里来棉花开了花
你家穿罗又穿纱
拾你一朵棉花
挨死棍打
那时候
你不认咱是当家

三

好容易把庄稼弄到场上，就开始分果实。刚分了一部分红货和衣裳，县里就来了指示，停下来。老邴和王同志也回县去了。代表会把粮食红货衣裳，点清入库封存，成立了保管股，李三是负责人。

保管股设在大三班的宅院里，这是一所大庄院，紧靠村南。这里原先是并排三处宅子，都是五进卧板灌灰砖房。东边的两座日本鬼拆去修了炮楼，旁边的大场院、碾磨棚、长工屋，也倒塌了不少。

现在，只留下了这一座。前两进的正房和偏房，全盛满了果实。过厅里是账房和伙房。第三进是木料和农具。

在保管股睡觉的，有原先给地主管过账的侯先生，衣服布匹保管李双进，牲口车辆保管郭老改是抗了一辈子长工的老光棍，还有做饭的小黑，过去也侍候过地主家。

第一次分果实，双眉分了一个小红漆方凳，一件紫色丝绒旗袍。她对这两件果实，非常满意。她说：东西不多，是个提念。她把小凳擦的透亮。这件旗袍，只要她知道谁家的姑娘要娶，就自动去说：

"我借给你件衣裳，是胜利果实呀，颜色好，穿上也吉兴。"

她又要成立剧团。按照本村复查斗争的真人实事，她编了一个剧本，把自己编进去，当主角。每天晚上找了过去剧团里那些人，在保管股的大客厅里练习。

过厅里可以容二三百人开会，李三说，到了冬天，就在这里开识字班。现在每天晚上，双眉拿一个大黑碗，叫小黑从大油缸里舀上半碗花生油，点着，和人们排戏。村里的人，吃了晚饭，也都凑到这里来。

小黑点上灯，顺便就对人们说：

“双眉就是行，能文能武。斗争地主，是好样的；你说文化娱乐吧，又能编能唱！”

双进也跟着说：

“就是男人，有多少比得上？你看戏词，你听唱腔，从小又没坐过科，真是天分！”

唱到夜深，碗里的油干了，灯花干爆，人们还不愿意散。有的说：

“小黑！去添油，大伙里的东西，斗争出来的咱们不点小灯！”

李三从院里慢慢走进来，说：

“乡亲们，天不早了，散了吧！”

“可不是天不早了，该回去睡觉了，明天还有明天的工作哩！”人们说着走散了。

李三过去坐在方桌旁边，在油灯上抽着烟，看见双眉卷起剧本要走，就说：

“双眉，坐一会，我们谈谈！”

双眉远远站着，满脸不高兴，哑着嗓子说：

“我知道你对我有意见。”

“有意见。”李三笑一笑。

双眉走过来，把灯拨了拨，去添上点油，说：

“我就不明白，演演戏，唱唱歌，算什么毛病！”

李三说：

“我是说不该在这个时候，整宿隔夜地在这个地方演戏。眉，你知道这是个什么地方。屋子里，我们放着三百个包袱，足有三千件衣裳，这是全村农民斗争出来的东西。你知道，斗争并不容易。你听过人们诉苦，这些包袱里，不是地主们的衣裳，里面有我们的汗，也有我们的血。老一辈的苦处在里头，下一辈的好光景也在里头。你说地主富农甘心吗？每天夜里，我总捏着一把汗，在这宅子周围，不知道要转多少趟。这责任过重，人家扔进一根洋火来，就毁了我们。万一出了事，我们对不起全村的农民，更对不起上级。”

双眉望着灯花，她说：

“三哥，你看着我不行，那就算了。我觉得在斗争地主的时候，我还不赖！”

“你敢说敢做，这一点比我强十分。”李三说，“这是你的大长处。可是在后一个阶段，你又犯了过去的毛病！”

“什么毛病？斗争地富是毛病？走在前头，站在前面是毛病？”双眉盯着李三。

“就是妇女们对你有点意见。”

“群众对我这人总有意见！这我早想通了，那不怨我，那怨他们落后！”

“眉，我们说个笑话。就说那些日子你手里捉的青秫秸吧，捉着那个有什么用？”

“有什么用？你说有什么用？在斗争大会上，我拿它训教那些地主富农；在地里训教那些落后顽固队！”

“可是，我看见你带领妇女大队，手里也是捉着那个家伙。”

“我没有打过农民！”

“我见过你把青秫秸指到小黄梨的鼻子上。”李三说，“一举一动都要分个里外码才行！”

“那是我一时性急。”双眉低头笑了。

李三说：

"经过斗争,群众的认识提高了,多数的,并不比我们落后。我们再欺压他们,他们会找机会训教我们。"

"就是为这个,我和你提的事,不能解决吧?"双眉问。

"不全是为这个。这些日子事情多,支部还没讨论。"李三严肃地回答。

"说句实话,三哥,我觉得我在工作上,比起你们里面一些人,并不弱!"双眉扬扬眉毛。

"不能那么比。"李三说,"里面有些人,工作能力小,可也是在里面受了八九年的教育,经了考验。我们要常想到别人的长处。你就是净看着别人不如自己。"

"就凭这次复查,我自己觉着就够入党条件。"双眉说。

"不能抱着功劳来入党。党会注意到你这些功劳。最近我们要讨论一下你的问题。刚才我们谈的不要在这里演戏的事,怎么办?"

"不演就不演吧,我听三哥的。"双眉站起来,"可是我有时间自己练习练习,你可不要管我。"

"别引逗很多人来就行了。"李三说,"还有,把你们的互助组拾掇起来。"

"什么互助组?"双眉说。

"我们的互助组。我们不是挑过战,要坚持全年吗?"李三说。

"哎呀!"双眉笑着,"我们不是有了秋收大队,还要那个小互助组干什么使?"

"秋收大队是临时的。"李三说。

"拖拖拉拉干什么呀,赶紧入了大伙算了!"双眉说,"秋收大队多醒脾,一声哨子吹,人们就到齐,又好领导,又没意见。想起那个小互助组,就叫人头痛,满共不到四五个人,鸡一嘴,鸭一嘴,事情还是满多!"

李三说:

“秋收大队,为的是不叫庄稼烂在地里,秋耕耘上麦子,那些日子,我们正在斗争,力量组织得越整齐越大越好。以后,地要分,粮食也要分,明年春天,还得是互助组。”

双眉不耐烦地说:

“不分就不行?我就不明白,为什么走一步又退一步!已经走出村去了,又退回炕头上去,有这样的理?以后反正是要集体吧,现在已经集起来了,东西在一块,人也在一块,大锣大鼓也敲过了,又要哼哼吱吱吹细乐了!油干了,三哥,我们明天再谈!”

四

她刚下台阶,就和一个提着雪亮的马灯的人撞了个满怀。

“谁呀?这么冒失鬼,撞撒油了!”提马灯的是牲口车辆保管郭老改。

“你这是干什么,慌里慌张?”双眉笑着说。

“双眉呀!我当是谁哩?咱们有了大喜事。”老改笑的合不上嘴,“咱那小紫牛要添小牲口了,咳!就是身子弱,不准好添。小黑!”他冲着过厅高声喊叫:“快起来!”

“我去帮着你!”双眉双脚跳着,“我们又多一个小牛了,我就待见小牲口。走!别叫他了!”

她拉着老改跑了出去,屋里的人们也听见了,跟着起来,明灯火仗跑到牲口棚里去。

直闹到天快亮,小牛才添下来。

第二天,支委会上,李三提出双眉入党的问题。七个支委有三个不同意,一个不表示意见。不同意的说:

“咱村的党也成立九年了,她很早就参加了工作,人们也想把她吸收,就为她这个作风,实在没个方寸。群众对她有意见。”

李三说:

“打春天受了批评,参加了互助组,也总算好多了。一个女孩子，咱们说的：从小呼吸着新民主主义空气长大的，也不能叫她象我们这些上点岁数的人一样。群众对她有意见，有时也是群众们的老理。我们看一个人，要从他的立场上看，工作上看。按工作说，成立了互助组，双眉的工作不错。在立场上说，这次复查，她不顾情面，斗争积极，带动大伙。那些日子，我们都觉着少不得这样一个人，就好比出兵打仗，这是一员闯将。我觉着可以讨论她的问题。”

副支书说：

“不好办。这个人好反油。春天批评了一下，好些了；这些日子，一当秋收大队长，又闹起来了。”

李三说：

“一个人总有一好，好唱歌唱戏也不是什么毛病。脱离群众的缺点，我给她指出来了，好好帮助，她可以改好。”

“有些地方实在不成话！一个十八九岁没出门的大闺女，黑更半夜，跑到牲口棚里，帮助老改去接小牛！这个作风，我怎么着也看不惯！”另一个支委气愤愤地说。

别的支委全笑了，李三说：

“这不是原则问题。”

最后算拧拧支支地通过了：交小组讨论双眉的组织问题。

五

支委会散会出来，李三来到街上，看见大庙跟前围了一大群人，小黄梨在里面指手画脚大声喊着。

和她对吵的是牲口车辆保管老改。泥洼里翻倒一辆大车，一条牛卧倒在乱泥里。走近一看，是昨天晚上刚下了小牛的那条紫牛。

老改气得浑身乱动，追着小黄梨：

“走！走！咱们到区上去说。”

小黄梨一边躲闪，一边喊：

“你这个穷光棍，你拉扯我干什么！有话，你站远点说！”

老改喊叫：

“乡亲们！这不是乡亲们都在这里！你们看看这辆车，这是五班那辆头号大车，空车也要四套才拉得动，她把这小牛套上！这牛，这两个月，人们光使不喂，弱的不行，到了月，小牛都养不下来。我们忙了一宿，才保住了大牛小牛的命。你单把它套出来！你成心吃牛肉是不？”老改狠狠地指着小黄梨：“你添了孩子也得在炕上坐个十天半月；牛，不会说话，它！就不是性命？”

“你放屁！你满嘴喷粪，你这个穷光棍！你一辈子娶不上媳妇，把牛当成至亲！”小黄梨拍手骂着。

“我是穷！”老改说，“眼下穷人并不下三烂，你是地主！”

“你是地主！”小黄梨喊，“你不要出口伤人！”

“还有这车！”老改指着掉下来的一个车脚说。“人们光使不拾掇，有两月没抹过油，干磨，风吹雨洒，现在网也裂了，瓦也脱钉，我看你们使个蛋！”

“你不叫人们使，你放着它下小的呀！”小黄梨在做防御性的进攻。

人们说：

“别吵了，这不是三哥来了！”

李三赶紧和人们把车辕抬起来，把牛卸下；叫人们把车脚安上，赶到院里去。他说：

“再吵一会，就把牛压死了！乡亲们，这牛和车不是咱们的东西吗？”

老改拉了半天，才把紫牛拉起来，牛站了好几站才立定。老改二话不讲，怒气冲冲牵着牛走了。

他把牛拉到了保管股的牲口棚里，长长的槽口全空着，牲口都借出去了。只有那小牛躺在街角晒日头，不知谁给它脖里缠着一条长有四尺的红绫,有一头在地上曲卷着。

老改正在奇怪,他看见双眉在槽那头走过来,手里端着一个漂亮的小铜锅,没有看见老改。

“来!喝了这点米粥!谁知道老改把你娘弄到哪去了哇?”她对小牛说着,抱着小牛的脖子,叫它喝粥。

老改站着不动。双眉又说:

“你还不喝?你这饭碗不错吧?这是二举人熬燕窝的家伙哩,咱没见过燕窝,咱拿它来叫你喝粥!”

老改偷偷笑着。老牛看见了小牛,叫着跑过去,老改牵不住,才暴露了目标。

双眉看见了老改。老改擦洗老牛身上沾着的污泥,指着小牛说:

“谁给它脖子里缠上那个?”

“我呀!”双眉笑着说,“不好看?”

“哪里找的绸子?”

“保管股要的。”

“好看是好看,就是可惜了儿的。”老改说。

“别那么小家子摆式了,”双眉说,“牛是我们的胜利果实,小牛添在保管股,又是一件大喜事哩!”

六

晚上,人们又来看排戏。一进保管股,看见过厅里黑洞洞,没有双眉,人们就回去了。大顺义和小黄梨也来了,出了保管股的大门,大顺义说:

“戏是看不成了,咱们去看老改吧!听说他那老牛添了一个小牛,老改象侍候坐月子的,把大人孩子全打扮的象新媳妇一样!”

小黄梨说:

“你去吧，我不去，白天我才和他吵了架，那么没昂气？”

“唉，”大顺义拉着她，“咱们多会不和他争争吵吵，记恨这些还有完吗？听说老改这些日子，分了点东西，手里很富裕，想寻个人儿，咱们去探探他的口气。这个年头，人们手里全有些尺头，说成了，比纺一集线子不赖！”

小黄梨就跟她去了。

一到老改住的小南屋，只点着一根熏蚊子的蒿绳，没有老改。大顺义给他把灯点着，两个人在屋里坐了一会，又端着灯出来，看见那老牛闭着眼卧着，小牛爬在怀里睡着了。小黄梨拉拉那小牛脖里的红绫子说：

“真糟年景！你看拿回去，过年给小孩子们做个帽子，多好看。”

正说着，老改提着一个马灯通通地回来了，后面还跟着一个人，不认识。老改问：

“谁们？”一看见是小黄梨，他喊：“啊！你干什么？你又来刨治它们！你想偷我的红绫子！”

大顺义站起来说：

“你这个兔子！狗咬吕洞宾，不识好歹人！我们给你解决困难来了！”

老改说：

“我有什么困难，叫你来解决？”

“我们来给你说媳妇来了，官还不打送礼的，你倒撵起媒人来了！”

“顾不上！牛病的快死了，”老改愤愤地说，“你死了到阎王爷那里去告一状，叫她来个眼前报！快走！快走！”他推着小黄梨，“再不走，我就叫武委会了！”

小黄梨和大顺义赶紧跑出去。

老牛回来就不吃草。老改到大官亭去请来一位兽医，这位兽医在这一带是很行通的。老改给三班扛活的时候，常套了轿车或是备了走马去请的。这天，老改去了，正赶的兽医有事，又见老改走着去请，就说没空不能来。老改说：

“我喂不起牲口，当真是我的牲口，死了就死了！这是贫农组的牲口，又有一个小牛，无论如何请你走一趟！”

兽医一听是贫农组的牲口，就说：

“那没说的！我有多么要紧的事，也得放下先去瞧牲口！”

老改又说：

“论说我们张岗贫农组的牲口可不少，车辆也多，全借给农民去秋耕地了，只好屈你走一趟！”

兽医说：

“天下农民是一家，现在不能象过去。过去是给地主财东做事，现在是给咱们穷哥们服务，再不能拿架子摆谱！”

来到槽上，兽医翻开紫牛的眼皮看了看，又摸了肚子，掏出舌头看了。问了问情由，就摇了摇头。老改心里凉下来，就问：

“先生，你看还有治没治？”

兽医说：

“开个方试试吧，不准见功。”

老改领他到了账房，开了药方，也顾不得送先生，就到药铺去抓药。这里管账的侯先生原和兽医认识，叫小黑烧火沏茶。又问：

“大官亭那边的牲口怎样？”

“情形差不多！”兽医说，“因为牲口还没分，没确定所有权，人们只知道瞎使，不结记喂饮。其实牲口这玩意娇气着哩！它的生理和人一样，哪里照顾不到，也容易出毛病。再说医治牲口，比起人来还难。人会说话，饥思食，渴思饮，你不给他，他自己会说，会要会找。牲口不会说话，要全凭人去照顾，这就难了。可是人们不想这个！”喝了两口茶，又说：“这还得教育，人们的自私自利劲还是不小。——这茶叶不错，这几年敌人封锁，很不容易喝到好叶子，这也是果实吧？”

又说了几句闲话，兽医才告辞走了。

老改到药铺抓好药，回来叫小黑熬好，帮着灌下去；他又守了一夜。

七

第二天早晨，紫牛才慢慢捣嚼了。老改还是气不愤，找了李三去，叫他开个会，批评小黄梨。

李三召集代表们商量一下，都主张晚上开个会。各个代表回去，分头分街通知了小组长，小组长又通知了各个户，说晚上在保管股过厅里开会。

吃过晚饭，李三先到会场，找好几个油灯，添上油点着。跟着进来一个老大娘，手里拄着拐杖，吧打吧打响。

李三笑着说：

“这老娘娘倒积极！”

老大娘望着李三说：

“我这积极是真积极，你该给我登登黑板报。从六月底，咱们就白天一个会，晚上一个会，你说我哪次晚到过？早退过？我纺着线，一听见说开会，放下就来，不打误阵。风雨无阻，不怕黑道。我净说：家里多么忙，也不如大伙的事情要紧。开开会，听听章程，心里多么明白？我就不喜欢那样，开会不到，会开完，遇到要分东西了，才东打听，西打听，光怕自己吃亏！意见又多，会上吞吞吐吐不说，四下里张扬！象这样的人，你也该批评批评！”

说的李三笑了，老大娘又说：

“你说我说的这是真理不是？正确不正确？”

李三说：

“是真理，正确。”

慢慢人到齐了，坐着的站着的。姑娘们在一块，特别她们那里嚷嚷的欢，又欢迎双眉唱歌。双眉望着李三那里挤眼，姑娘们说：

“三哥呀？他老好了一辈子，怕他干么？”

李三站在一张桌子前面，旁边坐着贫农组的秘书。秘书翻开花名册挨名叫着，人们报着“到”。不到的，小组长赶紧派人去叫了。

李三说：

“现在开会，各组的人往一块凑凑吧，回头还要讨论哩！谁先说说？”他回头望着代表们问。

“三哥念道念道吧！”代表们说。

“我就说说。”李三转过身来，“今天开会，是为咱们贫农组的牲口和车辆的事。这些东西，是咱们农民斗争出来的，这不是地主的东西，这是咱们祖祖辈辈给地主当牛马，拿血汗换来的。现在咱们从他们手里要回来自己使唤。以后是要确定所有权的，现在因为地还没分，先借给大家用着。可是有的人不知道爱惜它，都说：往后还不知道分的谁手里。牲口也不喂，狠死的使，咱们的牲口全弱了，车全坏了。这样下去，损失完了，还是咱农民吃亏，也叫地主们看咱的笑话，叫群众对我们不满意。我们都是辛辛苦苦的农民，我们都知道爱惜东西，就是有点落后。拿到手里，抱在炕上，才叫自己的东西。其实，现在什么不是我们的？代表会是我们的，区级县级是我们的，前方打仗的战士是我们的，我们都要爱惜他们。你们说对不对？”

“对！”人们喊着。最后是谁喊了一句：“对极了！”

李三接着说：

“就拿小黄梨使牲口吧。不经过保管就牵牲口，单挑了那个紫牛，又不会使牲口，牛勾槽歪到牛脖子下面，差一点没把个紫牛送了命。车轴的辖掉了，也不看看，就套出车去，闹了个人仰马翻！也不只是她一个人，别的人也要检讨检讨。昨天晚上，我们内当家的，犯了老病，不在家里纺线，跑去给老改说媒。我在家里批评了她，我想了想，也该在这大会上提出来！”

人们哄的笑了，乱拿眼找大顺义。大顺义冷不防李三给她来这么一手，早臊的缩到桌子底下去了。接着各个代表补充。然后就分开小组围着灯讨论，各个代表分头掌握。

大家的意见说完了，各个代表小组长在一块凑了凑，就由李三做结论说：

“各组讨论的办法是：按地亩自由结组，把牲口车辆先分配下去，这算是个草稿，以后确定所有权，变动也不大了，大家安心喂养牲口，使用车辆。各组选个组长，牲口喂坏了，车损坏了，由他负责；谁坏的，就不确定给他所有权。各代表还要就近检查。分头竞赛。”

八

把牲口车辆分配下去，村里事情少些了，李三有时就去照看照看他那互助组开办起来的木货厂。和他们刨树，拉锯解板，垒炭窑。他和伙计们说：

“今年我们烧炭准赚。煤过不来，附近大官亭，苌刘庄都住着伤兵医院，冬天炭总是要用的。”

大印说：

“听说要平分了，咱这厂子弄半天，还不准怎么着哩。”

“什么平分？”李三问。

“你还是头目人，消息还不如我灵通。区里发下报纸，上面说要平分，每人一份，一份三亩地儿！”

“那报哩？”

“又收回去了，我也没见。是秘书和我说的，他说不叫对外人讲。”

小亮登在架子上和全福拉着大锯，听见说就停下来，用手背擦着脸上的汗，问：

“什么也平分吗？”

大印说：

“平分吗，可不就什么也分！上级准是知道几次分东西，人们都有意见，这回就爽利的来一个平分。”

小亮说：

“地亩好分，牲口车辆也好分，犁耙绳套，叉笸扫帚也好分，就连锅碗盆灶，桌椅板凳，箱匣橱柜也好分。你猜怎么样，就是一样物件不好分——衣裳。”

大印说：

“什么也好分。我觉得这回准做好了，谁也不会有意见，有反映。不管大人孩子，一人一份。衣裳也是一样，一人一件！”

小亮说：

“你说的那个不行，你知道有多少件衣裳？”

大印说：

“这都在账篇上哩，咱们一共是三百十二个包袱，单夹棉皮，一共是三千多件！”

小亮说：

“你说的是保管股的东西。我问你，既是平分，各人家里的东西算不算？”

大印说：

“你算人家家里的东西干什么？”

小亮说：

“不算家里的东西，那叫什么平分哩？那一辈子也分不平啊！比如拿咱两家来比：地亩不成问题，咱俩一样，牲口也一样。可是家具上，你比我多一个立柜，多两个箱。打着这都是摆在眼面前的东西，谁也瞒不了谁。衣裳布匹就难了，我不能到你家翻箱倒柜去一件一件数啊！就是数吧，件数一样，那好坏可就差的天上地下了！要不我说不好分哩！”

大印想了想说：

“可不是，这里面复杂着哩。要这么着，把一件件的东西都合成钱，一个人该分多少钱的东西就行了。”

小亮说：

“那也不好办，现摆着成物，怎么着分钱哩。我看准得归成那个理：把全村的东西，都搬出来，搀合了，再一个人一个人的分。”

大印说：

“那你三辈子也分不清——这倒叫人作难。算了吧，反正上级得有办法，怎么指示怎么做！”

小亮说：

“可不。咱们穷光蛋不怕，反正分不出去，多多少少得分他们点进来。”

九

坐在地上的老木匠全福，一直没有说话。他那光着的铁板一样的脊梁上浮着一层大汗珠，就象滴滴的黑油。他侧着耳朵听了半天，不断望望李三。李三在那边用尺子排着一块木头，眉头皱的很紧。到了这时，全福才仰着头问小亮：

“亮兄弟，我们中农怎么办？”

小亮没来得及说话，大印说：

“这回是拉齐。省的一回一回分，又麻烦，又有意见。有人到山里卖布，人家那里已经开始分了。你家里有什么东西也得登记上，是个针头线脑也得算上！”

小亮说：

“中农不准有事，来，我们干吧！”

说着就扶正了锯，望着全福。全福低着头，随后抹了一把脸上的汗，站起来说：

“我不干了。还干着有什么劲？咱伙计四个，你三个都知道：

我三辈子木匠，三辈子受苦，三辈子弄不上吃穿。我又拉了快一辈子大锯，我大伯下了十八年关东，死在关外，我承了他那一股，才扒上了个碗边，现在成了中农。分地主的，那理当，他们吃过喝过，糟过要过，欺压过人。我哩？我算是个富户吗？人家地主的月炕里的孩子都使绸缎尿布，我哩？一辈子了，你们谁见过我穿一件囫囵衣裳？”

李三立时回过身来，说：

“全哥，不能动中农，你放心。别说没有人要动你的东西，就是有那个说法，我头一个就反对！”说着他望着大印：“报上有这个指示吗，什么东西也平分？”

大印低着头说：

“报上准是光说分地，什么也平分，不过是我的个估计儿！”

李三说：

“闹不清楚，不要瞎说。上级绝不会叫那么乱分一气。分是分地主的东西，我们——连上全福哥，满共可有多少东西，也要拿出去分？我们别听闲杂，还是好好生产要紧。我觉得咱们这个小木货厂，望头很大。今年冬天，把地主的地分了。人们添了地，过日子有心花，谁也得添置点农具，这就是咱们的买卖。咱村一共是三千四百多口人，地是一人合三亩挂零。满打着把地主的牲口农具全分下去，还是差很多。四家合一个牲口，五家一辆车，这车和牲口要挡着七十亩地。三家合不到一张犁，五家合不到一张耙，二十家才有一架种式，八十家才有一架扇车。这是那些大家式，那些小家具：三五个人也不准合到一张镰，一张小板镐！再算一下，几家一张木铲？几家一柄铁耙？我们分到了地，就要种啊，就要耕耩锄耪，就要收割打场。那农具哩？我们买下的这些材料，就做这些东西。你们看着：明年一开春，到咱们这里来买农具的，要挤破了这梢门哩！”

十

每天晚上，李三就睡在保管股院里一张石条桌上。他从家里拿来一条破褥子，枕着一截小木头。

他先到武委会去转了转，分派了岗哨，才回来睡。天上有一块黑云，慢慢度过天河去；他想江猪攻河了，正在种麦子，下场透雨也好。又起去，把院里怕淋的东西拾掇起来。

衣服保管双进睡在西屋门口，挂了一个花蚊帐。双进说：

"三哥，今晚上冷，我到屋里给你拿条被子吧。丝棉绸缎，有的是被子，放着也是放着！"

李三说：

"不用。"

正说着，外边通通敲门。双进起来去开，李三说：

"问清楚了，再开！"

进来的是老王、老郝两个荣军，四条拐杖在地上响着，来势不善。李三赶紧坐起来：

"两个同志，一定有事？"

"有点事，事情也不大！"老郝把拐在两边一放，坐在条桌上，"咱们村里照顾荣军有点不够！"

"什么地方不够？"李三笑着问。

"你自己想想呀！"老王喊，"有人到肃宁去来，人家那里照顾的好！"

"我们在保管股要了些家具，怎么还给我们落账？干么？还想拿回？"老郝接着。

"那都是没有分的东西，记记账也好。"李三说。

"要记就记！"老郝举起拐来在地上一拍，"我们再要一个骡子，一辆车！他妈的！老子都是折胳膊断腿的人，走动不便，要辆车坐坐！"

李三说：

“要是同志们生产，就借给你们一个骡子一辆车。同志，你们替我们效过力，流血受伤，又离家在外，我可是从心里想多照顾你们。从你们来了，住房吃饭，使用家具，都是尽量给你们想法。群众有时说闲话，我给他们解释。现在咱村里的喜，你们不了解。地主富农到处破坏我们，恨不得把我打死，不敢明出明入，他们就进行挑拨，想叫穷人打穷人，我们乱了营，他们才快意。同志们在前方，经过多少年锻炼，比我们知道得多，这个情况，该比我看得明白。咱们是一家人，你们的血是给穷人流了的。比方说：今天，你们打了我，谁快活哩？是穷人哩，还是那些地主富农？”

一番话说的两个荣军全低下了头。老郝说：

“主席，我们态度不好，你批评的对！可是，主席，你也不要怕那些地主富农捣乱，蒋介石的大兵都叫我们消灭了，这小小的张岗镇上，几个地主还捣的了什么蛋！”

李三笑着说：

“希望同志们帮助村里的工作！”

老郝说：

“主席，前天我托你的事情办妥了没有？”

“什么事？”李三问。

“给我找个做饭的！”

“说媳妇的事呀？”李三笑着，“我已经叫妇女部给介绍了，这事不能着急，找好了对象，得先和人家谈谈。”

“这一个困难，无论如何你得给我解决！”老郝说，把那受伤的胳膊动了动，“咱们自己做不了饭，长期叫老百姓帮忙，也不落意呀！”

说着走了。双进送出去把门上好，回来说：

“顶属荣军难办，说话就想打人。那天来要蚊帐，三句话没交代完，就冲着我的脑袋双拐齐下！”

李三说：

“他们都是受了伤的，你看那伤有多重？是在战场上和敌人拚过命的，有时发发脾气，难怪他们。你记着，再催催香菊，给老郝对付个人！”

“老郝有三十老几了吧？不好办。”双进说。

“是个老红军，”李三说，“经过长征的。十七岁上参加了红军，一离家，一家大小都叫蒋介石给杀了。打日本的时候，受了重伤才退伍。这样一个同志，我们要给他安个家，叫他在张岗街上住下来，村子也有光彩。”

刚刚倒下，外边又敲门，这回是轻轻的。进来的是东头一家烈属，老婆子进门就说：

“三兄弟，我知道你早了没空，这么晚了才来。我有个困难，你得给我解决。”

李三让她坐下，说：

“地，我叫优属队给你耕去了。”

“不是地的事，是房的事。”老婆子说，“我那一间房老朽的不行了，下雨老是个漏，我一个老婆子家，自己又不能修。”

“等两天，闲空了，我去给你拾掇拾掇，保险不能再漏！”李三说。

老婆子笑了笑，说：

“我今年春天，不是纺了点线，赚了点钱，叫你给买了些坯？我是想再把它支架一下，里面的木料全不行了。咱们贫农组，有的是木料，我是说，把那细小的，哪怕先借给我几根哩。我和你商量商量，看行不行。要有你侄子，我就不叫你操这个心了。”老婆子说着流下泪来，用衣襟擦了擦。

李三想了一会，说：

“嫂子！咱这东西还都没有分，怎么个分法，也还没个准章程。我想反正得多照顾烈属。侄子在前方牺牲了，是有功的人，咱家里又实在贫寒，就是多照顾你一些，人们也不会有什么反映。开会的时候，我和代表们讨论讨论，就先借给你几根木头，把屋子支架上。以后，老婆子坐在炕上纺个线，打个盹的，也就不用担惊受怕了！”

“三兄弟费心吧！”老婆子很高兴，站起来走了。李三去关门，门洞里有个黑影一闪，李三一抓腰里的枪问：

“谁？”

“是我！”那个黑影往前走了两步，是个青年妇女的声音。李三听不出是谁来，老婆子说：

“你不认识她，她们过去大门不出，二门不迈的，你怎么见得着？她是俺们那头七班的大少奶奶。”说过，笑了笑走了。

“你偷偷摸摸地来干什么？”李三问。

“主席，我来求求你。”那个女人小声说。

“有什么事，明天再来吧，你家的男人们哩？”李三问。

“是我自己的事，”女人说，“就在这儿说吗？主席。”

“就在这说吧，”李三站在门口，“院里很黑，这里明快些！”

“你们斗争了俺婆家，我没意见。我从过门来，就受俺婆婆的气、小姑的气，没好过一天。我又年轻，也不记得剥削过人。这回，就是拿的我的东西多。主席，冤有头，债有主，谁作的谁受么！我也和他们反对，我的东西，你们不该拿走啊！”

李三说：

“你是七班的大房，我想起来，你娘家的苌刘庄四班。两头都是地主，你的东西不会是自己劳动来的。你们，从小老妈子抱着，丫鬟搀扶着。你们娶聘，骑马坐轿，绫罗绸缎，跟房跟班，你们享过福。怎么说是你的东西？穷人的东西，血汗换来，才是自己的。你们都是吃闲饭的人！你想想：给你们种地的是谁？给你们赶车的又是谁？小时，抱你们的是谁？大了，扶你们的是谁？谁把饭做好，又给你们送到手里？谁把衣裳做好，又给你们披在身上？都是穷人！你们的福享的过分了。你还说没享过福！你受气不受气，提说不着，我们是按成份办事！”

女人啼哭起来。李三说：

“今天，你啼哭了，以前在你家地头地边，在你家墙角门口，有多少人啼哭过，你知道吗？你们心疼过这些人吗？有多少人叫地主逼的寻死上吊，跳井投河，卖儿卖女？你顶好想想这些事，想想你们家的东西是怎样来的。你们还年轻，也给你们留着吃的穿的、种地的家具，回去好好生产吧，不要净想歪的了！”

女人走了，李三把门上好，回来睡觉。刚一合眼，鸡就叫了。

十一

大顺义一早就来叫门，一开门，两个人就吵起来。

大顺义说：

“你这个老家伙，家你算是不要了，你算是卖给这里面了！”

李三说：

“你这么早跑来干什么？”

大顺义说：

“你说我跑来干什么？我来请你吃饭去！”

“今儿个饭这么早？”李三笑了笑。

“吃过饭，你给我耕地去！”大顺义说，“人家的麦子都快出齐了，你那么二亩半地高粱楂还没有刨！小高粱都快秀穗了，你成心叫地荒了吗？”

“我得有了空呀！”李三说。

“你是无事忙，天生的自找罪受！”大顺义说，“这么多大骡子大马，这么多代耕队，你替群众服务，群众就不该给你解决困难？你支一支嘴，一顿饭的工夫用不了，就给咱耕了！你懒的说话！”

“嗐！”李三说，“叫你这么一说，我成了大总统了！”

“你不是大总统，人家可叫你土皇上！你工作工作，弄得猪八戒照镜子,里外不够人。穷的富的都不说你好,人叫你得罪完了,你还工作!”

大顺义一屁股坐在双进的床头起,双进还在睡觉,一下叫她坐醒了,赶紧起来劝架。

大顺义在院里转转悠悠,李三跟在后面。大顺义扭回头来说:“你没见过我?这么紧跟着干什么!”

李三不说话。大顺义转到西夹道,那里堆放着乱七八糟的东西,什么破字画,枕头,小匣子,不成对的磁器铜器……

大顺义在一个破箱子里翻了翻,看见有一串大铜钱,拿起来,望着双进说:

“我要了这串大钱,去给我那干儿配个锁!”

“你赶快放下!”李三吆喝着,“一个线头,你也不能从这院里拿出去!”

“你把我当贼提防,”大顺义扔下铜钱走出来,“你别小看人,这么点道理我不明白?能叫你跟着我背黑锅!逗逗你,就当真的了!”

大顺义回家去。李三一时觉得又累又烦。他忽然想起毛主席。他想:他领导革命,指挥千军万马,教育着这么些个党员群众,他是怎么着工作哩?他会不会累?会不会烦?李三在心里笑了,他自己有点羞惭,勇气和力量也在这时振作了。他到木货厂里去。

十二

大官亭的野战医院里,新来了一批伤兵。是在大清河北作战受伤的,里面有几个饶阳县今年春天参军的战士。战士们给家里写了信,母亲和妻子们都去看望了。张岗贫农组也买了一筐鸭梨,募了一篮鸡蛋,送去慰劳,李三同双眉是代表。

在伤兵里,双眉看见了兴儿,挂着一只胳膊。兴儿和李三说是参加机枪班冲锋受了伤。双眉一句话也说不出,红着脸笑了。兴儿用那只好手轻轻拍着受伤的胳膊，好象是叫双眉看。双眉明白，这意思是说：你看我怎么样，我受伤了。

第二天，区里送来一封信说：野战医院的伤兵同志们要求张岗剧团给他们演演戏，叫李三加紧准备。

李三拿着信找了双眉去，笑着说：

"你的工作来了！"

双眉接过信来看了看，抬头问：

"伤兵同志们为什么单到咱村？"

李三说：

"周围几十里，谁不知道张岗剧团？在冀中区，除了'火线'，恐怕就属咱们了，人家军队上能没有听说过？"

双眉说：

"那可演什么节目哩？咱不演俗戏，新编又一下排不出来。全怨三哥，那两天还批评我哩！"说完把嘴一噘。

李三说：

"这怨三哥没远见。双眉，这事全交给你，你用什么东西，使唤那些人，告诉我，我给跑腿！反正，人家既然指名请咱们，咱们就得露一手，不能丢人！"

双眉想了想说：

"我看还是演《比武从军》。这个戏别的剧团演不了，咱们又是熟戏，稍微拉拉场，吊吊嗓就行。三哥，你看怎么样？"

李三说：

"对，就演这出。给军队演，又符题。我就喜欢这出戏，末了那一大段唱，别的剧团，就是没法演，两个人接着也唱不下来。你唱起来，可是从从容容，越到后来越有劲。不过那个武委会主任叫谁演哩？兴儿不在家。"

双眉说：

"就叫小三成替他，排的时候，小三成一块学会了。"

"好。"李三说,"带着咱们那汽灯、好帐子、好幕去。演的时候,还得叫我干那个!"

"什么那个?"双眉问。

"拿着大喇叭站台!"李三比划一下,笑着走了。

演戏的那天是十月革命节。会场就在大官亭街当中那大场院里。吃过晚饭,周围几十里,道路上满是人,紧走紧说:

"今晚上是张岗的《比武从军》!"

"喂!那个女角叫什么?"

"你这人!双眉呗!"

"对。真好嗓门,好长象,好走象,真,真比不了!"

"有一年不唱了。听说为唱戏受过批评哩!"

"咳,不批评别的,单批评唱戏!"

汽灯还没挂起来,会场里就挤满了人,卖糖的,烙馅饼的,老豆腐挑子也赶来了。

伤兵同志们坐在场子当中,汽灯点着了,张岗剧团的人马在台上忙着。打鼓的老头子郭老垮,架着腿,把雪白的手巾搭在膝盖上,嘴里叼着一枝只有在这个当口才肯抽的好烟卷。

兴儿挂着胳膊,走到后台来和人们说话。在一个大油灯下边,双眉坐着她那小红凳,正对着镜子化装。见兴儿来了,就问:

"你在哪看?"

兴儿说:

"在台下边呗!"

"有坐物没有?"

"没有。"

"我给你带来了一个。"双眉说着站起来,往后一推那小红凳。

"咱们这剧团,越来越阔了,还置了家具?"兴儿说。

"这是我分的果实。"

"你参加斗争了啊?"兴儿笑着。

“你参加战争，我参加斗争！”双眉低声说，在镜子里轻轻一笑。

“入党了没有？”兴儿庄重地问。

“快批准了。”双眉的脸一红，“你哩？”

“我今天满了候补期。”

“我来演戏给你道喜！”双眉笑着说。

“先唱的时候，嗓子不要太高，这个地方是街心，容易收音。”兴儿关照了双眉几句，就下去了。

同志们看见兴儿提着个小凳下来，有两个人跑过来说：

“王小兴，哪来的小凳？”

兴儿说：

“借的剧团的。”

“还是你们本地人好啊！”

“来！咱们三个挤着坐。”兴儿说，“快开戏了，听着吧！”

今晚上没有月亮，是个好晴天。星星象有喜事的人们的眼睛。一声锣响，开幕了。

台下的人挤着跟前去，说：

“《比武从军》！”

“不要挤，不要碰着伤员同志们！”李三拿着个大喇叭，在台上猫着腰喊叫。

“双眉！”台下看见双眉一上场，挤的更欢。前边的人用死力顶着，象钉木桩，不让挤过去。

双眉一出来，是在梨树底下，里面有这么几段：

风吹枝儿树猫腰
今年梨儿挂的好

上好的梨儿谁先尝哪
我提着篮儿上前方呀

送梨的人儿回去吧

前方的战斗正紧张啊

双眉唱着,眼睛望着台下面。台下的人,不挤也不动,整个大广场叫她的眼睛照亮了。

她用全部的精神唱。她觉得:台上台下都归她,天上地下都是她的东西。

一九四九年九月一日

吴 召 儿

得胜回头

这二年生活好些，却常常想起那几年的艰苦。那几年，我们在山地里，常常接到母亲求人写来的信。她听见我们吃树叶黑豆，穿不上棉衣，很是耽心焦急。其实她哪里知道，我们冬天打一捆白草铺在炕上，把腿舒在袄袖里，同志们挤在一块，是睡的多么暖和！她也不知道，我们在那山沟里沙地上，采摘杨柳的嫩叶，是多么热闹和快活。这一切，老年人想象不来，总以为我们象度荒年一样，整天愁眉苦脸哩！

那几年吃的坏，穿的薄，工作的很起劲。先说抽烟吧：要老乡点兰花烟合上些芝麻叶，大家分头卷好，再请一位有把握的同志去擦洋火。大伙围起来，遮住风，为的是这唯一的火种不要被风吹灭。然后先有一个人小心翼翼地抽着，大家就欢乐起来。要说是写文章，能找到一张白报纸，能找到一个墨水瓶，那就很满意了，可以坐在草堆上写，也可以坐在河边石头上写。那年月，有的同志曾经为一个不漏水的墨水瓶红过脸吗？有过。这不算什么，要是象今天，好墨水，车载斗量，就不再会为一个空瓶子争吵了。关于行军：就不用说从阜平到王快镇那一段讨厌的砂石路，叫人进一步退半步；不用说雁北那蹚不完的冷水小河，登不住的冰滑踏石，转不尽的阴山背后；就是两界峰的柿子，插箭岭的风雪，洪子店的豆腐，雁门关外的辣椒杂面，也使人留恋想念。还有会餐：半月以前就做精神准备,事到临头,还得拚着一场疟子,情愿吃的上吐下泻,也得弄它个碗净锅干;哪怕吃过饭再去爬山呢!是谁偷过老乡的辣椒下饭,是谁用手榴弹爆炸河潭的小鱼?哪个小组集资买了一头蒜,哪个小组煮了狗肉大设宴席?

留在记忆里的生活,今天就是财宝。下面写的是在阜平三将台小村庄我的一段亲身经历,其中都是真人真事。

民　　校

我们的机关搬到三将台,是个秋天,枣儿正红,芦苇正吐花。这是阜平东南一个小村庄,距离有名的大镇康家峪不过二里路。我们来了一群人,不管牛棚马圈全住上,当天就劈柴做饭,上山唱歌,一下就和老乡生活在一块了。

那时我们很注意民运工作。由我去组织民校识字班,有男子组,有妇女组。且说妇女组,组织的很顺利,第一天开学就全到齐,规规矩矩,直到散学才走。可是第二天就都抱了孩子来,第三天就在课堂上纳起鞋底,捻起线来。

识字班的课程第一是唱歌,歌唱会了,剩下的时间就碰球。山沟的青年妇女们,碰起球来,真是热烈,整个村子被欢笑声浮了起来。

我想得正规一下,不到九月,我就给她们上大课了。讲军民关系,讲抗日故事,写了点名册,发了篇子。可是因为座位不定,上了好几次课,我也没记清谁叫什么。有一天,我翻着点名册随便叫了一个名字:

“吴召儿!”

我听见嗤的一声笑了。抬头一看,在人群末尾,靠着一根白杨木柱子,站起一个女孩。她正在背后掩藏一件什么东西,好象是个假手榴弹,坐在一处的女孩子们望着她笑。她红着脸转过身来,笑着问我：

“念书吗？”

“对！你念念头一段，声音大点。大家注意！”

她端正地立起来，两手捧着书，低下头去。我正要催她，她就念开了，书念的非常熟快动听。就是她这认真的念书态度和声音，不知怎样一下就印进了我的记忆。下课回来，走过那条小河，我听到了只有在阜平才能听见的那紧张激动的水流的声响，听到在这山草衰白柿叶霜红的山地，还没有飞走的一只黄鹂的叫唤。

向　导

十一月，老乡们披上羊皮衣，我们反“扫荡”了。我当了一个小组长，村长给我们分配了向导，指示了打游击的地势。别的组都集合起来出发了，我们的向导老不来。我在沙滩上转来转去，看看太阳就要下山，很是着急。

听说敌人已经到了平阳，到这个时候，就是大声呼喊也不容许。我跑到村长家里去，找不见，回头又跑出来，才在山坡上一家门口遇见他。村长散披着黑羊皮袄，也是跑的呼哧呼哧，看见我就笑着说：

“男的分配完了，给你找了一个女的！”

“怎么搞的呀？村长！”我急了，“女的能办事吗？”

“能办事！”村长笑着，“一样能完成任务，是一个女自卫队的队员！”

“女的就女的吧，在哪里呀？”我说。

“就来，就来！”村长又跑进那大门里去。

一个女孩子跟着他跑出来。穿着一件红棉袄，一个新鲜的白色挂包，斜在她的腰里，装着三颗手榴弹。

“真是，”村长也在抱怨，“这是反‘扫荡’呀，又不是到区里验操,也要换换衣裳!红的目标大呀!"

"尽是夜间活动,红不红怕什么呀,我没有别的衣服,就是这一件。"女孩子笑着,"走吧,同志!"说着就跑下坡去。

"路线记住了没有?"村长站在山坡上问。

"记下了,记下了!"女孩子嚷着。

"别这么大声怪叫嘛!"村长说。

我赶紧下去带队伍。女孩子站在小河路口上还在整理她的挂包,望望我来了,她一跳两跳就过了河。

在路上,她走的很快,我跑上前去问她:

"我们先到哪里?"

"先到神仙山!"她回过头来一笑,这时我才认出她就是那个吴召儿。

神　仙　山

神仙山也叫大黑山,是阜平最高最险的山峰。前几天,我到山下打过白草;吴召儿领导的,却不是那条路,她领我们走的是东山坡一条小路。靠这一带山坡,沟里满是枣树,枣叶黄了,飘落着,树尖上还留着不少的枣儿,经过风霜,红的越发鲜艳。吴召儿问我:

"你带的什么干粮?"

"小米炒面!"

"我尝尝你的炒面。"

我一边走着,一边解开小米袋的头;她伸过手来接了一把,放到嘴里,另一只手从口袋里掏出一把红枣送给我。

"你吃枣儿!"她说,"你们跟着我,有个好处。"

"有什么好处?"我笑着问。

"保险不会叫你们挨饿。"

"你能够保这个险?"我也笑着问,"你口袋里能装多少红枣,二百斤吗?”

“我们走到哪里,吃到那里。”她说。

“就怕找不到吃喝哩!”我说。

“到处是吃喝!”她说,“你看前头树上那颗枣儿多么大!”

我抬头一望,她飞起一块石头,那颗枣儿就落在前面地下了。

“到了神仙山,我有亲戚。”她捡起那颗枣儿,放到嘴里去,“我姑住在山上,她家的倭瓜又大又甜。今儿晚上,我们到了,我叫她给你们熬着吃个饱吧!”

在这个时候,一顿倭瓜,也是一种鼓励。这鼓励还包括:到了那里,我们就有个住处,有个地方躺一躺,有个老乡亲切地和我们说说话。

天黑的时候,我们才到了神仙山的脚下。一望这座山,我们的腿都软了,我们不知道它有多么高;它黑的怕人,高的怕人,危险的怕人,象一间房子那样大的石头,横一个竖一个,乱七八糟地躺着。一个顶一个,一个压一个,我们耽心,一步登错,一个石头滚下来,整个山就会天崩地裂房倒屋塌。她带领我们往上爬,我们攀着石头的棱角,身上出了汗,一个跟不上一个,拉了很远。她爬的很快,走一截就坐在石头上望着我们笑,象是在这乱石山中,突然开出一朵红花,浮起一片彩云来。

我努力跟上去,肚里有些饿。等我爬到山半腰,实在走不动,找见一块平放的石头,就倒了下来,喘息了好一会,才能睁开眼:天大黑了,天上已经出了星星。她坐在我的身边,把红枣送到我嘴里说:

“吃点东西就有劲了。谁知道你们这样不行!”

“我们就在这里过一夜吧!”我说,“我的同志们恐怕都不行了。”

“不能。”她说,“就快到顶上了,只有顶上才保险。你看那上面点起灯来的,就是我姑家。”

我望到顶上去。那和天平齐的地方，有一点红红的摇动的光；那光不是她指出，不能同星星分别开。望见这个光，我们都有了勇气，有了力量；它强烈地吸引着我们前进，到它那里去。

姑　家

北斗星转下山去，我们才到了她的姑家。夜深了，这样高的山上，冷风吹着汗湿透的衣服，我们都打着牙噤。钻过了扁豆架、倭瓜棚，她尖声娇气叫醒了姑。老婆子费了好大工夫才穿好衣裳开开门。一开门，就有一股暖气，扑到我们身上来，没等到人家让，我们就挤到屋里去，那小小的屋里，简直站不开我们这一组人。人家刚一让我们上炕，有好几个已经爬上去躺下来。

"这都是我们的同志。"吴召儿大声对她姑说，"快给他们点火做饭吧！"老婆子拿了一根麻秸，在灯上取着火，就往锅里添水。一边仰着头问：

"下边又'扫荡'了吗？"

"又'扫荡'了，"吴召儿笑着回答，她很高兴她姑能说新名词，"姑！我们给他们熬倭瓜吃吧！"她从炕头抱下一个大的来。

姑笑着说：

"好孩子，今年摘下来的顶属这个大，我说过几天叫你姑父给你送去哩！"

"不用送去，我来吃它了！"吴召儿抓过刀来把瓜剖开，"留着这瓜子炒着吃。"

吃过了香的、甜的、热的倭瓜，我们都有了精神，热炕一直热到我们的心里。吴召儿和她姑睡在锅台上，姑侄俩说不完的话：

"你爹给你买的新袄？"姑问。

"他哪里有钱，是我给军队上纳鞋底挣了钱换的。"

"念书了没有？"

“念了,炕上就是我的老师。”

截　击

第二天,我们在这高山顶上休息了一天。我们从小屋里走出来,看了看吴召儿姑家的庄园。这个庄园,在高山的背后,只在太阳刚升上来,这里才能见到光亮,很快就又阴暗下来。东北角上一洼小小的泉水,冒着水花,没有声响;一条小小的溪流绕着山根流,也没有声响,水大部分渗透到沙土里去了。这里种着象炕那样大的一块玉蜀黍,象锅台那样大的一块土豆,周围是扁豆,十几棵倭瓜蔓,就奔着高山爬上去了!在这样高的黑石山上,找块能种庄稼的泥土是这样难,种地的人就小心整齐地用石块把地包镶起来,恐怕雨水把泥土冲下去。奇怪!在这样少见阳光、阴湿寒冷的地方,庄稼长的那样青翠,那样坚实。玉蜀黍很高,扁豆角又厚又大,绿的发黑,象说梅花调用的铁响板。

吴召儿出去了,不久,她抱回一捆湿木棍:

“我一个人送一把拐杖,黑夜里,它就是我们的眼睛!”

她用一把锋利明亮的小刀,给我们修着棍子。这是一种山桃木,包皮是紫红色,好象上了油漆;这木头硬的象铁一样,打在石头上,发出铜的声音。

这半天,我们过的很有趣,差不多忘记了反“扫荡”。

当我们正要做下午饭,一个披着破旧黑山羊长毛皮袄,手里提着一根粗铁棍的老汉进来了;吴召儿赶着他叫声姑父,老汉说:

“昨天,我就看见你们上山来了。”

“你在哪看见我们上来呀?”吴召儿笑着问。

“在羊圈里,我喊你来呀,你没听见!”老汉望着内侄女笑,“我来给你们报信,山下有了鬼子,听说要搜山哩!”

吴召儿说:“这么高山,鬼子敢上来吗?我们还有手榴弹哩!”

老汉说:“这几年,这个地方目标大了,鬼子真要上来了,我们就不好走动。”

这样,每天黎明,吴召儿就把我唤醒,一同到那大黑山的顶上去放哨。山顶不好爬,又危险,她先爬到上面,再把我拉上去。

山顶上有一丈见方的一块平石,长年承受天上的雨水,给冲洗的光亮又滑润。我们坐在那平石上,月亮和星星都落到下面去,我们觉得飘忽不定,象活在天空里。从山顶可以看见山西的大川,河北的平原,十几里,几十里的大小村镇全可以看清楚。这一夜下起大雨来,雨下的那样暴,在这样高的山上,我们觉得不是在下雨,倒象是沉落在波浪滔天的海洋里,风狂吹着,那块大平石也象要被风吹走。

吴召儿紧拉着我爬到大石的下面,不知道是人还是野兽在那里铺好了一层软软的白草。我们紧挤着躺在下面,听到四下里山洪暴发的声音,雨水象瀑布一样,从平石上流下,我们象钻进了水帘洞。吴召儿说:

“这是暴雨,一会就晴的,你害怕吗?”

“要是我一个人我就怕了,”我说,“你害怕吧?”

“我一点也不害怕,我常在山上遇见这样的暴雨,今天更不会害怕。”吴召儿说。

“为什么?”

“领来你们这一群人,身上负着很大的责任呀,我也顾不的怕了。”

她的话,象她那天在识字班里念书一样认真,她的话同雷雨闪电一同响着,响在天空,落在地下,永远记在我的心里。

一清早我们就看见从邓家店起,一路的村庄,都在着火冒烟。我们看见敌人象一条虫,在山脊梁上往这里爬行。一路不断响枪,是各村伏在山沟里的游击组。吴召儿说:

“今年,敌人不敢走山沟了,怕游击队。可是走山梁,你就算保险了？兔崽子们！”

敌人的目标，显然是在这个山上。他们从吴召儿姑父的羊圈那里翻下，转到大黑山来。我们看见老汉仓惶地用大鞭把一群山羊打得四散奔跑，一个人登着乱石往山坡上逃。吴召儿把身上的手榴弹全拉开弦，跳起来说：

“你去集合人，叫姑父带你们转移，我去截兔崽子们一下。”她在那乱石堆中，跳上跳下奔着敌人的进路跑去。

我喊：

“红棉袄不行啊！”

“我要伪装起来！”吴召儿笑着，一转眼的工夫，她已经把棉袄翻过来。棉袄是白里子，这样一来，她就活象一只逃散的黑头的小白山羊了。一只聪明的、热情的、勇敢的小白山羊啊！

她登在乱石尖上跳跃着前进。那翻在里面的红棉袄，还不断被风吹卷，象从她的身上撒出的一朵朵的火花，落在她的身后。

当我们集合起来，从后山上跑下，来不及脱鞋袜，就跳入山下那条激荡的大河的时候，听到了吴召儿在山前连续投击的手榴弹爆炸的声音。

联　　想

不知她现在怎样了。我能断定，她的生活和历史会在我们这一代生活里放光的。关于晋察冀，我们在那里生活了快要十年。那些在我们吃不下饭的时候，送来一碗烂酸菜；在我们病重行走不动的时候，替我们背上了行囊；在战斗的深冬的夜晚，给我们打开门，把热炕让给我们的大伯大娘们，我们都是忘记不了的。

一九四九年十一月

山地回忆

从阜平乡下来了一位农民代表，参观天津的工业展览会。我们是老交情，已经快有十年不见面了。我陪他去参观展览，他对于中纺的织纺，对于那些改良的新农具特别感到兴趣。临走的时候，我一定要送点东西给他，我想买几尺布。

为什么我偏偏想起买布来？因为他身上穿的还是那样一种浅蓝的土靛染的粗布裤褂。这种蓝的颜色，不知道该叫什么蓝，可是它使我想起很多事情，想起在阜平穷山恶水之间度过的三年战斗的岁月，使我记起很多人。这种颜色，我就叫它“阜平蓝”或是“山地蓝”吧。

他这身衣服的颜色，在天津是很显得突出，也觉得土气。但是在阜平，这样一身衣服，织染既是不容易，穿上也就觉得鲜亮好看了。阜平土地很少，山上都是黑石头，雨水很多很暴，有些泥土就冲到冀中平原上来了——冀中是我的家乡。阜平的农民没有见过大的地块，他们所有的，只是象炕台那样大，或是象锅台那样大的一块土地。在这小小的、不规整的，有时是尖形的，有时是半圆形的，有时是梯形的小块土地上，他们费尽心思，全力经营。他们用石块垒起，用泥土包住，在边沿栽上枣树，在中间种上玉黍。

阜平的天气冷，山地不容易见到太阳。那里不种棉花，我刚到那里的时候，老大娘们手里搓着线锤。很多活计用麻代线，连袜底也是用麻纳的。

就是因为袜子，我和这家人认识了，并且成了老交情。那是个冬天，该是一九四一年的冬天，我打游击打到了这个小村庄，情况缓和了,部队决定休息两天。

我每天到河边去洗脸,河里结了冰,我登在冰冻的石头上,把冰砸破,浸湿毛巾,等我擦完脸,毛巾也就冻挺了。有一天早晨,刮着冷风,只有一抹阳光,黄黄的落在河对面的山坡上。我又登在那块石头上去,砸开那个冰口,正要洗脸,听见在下水流有人喊:

"你看不见我在这里洗菜吗?洗脸到下边洗去!"

这声音是那么严厉,我听了很不高兴。这样冷天,我来砸冰洗脸,反倒妨碍了人。心里一时挂火,就也大声说:

"离着这么远,会弄脏你的菜!"

我站在上风头,狂风吹送着我的愤怒,我听见洗菜的人也恼了,那人说:

"菜是下口的东西呀!你在上流洗脸洗屁股,为什么不脏?"

"你怎么骂人?"我站立起来转过身去,才看见洗菜的是个女孩子,也不过十六七岁。风吹红了她的脸,象带霜的柿叶,水冻肿了她的手,象上冻的红萝卜。她穿的衣服很单薄,就是那种蓝色的破袄裤。

十月严冬的河滩上,敌人往返烧毁过几次的村庄的边沿,在寒风里,她抱着一篮子水沤的杨树叶,这该是早饭的食粮。

不知道为什么,我一时心平气和下来。我说:

"我错了,我不洗了,你在这块石头上来洗吧!"

她冷冷地望着我,过了一会才说:

"你刚在那石头上洗了脸,又叫我站上去洗菜!"

我笑着说:

"你看你这人,我在上水洗,你说下水脏,这么一条大河,哪里就能把我脸上的泥土冲到你的菜上去?现在叫你到上水来,我到下水去,你还说不行,那怎么办哩?"

"怎么办,我还得往上走!"

她说着,扭着身子逆着河流往上去了。登在一块尖石上,把菜篮浸进水里，把两手插在袄襟底下取暖，望着我笑了。

我哭不的，也笑不的，只好说：

"你真讲卫生呀！"

"我们是真卫生，你们是装卫生！你们尽笑话我们，说我们山沟里的人不讲卫生，住在我们家里，吃了我们的饭，还刷嘴刷牙，我们的菜饭再不干净，难道还会弄脏了你们的嘴？为什么不连肠子肚子都刷刷干净！"说着就笑的弯下腰去。

我觉得好笑。可也看见，在她笑着的时候，她的整齐的牙齿洁白的放光。

"对，你卫生，我们不卫生。"我说。

"那是假话吗？你们一个饭缸子，也盛饭，也盛菜，也洗脸，也洗脚，也喝水，也尿泡，那是讲卫生吗？"她笑着用两手在冷水里刨抓。

"这是物质条件不好，不是我们愿意不卫生。等我们打败了日本，占了北平，我们就可以吃饭有吃饭的家伙，喝水有喝水的家伙了，我们就可以一切齐备了。"

"什么时候，才能打败鬼子？"女孩子望着我，"我们的房，叫他们烧过两三回了！"

"也许三年，也许五年，也许十年八年。可是不管三年五年，十年八年，我们总是要打下去，我们不会悲观的。"我这样对她讲，当时觉得这样讲了以后，心里很高兴了。

"光着脚打下去吗？"女孩子转脸望了我脚上一下，就又低下头去洗菜了。

我一时没弄清是怎么回事，就问：

"你说什么？"

"说什么？"女孩子也装没有听见，"我问你为什么不穿袜子，脚不冷吗？也是卫生吗？"

"咳！"我也笑了，"这不是没有法子么，什么卫生！从九月里就反‘扫荡’,可是我们八路军,是非到十月底不发袜子的。这时候,正在打仗,哪里去找袜子穿呀?”

“不会买一双?”女孩子低声说。

“哪里去买呀,尽住小村,不过镇店。”我说。

“不会求人做一双?”

“哪里有布呀?就是有布,求谁做去呀?”

“我给你做。”女孩子洗好菜站起来,“我家就住在那个坡子上,”她用手一指,“你要没有布,我家里有点,还够做一双袜子。”

她端着菜走了,我在河边上洗了脸。我看了看我那只穿着一双“踢倒山”的鞋子,冻的发黑的脚,一时觉得我对于面前这山,这水,这沙滩,永远不能分离了。

我洗过脸,回到队上吃了饭,就到女孩子家去。她正在烧火,见了我就说:

“你这人倒实在,叫你来你就来了。”

我既然摸准了她的脾气,只是笑了笑,就走进屋里。屋里蒸气腾腾,等了一会,我才看见炕上有一个大娘和一个四十多岁的大伯,围着一盆火坐着。在大娘背后还有一位雪白头发的老大娘。一家人全笑着让我炕上坐。女孩子说:

“明儿别到河里洗脸去了,到我们这里洗吧,多添一瓢水就够了!”

大伯说:

“我们妞儿刚才还笑话你哩!”

白发老大娘瘪着嘴笑着说:

“她不会说话,同志,不要和她一样呀!”

“她很会说话!”我说,“要紧的是她心眼儿好,她看见我光着脚,就心疼我们八路军!”

大娘从炕角里扯出一块白粗布,说:

“这是我们妞儿纺了半年线赚的,给我做了一条棉裤,下剩的说给她爹做双袜子,现在先给你做了穿上吧。”

我连忙说:

“叫大伯穿吧! 要不,我就给钱!”

“你又装假了,”女孩子烧着火抬起头来,“你有钱吗?”

大娘说:

“我们这家人,说了就不能改移。过后再叫她纺,给她爹赚袜子穿。早先,我们这里也不会纺线,是今年春天,家里住了一个女同志,教会了她。还说再过来了,还教她织布哩! 你家里的人,会纺线吗?”

“会纺!”我说,“我们那里是穿洋布哩,是机器织纺的。大娘,等我们打败日本……”

“占了北平,我们就有洋布穿,就一切齐备!”女孩子接下去,笑了。

可巧,这几天情况没有变动,我们也不转移。每天早晨,我就到女孩子家里去洗脸。第二天去,袜子已经剪裁好,第三天去她已经纳底子了,用的是细细的麻线。她说:

“你们那里是用麻用线?”

“用线。”我摸了摸袜底,“在我们那里,鞋底也没有这么厚!”

“这样坚实。”女孩子说,“保你穿三年,能打败日本不?”

“能够。”我说。

第五天,我穿上了新袜子。

和这一家人熟了,就又成了我新的家。这一家人身体都健壮,又好说笑。女孩子的母亲,看起来比女孩子的父亲还要健壮。女孩子的姥姥九十岁了,还那么结实,耳朵也不聋,我们说话的时候,她不插言,只是微微笑着,她说:她很喜欢听人们说闲话。

女孩子的父亲是个生产的好手,现在地里没活了,他正计划贩红枣到曲阳去卖,问我能不能帮他的忙。部队重视民运工作,上级允许我帮老乡去作运输,每天打早起,我同大伯背上一百多斤红枣,顺着河滩,爬山越岭,送到曲阳去。女孩子早起晚睡给我们做饭,饭食很好,一天,大伯说:

"同志,你知道我是沾你的光吗?"

"怎么沾了我的光?"

"往年,我一个人背枣,我们妞儿是不会给我吃这么好的!"

我笑了。女孩子说:

"沾他什么光,他穿了我们的袜子,就该给我们做活了!"

又说:

"你们跑了快半月,赚了多少钱?"

"你看,她来查账了,"大伯说,"真是,我们也该计算计算了!"他打开放在被垒底下的一个小包袱,"我们这叫包袱账,赚了赔了,反正都在这里面。"

我们一同数了票子,一共赚了五千多块钱,女孩子说:

"够了。"

"够干什么了?"大伯问。

"够给我买张织布机子了!这一趟,你们在曲阳给我买架织布机子回来吧!"

无论姥姥、母亲、父亲和我,都没人反对女孩子这个正义的要求。我们到了曲阳,把枣卖了,就去买了一架机子。大伯不怕多花钱,一定要买一架好的,把全部盈余都用光了。我们分着背了回来,累的浑身流汗。

这一天,这一家人最高兴,也该是女孩子最满意的一天。这象要了几亩地,买回一头牛;这象制好了结婚前的陪送。

以后,女孩子就学习纺织的全套手艺了:纺,拐,浆,落,经,镶,织。

当她卸下第一匹布的那天,我出发了。从此以后,我走遍山南塞北,那双袜子,整整穿了三年也没有破绽。一九四五年,我们战胜了日本强盗,我从延安回来,在碛口地方,跳到黄河里去洗了一个澡,一时大意,奔腾的黄水,冲走了我的全部衣物,也冲走了那双袜子。黄河的波浪激荡着我关于敌后几年生活的回忆,激荡着我对于那女孩子的纪念。

开国典礼那天,我同大伯一同到百货公司去买布,送他和大娘一人一身蓝士林布,另外,送给女孩子一身红色的。大伯没见过这样鲜艳的红布,对我说:

"多买上几尺,再买点黄色的!"

"干什么用?"我问。

"这里家家门口挂着新旗,咱那山沟里准还没有哩!你给了我一张国旗的样子,一块带回去,叫妞儿给做一个,开会过年的时候,挂起来!"

他说妞儿已经有两个孩子了,还象小时那样,就是喜欢新鲜东西,说什么也要学会。

一九四九年十二月

刘绍棠

摆　渡　口

一

俞青林家住在河边堤拐角，牛腿高粱秫秸的篱笆，围着三间矮矮的土房；院子里有一棵歪脖枣树，青枣子结得压颤枝。夜里下着瓢泼大雨，傍亮时分才停住；篱笆湿漉漉的，冒着一股潮气，十几只白白的鸭子，在院子里摇摇摆摆地叫着。

青林拿着根青秫秸棒，光着膀子赤着脚板，把鸭子往河里赶。太阳从东山露出头来，照得河面冒着金光，河水白漂漂地涨着，往河边洼沟里流串；一只大木船，拴在摆渡口的桩子上，在水皮上面飘浮着。

一辆载重大汽车，装满货品，从公路跑来；到了河边，跟车的小伙子朝青林喊："劳驾给喊声管船的，把船摆过去。"青林子说："甭啦！我来摆。"跟车的看不起他，假装没听清，还是直劲喊："喂！辛苦一趟，给找下管船的。"青林子笑着对跟车的说："你别把人瞧扁喽！靠河边长大的孩子，使船跟玩灯似的。"青林子跑过去解绳子，拿起篙头轻轻一点，船就离开河岸。

汽车上船，跟车的一瞧青林子：瘦瘦的细高挑，满脸的孩子气，往大处猜也不过十七八岁；于是叮咛着："小兄弟！稳重点，这是给合作社运的农具。"青林一听，把篙头从水里提出来。扒着车厢一看:新式步犁,手摇铡草机,收秋用的镰刀席篓;青林馋得吐舌头,看个不够。

船顺流朝下去,跟车的急得喊:

“好兄弟哩!翻船啦。”

“瞧你这大胆子。”青林说着,篙头一拄,黑红的胳臂一用劲,船斜着奔河边去,连着几回,就抛锚靠岸了。

跟车的拍着他肩膀:“小兄弟!本领真高,回来还找你。”

青林说:“你们得赶快回来,傍晚河里水流急浪头猛,容易翻船出危险,不让摆。”

跟车的问他姓名,给了河钱,青林送到管船老张的小屋里;老张到现在还睡得死死的。

支书关山清早起拾粪,看见青林正摆船,对抱柴做饭的青林娘说:“大嫂你看!青林子多鹰鹞。”

青林娘眨着红眼圈,看了看说:“十八大小子,还是那么孩子气,白胡子盘三遭,也甭想找着媳妇。”

关山把粪筐搭下说:“青林地里顶上一条大汉子,学习更是拿着红旗,跑到头里;前程出息着哩!怎会要光棍?”

青林娘喜得眉开眼笑,朝着光膀子的青林喊:

“洗脸来,该吃饭咧。”

村里,家家烟囱冒起淡白的炊烟,在半空象一团雾;清爽的风儿吹过来,烟雾渐渐飘散,露出瓦蓝瓦蓝的天空。

二

起晌,河水还是涨着,漫滩上房檐高的野麻,渐渐的被淹没;浪头在野麻上翻起斤斗。

三两只银白的水鸭子,从空中跌下来,肚皮擦着水面,一道闪似地飞走了。

青林站在堤上，朝远处瞭望，只是不见汽车的影子。管船的老张，把大船拉得靠堤，用铁索紧紧地拴在柳树上，青林说："老张！有辆汽车还没过河呢！你等摆过去再拴船。"老张梗着脖子："你敢情躺着说话不腰疼，船翻了你不管。让他候两天吧，水归岸再回去。"

青林还是伸着脖子张望，忽然肩膀被拍了一下，回头看，原来是支书关山，他们的互助组长。关山说："快下地吧！大伙等你念报呢。"青林二话没说，回家扛起锄，撒腿就往地里跑。

在地里，隔着青纱帐，青林听见汽车隆隆的声音。他站起来，站在一座土岗上翘脚看，关山笑嘻嘻地逗趣："青林子！不到三更半夜，牛郎望不着织女。"青林红涨脸，急着分辩："清早您不是瞧见，有辆汽车是我摆过去的；回来时还是满载，大船上索风浪又大，真叫人替他们着急。"别的组员说："管船老张也许没回家。还是喝碗枣叶茶，歇会儿吧！"

汽车上满载着整麻袋的黄豆。上面坐着一个十六七岁的小姑娘，一只手抓着扎绳，一只手打着旱伞，随着汽车的颠簸，身子来回摇摆着。两只油亮的短辫子，震动得跳起来。

跟车的一见大船上了索，跑到小屋里找管船的，屋里空空的连炕席都卷走了。跟车的急得滴溜转，瞧着半里长的河面，一团团的浪头，惊牛似的水流，脑袋直冒油。

离摆渡口不远，有两个人在树荫下歇凉。一个叫王福亮，是个"瞎摸海"，跑到河边来歇午，一下睡过劲，就懒得再下地；那个叫李有福，是村里单干典型，外号叫"财迷李"，皱着眉头来看水。

王福亮指着那辆汽车，对李有福说："你瞧！那跟车的直转磨，咱俩敲他一下怎么样？"李有福摆着脑袋："我可不敢。大水漫天，凭咱俩这点本领，摆个大汽车，出了差错，这个罪过担不起。"王福亮挤着鼻子："不要紧，咱俩沉住气，顺流掌舵，不会出事的。"李有福心里有些活动，但说："三万块钱真不值当，提心吊胆摆过去，让老张知道，还得没屁股没脸挨顿骂。”王福亮挖苦地说：“你真是傻小子，这节骨眼儿上，他们还不给个大价钱吗？”李有福说：“好吧，你把他喊过来吧。”王福亮说：“别忙，等他找咱来。你瞧，他来啦！”

“喂！劳驾，”跟车的走近来，象是嗓子眼发干，喝下口清泉水。连忙招呼：“您给找下管船的。”

李有福站起来，一点不带瞌睡的样子，摆着手说：

“管船的不在，回家啦！”

“那辛苦您一趟，给找找俞青林。”

听跟车的指名点姓，李有福瞪了眼，王福亮赶忙过来，说：“谁知道他上哪块地去啦！瞧你蝎子螯着似的，俺俩给摆过去。”

“车上是国家的粮食，不是玩闹的。”

王福亮一拍胸脯说：“嘿！河边住的大人孩子，使船是家常便饭。”跟车的想起俞青林早上的话，就说：“那就摆吧！”

王福亮说：“咱丑话说在头里，河钱得多加；这一趟半里开外，实在够累。”跟车的连连答应：“行行！摆过去给六万。”王福亮装出行家的派头，吆喝：

“铺跳板，汽车上船。有福掌舵！”

李有福心里直敲鼓，哆哆嗦嗦地上了船。

一只青蛙“哇哇！”地叫了两声，跳到河里；霎时间，又露出头，瞪着鼓溜溜的眼睛，盯住这俩家伙。……

三

大船解开铁索，就象脱缰的野马，一直顺流下去；浪头追着船屁股，紧紧地顶撞着，溅起无数的水点子。

李有福掌着舵，左拨右拨，大船却不老老实实听从摆布。王福亮用篙头一试，已经找不着河底，他心里打个寒噤：他一瞧跟车的，急得直瞪眼,心说:“八成要出危险,跑吧!”找个空子,“噗通!”一个猛子不见了,篙头也跟着漂走。

李有福也想跳下去,跟车的就站在他背后,不错眼的盯着,司机和那小姑娘,也站在他两旁。李有福心里跟油煎似的:“唉!没打着狐狸反倒惹身骚……”他咬着嘴唇,脸色青白,黄豆粒大冷汗珠子往外冒,猛一合眼,向水里扎下;小姑娘想伸手抓住他,李有福的褂子开了花。他来个仙人脱衣,“咕噜!”沉入水底。

小姑娘身不由己,也掉到水里,跟车的急得直冒火,小姑娘却挣扎着从水里探出身子,双手扒着船帮,跟车的伸手拉上来;小姑娘苍白着脸,胸脯一起一伏。

司机铁青着脸:“甭慌!我来掌舵。”

大船象一片树叶,在河里转起圈子。……

这时,小姑娘看见岸上地里有人,她扯开嗓子喊:

“救船来呀!汽车载着国家的粮食!”

话刚落音,一个小伙子象离弦的弹子似地跑来,跟着,男男女女也追在后面。……

支书关山说:“鸡多不下蛋,我跟青林子下去。”说着就跳下水,一个浪头把他按下去。

跟车的瞧见是青林,喜得喊:

“小兄弟!把那两个坏蛋抓住。”

青林一看,王福亮李有福正靠着堤喘气,青林黑眼睛瞪得溜溜圆,凫着水奔他俩去,那俩家伙吓得往堤上爬,青林一只手抓一只脚,就往深处扯;两个“妈呀!妈呀!”叫起来。关山回头喊:“青林子!放开他俩,赶紧推船来。”青林狠狠地说:“过一会再收拾你们!”就松开手,向大船那里游去。

关山掌着舵,青林推着船,不到一会,就到对岸了。跟车的拥抱着青林:“好兄弟!多亏你跟那位老叔,国家财产没受到损失。”司机掏出十万块钱:“辛苦您俩,留着买点酒喝,压压惊。”关山立刻攥住他的手往对方的口袋里塞进去，说："同志！爱护国家财物是大伙的事，难道还该要酬劳吗？"司机心里热辣辣的，嘴唇激情地抖动着，竟说不出一句话来。

他们紧紧地握着手。

太阳已经落山，映起一片晚霞，晚霞笼罩着他们，象是满身披红。

四

小姑娘躲在一片麻地里，脱下褂子拧着水，圆圆的麻叶，挤得严严实实，把她深深地藏在里面。

汽车扇起烟，发出"嗡嗡"的声响。跟车的喊："喂！那位姑娘上车吧。"她急忙穿上衣裳走出来；瞧瞧天色，眉头皱个疙瘩："到北京太晚啦！怕找不着。"

"到北京有什么急事？"青林问。

"俺哥哥从朝鲜调回来休养，去看望看望。"小姑娘愁起来，"人生地不熟，一时半会怕找不着。衣裳又湿着……"

青林看去，她的裤子直滴水点。他鼓足勇气，不让脸发红，说："住俺家吧！"

小姑娘很欢喜："那就搅一宿咧！"

晚上，青林抱着杆枪，坐在堤上放哨。小姑娘换下湿衣裳，穿上青林娘新缝的老毛蓝裤褂；她拿着个蒲团上堤去，河风扫过来，把肥大的裤褂吹得鼓蓬蓬，身上"嗖！"地一股凉气，她赶忙坐下。青林朝她笑了笑。

白茫茫的天河，静静地躺在湛蓝的天空中，两岸无数的星星在蹦跳着。

"你叫俞青林，今年十八，青年团员是不是？"小姑娘问。

"嗯。"青林回答，"你怎么知道？"

“问大娘来着。”

“你呢？”

小姑娘一点不封建：“俺叫李春兰，今年十七咧！春三月参加青年团，东榆林庄的。”

“你家老少几口？参加互助组没？”青林大胆地往下问。

“跟爹娘嫂嫂过日子，俺家是农业生产合作社社员。”春兰眨眨眼，“你们村里，还没有吧！得慢慢来。”

青林不服气：“完秋看！俺组准改成生产合作社；这真是瓜熟落地，一点不是半生不熟。”

静。

忽然，村里孩子们嚷嚷：“走哇！到葡萄架底下听哭的去。”春兰问：“怎么回事？”青林说：“今天是七月七，不是牛郎织女天河相会吗？”

春兰笑了，脸红红的。

第二天清早，春兰吃完烙饼摊鸡蛋，青林送她上汽车，汽车站上挤满人群，春兰对青林说：“回去吧！”青林脸上挺为难，站在道上不动。春兰红着脸说：“你跟大娘待人真亲热，完秋来看你们，住些日子。”

青林嘴角挂着笑，喜兴兴地回家了。

清清的河水，哗啦啦地向南流着。摆渡口的大船，载着人马车辆，船夫大声吆喝着：“咳哟！……”

肥沃的土地里，冒着呛鼻的清香，传出一阵阵嘹亮的村歌。

一九五二年八月

大青骡子

一

一群家雀,躲在院墙外榆树上的窝里,亮晶晶的圆眼睛,滴溜溜地望着天空;天空象一张绷得紧紧的黑帐棚,有几点雨花飘落着。

从天边的黑云层里,钻出一只山喜鹊,象夜晚的一道流星,斜投在这棵老榆树上,吓得麻雀“叽叽喳喳”一阵乱噪噪。

桑老奶奶站在榆树下,“咕！咕！”地叫鸡,十几只鸡在场里找烂高粱粒吃,桑老奶奶叫干嗓子,照旧不挪动。她生气了,拣起一根榆树枝子,便追赶起来,鸡子在秋天吃得肥囊囊的,摇摇摆摆跑得不利落,秋雨声在背后响起来。

秋雨下起来了。桑老奶奶把鸡赶进棚子,回到北屋盘腿坐在炕上,张着嘴喘气。

房檐“稀哩哗啦”地流着水,在影壁旁边拧个漩子,潺潺地从阴沟流到院墙外,影壁后头那一簇矮小的洋槐。被秋雨浇得弯着腰。

忽然,有个老太太顶着锅盖,一拐一拐地跑来了。桑老奶奶脸贴着玻璃窗,看清是她的亲家婆;她赶忙喊:

“亲家！快进来避雨吧！”

亲家婆跑进屋子,冷得直打寒噤。桑老奶奶从吊竿上拉下手巾,送过去:“擦擦吧！上炕暖暖,好不容易赶上这个天气,咱老姐妹俩可该唠叨唠叨啦!”说着,便从炕角拿过烟笸箩。

亲家婆把烟袋拦下,深深吐口气:“老姐姐!俺家正忙碌着,找不出闲空陪你坐坐,等到三九天,再扯那些陈谷子烂芝麻。俺顶雨来,是想求你一件事。……”桑老奶奶笑着说:“说吧!儿女亲家,还说什么求不求的。”亲家婆发愁地说:“俺家的豆子还晾在地里,这场秋雨准给浇烂喽!俺想顶雨拉回来。……”

“好咧!”桑老奶奶抢着答应,“等您亲家放牲口回来,俺老俩口子就紧着去。”

“不是。”亲家婆连连摇着小疙瘩髻,“俺家人手足够,就是缺牲口;那头黑牤子太慢,就象屎克螂推粪蛋,半晌拉不回一车。全家急得眼蓝,您闺女……”她脸红红,瞟瞟桑老奶奶,“您闺女就打发我来,借您家这头大青骡子。”

桑老奶奶笑着说:“好吧!您亲家把牲口从河滩拉回来,就登时给您牵去。今天赶上下雨,社里不用骡子。”亲家婆站起来,满脸挂笑地说:“谢谢您,过会儿我来牵。”桑老奶奶说:“甭啦!让您亲家给牵去吧,泥水浆汤的,省着您再来回跑。”亲家婆笑着顶起锅盖,又拐拐地走了。

桑老奶奶送到外间屋,手扶着门框,朝大道上望望,雨水顺着车道沟“哗哗”地流,在甩洼坑里鼓起白沫沫。

她纳闷:“老头子怎么还不回来?八成是躲在场房里闲扯呢!”她从锅台上拿起斗笠,刚想顶雨去找,这时就听见院墙外,桑贵老头正跟亲家婆说话:

“亲家!雨天有甚么忙碌的,怎么不多坐会儿?”

“不啦!”亲家婆笑着说,“您怎么光着脊梁呀!不怕受秋寒?”

桑贵老头“嘿嘿”笑起来:“咱老骨头硬朗,秋雨浇浇更结实。咱受点委曲倒不怕,可不能让傻青淋个好歹,这头大青骡子是俺社里的珍珠宝贝。”

“啊!啊……”亲家婆结结巴巴地应声着,赶忙走了。

桑老奶奶听老伴光着膀子，顾不得秋雨淋，颠颠跑出去了。一边直唠叨；“你半疯啦！秋雨天脱光脊梁，大棉袄淋湿再晒，干吗这么小气。……”

她走到院墙外，眼睛吓得发花：老伴笑喝喝的，抹着山羊胡子上的水珠，脊梁背上，一串串的流着雨水；那件里面儿三新的大棉袄，披在大青骡子背上。大青骡子仰着头，紧紧地站在桑贵老头旁边，皮笼头上的红缨缨，象是秋雨里一朵艳红的鸡冠花。

二

早晨，白窗纸上，刚迷迷糊糊透出窗棂，桑贵老头用腰带缠紧棉袄，把大青骡子拉出棚来，到井台饮饮，就到大场套车去了。

大青骡子拉着沉重的铁瓦车，跟车的小伙子坐在车厢上，桑贵老头摇起大鞭：“嘎啦啦！”象是出门见喜的一串鞭炮，铁瓦车随着渐渐消散的声音，跑向光秃秃的野地，几只田鼠，在豆铺儿里钻着。

大气阴沉沉，铁瓦车在格巴巴的硬泥道上，一趟一趟地来回运着；豆铺儿堆得塔高塔高，桑贵老头坐在车辕上，怀抱着红缨皮鞭，头上冒出一层汗珠。

前面有辆牛车，摇摇摆摆地走着。一堆一堆的豆枝子，从车上落下来，一个女人跟在车后头，落一枝就连忙弯腰拾一枝，然后再扔在车上。

桑贵老头喊：“喂！劳驾让让道，秋雨要来啦！”大青骡子听话的摇摇耳朵，放开四蹄，一霎间就追上牛车，后面的几辆汽胶和花轱辘，也追赶上来。

“爹！”

桑贵老头看清是闺女，笑着问：“你们拉几车啦？”闺女脸上干巴着尘土，说：“从鸡叫到这时分，总共拉三趟，黑牤子太慢，俺那几个小姑子，都用麻绳背呢！”桑贵老头歪头看，果然在漫天野地上，有几个黑点点。

他把铁瓦车开过去了，直奔村头大场。

“拉完了吧？老叔。”关主任站在破墙头上问。

“完啦！那几辆是瘸羊跟在后头。”

“回家吃饭去吧！”

吃完早饭，天不破晴也没落雨，桑贵老头骑着大青骒子，到河滩去了。

大青骒子绊着腿，啃着河滩上的青草，嚼着满香甜。桑贵老头叼着烟袋，靠着河边的馒头柳，听着大青骒子嚼草“沙沙”的声音，河水在他脸前“哗哗”地向南流，他慢慢合上眼皮，烟袋落在胳臂弯里。

秋雨“唰唰”地落着，馒头柳象把雨伞，雨点淋不着桑贵老头，他照旧安安生生的睡。大青骒子蹓跶到远处，雨落起来，它慌忙奔回跑，腿绊着跑不快当，秋雨追着屁股迎着前脸的淋。大青骒子打着响鼻儿，浑身上下浇得精湿，象是抹上一层油。

大青骒子跑到柳树下，桑贵老头还没醒，它也不声不响地卧在旁边。秋雨下大了，雨点从柳叶儿的空缝里落下来，落在桑贵老头的脖梗儿里，桑贵老头“机灵”醒了，他揉揉眼，四外大雨瓢泼似的，河滩上迷迷蒙蒙。他照着大青骒子揍个耳光，笑骂着：“傻青！雨下大啦，也不把我喊醒喽！”大青骒子从地上站起来，傻个隆冬直愣着眼睛。

桑贵老头想骑上去，伸手一摸，骒背上潮漉漉的，冒着稀稀的热气。他想：“河滩到村头二里多地，跑起来傻青准出一身汗，再让秋雨一淋，还能不受秋寒？这头骒子是咱社里的宝贝，可不能有个好歹。……”这时，馒头柳就象筛子底儿似的，雨点冰凉冰凉地淋着。

桑贵老头按按头上的斗笠，紧紧地系起飘带，他解开光杆大棉袄，露出瘦骨嶙嶙的肋骨，秋风裹着雨点儿吹过来，登时激起鸡皮疙瘩。他把棉袄披在骡背上，自己也蹿上去，照着骡子屁股一巴掌，大青骡子跑起来，大雨紧赶着，淋着桑贵老头的光脊梁。

桑贵老头“呜！呜！”地打着口哨，大青骡子象是擦着地皮儿，向村头跑着。

村头，一座旧瓜棚下，七八个小伙子挤在里边避雨，他们笑着说：“老爷爷！您是吃饱闲的吧？在雨地里消化食。”桑贵老头想搭腔，只是上下牙紧磕，张不开嘴。他们生产合作社的关主任，从瓜棚里探出头，看清他是光着膀子，棉袄披在骡背上，忙说：

“咳！你真是死心眼，牲口淋淋怕甚么？您这把年纪，万一受着秋寒呢？”

桑贵老头哆嗦着发紫的嘴唇，笑着说：“这场秋雨下完了，就该墒地啦！咱病几天没关系，傻青要是有个毛病，咱社里得多遭难？”

“您快回家吧！身板要紧。”关主任眼送桑贵老头走了，笑着朝大家说，“真是黄忠八十不服老。”

远远的秋雨里，传来桑贵老头清脆的口哨：“呜！呜！”大青骡子跑过溅起的泥点子，落满道旁的酸枣丛上。

三

桑贵老头把牲口拴在棚里。一根枯干的爬山虎藤儿，从棚顶上垂落下来，傻青仰着脖子，咬着干边的叶儿；桑贵老头揪下来扔在槽里：“等着！这就给你拌草。”说着，从屋里端出满瓢香料面，合着干草，洒了半瓢清水，就搅拌起来。手指头冻得麻木了，胳臂也有些发僵。

桑老奶奶在北屋喊：“半疯子！还不穿衣裳来！”

“给牲口拌草哪！”

“不是在河滩上放半天了吗？”

桑贵老头拍着手上的尘土，撩门帘进来，说："雨来了，傻青没吃十成饱。"说着，摘下斗笠，用手巾擦干身上，桑老奶奶给他披上一件旧棉袄。桑贵老头长出一口气，想脱鞋上炕歇歇，老伴拦住他：

"别忙！把骡子给亲家牵去，回来再歇着。"

"给他家牵去？"桑贵老头脚蹬着炕沿，瞪着眼问。

"刚才亲家婆顶雨来，"桑老奶奶说，"借咱骡子去拉豆子，他家的豆子在地里淋着哩！"

"秋雨天，让牲口去挨淋——主任批准了吗？"

"哟！好严的管束。"桑老奶奶不高兴地从鼻孔里哼出声来。

"家有家规，铺有铺规，咱社里要是没个章程，不就成了一窝蜂。"桑贵老头本来是麻雷子脾气，今天却装出"政策通"的样子，给老伴解释着。

"牲口搁在咱家，咱就不许做主？"桑老奶奶叨叨着，"参加生产合作社，也不能六亲不认呀！"

桑贵老头压不住气，红涨着脸：

"社里的章程，社员都得遵守，你怎么个别？再说，豆子淋了也不登时就烂，干吗偏挑这个时候？"

桑贵老头把鞋甩在地上，倚着被窝垛，瞌起眼来。

桑老奶奶气急了："亲家婆求上门来，你就来个不答理……"

桑贵老头不等老伴说完，半截腰插嘴说：

"珠子她婆家，谁不知道是个尖头，跟咱借去大青骡子，就不套他家的黑牤子啦！牲口是咱全社二十多家的，咱不能让全社受损失！"

桑老奶奶气得直哆嗦，手指着桑贵老头嚷：

"你不是红脸汉子，连个人情都不懂！"

"你才真正不懂人情！"桑贵老头坐在炕上，吆喝着。

老俩口子吵得象台戏，闺女珠子闯进来，她用麻袋围着身子，戴着一顶吓唬老鸹的破斗笠，红扑涨脸地进门就喊：

"娘！怎么还不把骡子送去？俺婆婆直劲叨唠。"

桑贵老头不等老伴搭腔，抢过来说：

"骡子禁不住淋，找别家借吧！"

珠子气哼哼地撩起门帘："心里要是不愿意借，嘴上就别答应呀！"

桑贵老头板着脸："谁答应的？"

"俺娘！"

"你娘是生产合作社主任？"桑贵老头硬棒棒地问。

珠子噎得直咽唾沫，坐在炕沿上干喘气，说不出话来。

桑老奶奶怕闺女心里难过，连忙安慰："甭跟你爹生这股肮脏气，咱娘儿俩一条心。……"闺女回过脸来，指着靠在炕角的桑贵老头，没鼻子没脸的数落：

"干什么跟我身上出气……"

桑老奶奶怕他们父女俩吵起来，又劝说闺女：

"你爹心不顺，跟我嚷叫半天啦！回去跟你婆婆说清楚，咱从心里愿意借骡子，就是拧不过社里的章程。"

桑贵老头插嘴说："你娘说的不对，不是生产合作社不借，只是赶上下雨的天气，不能让牲口受委曲；雨住天晴，只要你们张嘴，咱社里没个不答应。"

闺女气得脸发青，嘶哑着说：

"我甚么都明白，您参加了生产合作社，就黑眼白眼瞧不上单干户的闺女。"

桑贵老头锁着眉头，说："你嫁出去十几年，真是一盆泼出的水，你爹妈都是六十开外的老干柴了，不是照旧下地受累，你是帮过割把豆子，还是帮过砍棵高粱？"桑贵老头咳嗽两声，瞥瞥闺女，"要不是有生产合作社，俺老头子在技术组，你娘在托儿组，就凭这土埋半截的岁数，见天能吃上香油白面？"

闺女站起来了，眼圈红红着，声音有些哆嗦："我不是不能当家做主吗？……"说着，一摔帘子跑出去。

在"哗哗"的秋雨里，传来珠子"呜呜"的哭声。桑老奶奶站起来朝外就走，桑贵老头从炕上跳下来，拉住老伴的胳臂：

"你家坐着吧！我去……"

桑老奶奶站住脚，说："你去牵骡子呀？"

"不……"桑贵老头已经跑出屋子里，他在雨地里使劲摇摇头，说，"我去安慰安慰她，别让孩子太伤心。……"

秋雨渐渐小了，"淅沥淅沥"地落着。影壁后头的洋槐，滴滴青地抬起头，在微微的秋风里，抖落叶子上亮晶晶的水珠。

一九五二年十月

中秋节

中秋节夜，月亮从东南天角不声不响地爬上来，一下子把运河滩全照白了。

银杏从屋里一跳，跳出门槛，朝北屋喊道："娘！我到外边玩去了，您给等门哪！"

北屋，富贵奶奶跟老伴儿正叽叽喳喳地说话，银杏这一叫，她突然一惊，定了定神，忙应道："别回来太晚了！"

银杏早已经跑出院外，在月光下，她端详了一下自己身上绿底儿小白点的新褂子，按了按辫子上的桂花，害羞地笑了。

富贵奶奶脸贴着玻璃往外看了看，院里满地是月光，没有了女儿的影子。她吁了一口气，说："这丫头片子好容易走了，要让她知道，又是一顿吵。"

"我得走了！"富贵老头从炕沿上坐起来。

"一定要埋得深深的！"富贵奶奶神情紧张地嘱咐，"不然秋后拖拉机一犁地，就给耕出来了。"

富贵老头没言语，把屋角落那刻着字的石桩子，装进口袋里，背起就走。

"你站住！"富贵奶奶出溜下炕，追出来，又一再叮咛，"打村后背静小道儿走，别咳嗽，脚步放轻，处处是眼。"

富贵老头也不答话，闷着头出去了。

银杏到了河滩，在一块漫长的柳丛地旁坐下，这是农业社的防风林。背后，运河的波涛响着匀适声调，银杏沉浸在说不出的兴奋里了。

她们家入社了，是昨天夜里批准的。今天清晨她去饮牲口，春宝告诉了她，她红着脸，长长地吐了口气，就急忙牵着牲口回家去了。

可是她爹的脸色却很阴沉，她想她爹一定是后悔了；这使她非常生气，为什么这么三心两意呢！

她想起写申请书的那晚上，全家都坐在院里，只有小侄儿在嫂子的怀里睡着了。她伏在小桌上，桌上放个小黑油灯，全家推她当记录，爹摆弄着老绿玉石嘴烟袋，声音低哑地，说一句停一停，等大家默默地点点头，然后才允许她写在纸上，最后，全家还都按了指印。

一整天，银杏都噘着嘴，想找碴儿顶她爹几句，可是她爹一言不发，钻进那布满蜘蛛网的土棚子里，收拾那该送进社里的家具，整晌都没出来。

等到她爹把那匹灰兔儿马也牵到社里，她才一块石头落了地，心里凉爽起来，于是她想起晚上到河滩去等春宝，胸膛里就象流着一股清凉清凉的泉水，坐不安立不安。

一只孤独的夜鸟，在运河上寒栗地叫了两声，把银杏惊醒了，月亮躲进薄云里，河滩上很暗，没一点响动。

她想自己一定是等得很久了，春宝为什么还不来呢？她很急躁，想走，又不敢走；不走，一个人孤孤单单。又等了一会儿，春宝仍然没来，她想，春宝也许开什么会去了，于是她站起身，到渡口告诉管船老张，要是春宝来了，就说银杏等了半天不见人来，走了。

从管船老张那小棚里出来，她急急地往回走，突然，她看见在不远的地方，有一个象野鸟一样轻巧的人，弯着腰，在月色下行走。

她看出是春宝。

“喂！”她低声叫。

那人直起腰，凝了凝神，走过来。

银杏严厉地质问道：“你为什么这么晚才来？”

春宝摆摆手，压低声音说："别出声，看长寿老头。"

"我不看！"银杏生气了。

"看吧，好看着哩！"春宝拉着她，躲进柳丛里。

不远处，长寿老头抡着大镐，咳哟咳哟地刨着地，一挺身，把上身的夹袄脱了下来，扔在地上，照手心啐了口唾沫，又换了铁锹，吭吃吭吃地掘起来。

银杏看得眼都定住了，害怕地问春宝："他干什么呢？"

春宝轻轻地笑了出来，说："春天他入社的时候，偷偷埋了个石头界碑，眼下要扒出来，明白不明白？"

银杏再看去，长寿老头从地里拔出个白东西，吃力地放在地面上，就坐在一旁吸起烟，火亮一蹿一跳的，却看不见长寿老头的脸。

正在这时，大道上一个蹒跚的影子走来了，银杏眼尖，她拉了一下春宝，低声说："我爹！"

富贵老头在路旁坐下，用袄袖擦着脸，呼呼地喘气。

"谁？"长寿老头熄灭了烟，惊吓得从地上跳起来。

"你是谁？"富贵老头反问道，那低闷的声音里也带着意想不到的吃惊。

"我是长寿。"

长寿老头走上前来，小心地问道："你干什么来了？"

富贵老头翻着眼皮，也问道："你干什么来了？"

长寿老头眨巴眨巴眼，看清富贵老头身后的口袋，他笑着说："给管船老张送节礼去？来，我先打个秋风，尝头口儿。"

富贵老头没了法了，也不拦他，也不看他，长寿老头伸手一摸，硬梆梆，冰凉凉的，是块长石头。

"哈！"长寿老头响亮地笑了，"你这是干什么？是刨出的界石，还是去埋界碑啊？"

银杏一听，断定她爹是埋界石的，不由得气得眼都瞪圆了，就要闯出去跟她爹吵。春宝一把拉住她，说："再等等！不许跟你爹顶嘴。”银杏被春宝强制住,胸脯一起一伏,嘴一张一合的。

长寿老头燃起一袋烟,递给富贵老头,“抽袋烟,歇口气,今晚天气真凉爽啊!”

富贵老头低着脑袋,不搭理。

“老家伙!别怕见不得人,跟你说真的吧!”长寿老头狡黠地眨着眼,“我今年春天也埋了,今天趁着夜深人静又把它扒出来。”

富贵老头突然抬起头,盯住长寿老头,问道:“你为什么扒出来?”

长寿老头爽快地说:“这是一块心病啊!社里人一说自私,你就脸红,一说跟社里两条心,你就心跳,真是受洋罪。再说咱们跟拖拉机站订了合同,秋后拖拉机一犁地,真要给耕出来,这张老脸怎么见人?”

“哪……”富贵老头结结巴巴地,“啊……是呀!”

“别埋了,埋了过年还得刨出来。”长寿老头流露出老资格的神气,“我比你早走了一步,就先明白个道理,农业社是铁桶江山!”

“说得对!长寿爷爷。”春宝从柳丛里跳出来。

“谁?”长寿老头一声尖叫,吓出一身冷汗。

春宝顽皮地嘿嘿笑了。

“春宝,好小子!”长寿老头仍然止不住心跳。

富贵老头愣住了,赶忙闷闷地低下头去。

银杏三步两步抢上来,指着她爹:“您怎这么不怕丢脸!”

长寿老头不高兴了,沉下脸,教训银杏:“别骂你爹吧!上年纪的人,就要比你们小孩子想得多。”

“自私,落后,哼……”银杏气得直哆嗦。

春宝笑着说:“银杏,咱们给扛回去吧!”

银杏不动,从眼眶里冒出眼泪来。

春宝劝道:“给扛回去吧,反正是不埋了。”

银杏不情愿地走到她爹身旁，富贵老头虎起脸，吼道："不用你！"

长寿老头也拦住春宝，"你俩玩去吧，我们怎么扛来的，还让我们怎么扛回去。不过有一宗得嘱咐你们俩，不许满处乱说，这不是什么光彩事！"

春宝笑道："您放心，我们一定保密。您刨了半天也够累的了，还是我们扛吧！"

长寿老头一拍大腿，大笑道："你也别抢了，我也懒得扛了，干脆扔他娘的大河里！"

说着，他弯腰扛起石界碑，大步流星地走向河边。富贵老头正拿不定主意，冷不防银杏从后面一下子夺了过去，奔向河边去了。

运河里，响亮地噗通一声，这界碑就随着浪声沉入河底去，银杏高声笑了。

一九五四年六月

船

黎明，运河上弥漫着白色透明的水气，象一层薄薄的轻纱，笼罩着岸上的果园，果园散发着浓烈的甜蜜的香气。

山楂村最漂亮的姑娘银杏，背着个红色的喷雾器，从果园的小道上跑向河岸。

她泡完药粉，就坐在紧靠河边的那一排向日葵下，梳起辫子，向日葵金黄的花粉，洒落在她的头上。

太阳还没升起来，平原还沉浸在朦胧的薄暗中，她低声唱着运河的触人心弦的情歌，在清澈的河面上，有几条小鱼在游动。

突然，远处的水雾里，响起"啪呀"的桨声，一只沉重的小渔船，渐渐近了。

她站起身，用清脆的愉快的声音喊道："喂！是谁的船啊？"

那船陡地停住了。

"你过来呀！"

那船上低低咳嗽了一声，一个沙哑的声音回答道："是我啊！银杏，你早。"

银杏听出来，这是村西头的富农周振山。

周振山的船过来了，但是却靠近对面的河岸。

"银杏，你这么高兴，一定是有喜事吧？是不是要结婚啦？"周振山笑嘻嘻地问道。

"嗯哪！"银杏点了点头。但跟着又后悔了，"我为什么告诉这个富农？"

"我送你点儿什么礼物呀？"周振山亲热地问道。

“我不要!”银杏硬梆梆地说。

周振山的船划到银杏的对面,远远的停下来,他一点儿不恼,仍旧笑呵呵地说:“我要到城里去,你不想买点儿嫁妆吗?”

“给我带一块花头巾吧!”银杏又快活了。

“好啦!”周振山摇动了船。

“你什么时候回来呀?”银杏不放心地问道。

小船象跳跃的鱼似地远了,周振山只是模模糊糊地回声:“啊!”就隐没在远方的水雾中,不见了。

银杏整天都在果园里,但是河面上不见周振山的船,她在河边的向日葵下等到太阳落了山,仍然没有周振山的影子。

吃完晚饭,银杏等不得了,便沿着村外小道,跑到周振山家去问,周振山家在山楂村西头,运河甩湾的高岸上,她前脚刚迈进门槛,不提防从影壁后头跳出一条大黑狗,凶恶地扑过来,汪汪地叫,银杏吓得扭头就跑。

“谁?”是周振山那黄脸老婆受惊的声音。

银杏折了一根手指粗细的柳枝子,又走了过来,黑狗夹着尾巴跑回去了。

周振山老婆迎了出来,挡住门口,惊慌地问道:“你有什么事?”

忽然,影壁后头探出一张肥胖的脸,跟着又缩回去了,院里响起一阵杂乱的脚步声。银杏看出,那是外号叫狗头军师的富农麻二老倌。

“周振山回来没有呢?”

“还没有。”

“什么时候回来?”

“谁知道这个杀千刀的!”周振山老婆象是气恨地说。

银杏只得走了。

第二天黎明,银杏刚从果园跑出来,周振山的船就象漏网的鱼似的从河面划过去了。

“周振山,你站住!”银杏叫道。

那小渔船急转了一个弯儿,停住了。

“我的头巾买来没有?”

“买来了。是哆哩哆嗦纺绸的,满头的牡丹花,你戴在头上,就更把咱村的姑娘比得象癞丫头啦!”周振山阿谀地笑着说。

“快给我,快给我!”银杏欢喜得跳了起来。

“我放在家啦,本想让你大嫂送去的。”

银杏转身就跑,刚跑出两步,又转回身,小船已经摇动了,她喊道:“喂!这头巾多少钱哪?”

“一块钱!”

“咦,怎这么贱哪?”

“城里有的是物美价廉的货,就是到不了咱乡下。”

“有发票吗?”

“咳,让我装在兜里掏丢了,你放心,大哥不会吃你的回扣!”周振山甜腻腻地笑道。

银杏还要说什么,但是小渔船又没影儿了。

傍晚,晚霞已经渐渐消散了,银杏戴上漂亮的花头巾,从家里跑出来,象一只小布谷鸟,穿过她家房后那黑郁郁的树林,到河边去跟春宝会面。

她刚一出树林,就见农业社的代理主任春枝沿着河边,悄悄地行走,然后就消失在果树林中了。银杏躲在一棵杜梨树后,不明白春枝为什么不回家去吃晚饭,却在河边蹓跶。

过了一会儿,还不见春枝露面,就从杜梨树后走出来。忽然,春枝在向日葵丛中叫道:“我的妹子,多漂亮啊!真象一支海棠花。”

银杏站住了脚,羞怯地笑了。

“到河边去等春宝,是不是?”春枝走上前来,问道。

“嘻嘻！”银杏笑着。

“这头巾真漂亮。”春枝抚摸着她的头巾，“我也想买一块，不过得素一点儿的，你这条多少钱？”

“一块钱。”

“咦，真贱！哪儿买的？合作社一块花布头巾还一块五毛钱呢。”春枝吃惊地说。

“打城里买的。”

“谁给带来的？”

“周振山。”

“啊！”春枝脸上的兴奋突然消失了。

银杏仰起脸，望着春枝深思的眼睛，她低低地问道：“姐姐，怎么啦？”

“不会这么贱，他骗你。”

银杏眼睫毛抖动了一下，脸涨红了。

正在这时，春宝出现了，春枝淡淡地笑道：“你看，我打搅你们了。”说着，便迎着春宝走去。

银杏已经隐没在向日葵丛中了，春枝望着银杏的后影，低声对春宝说：“你问问银杏，她为什么让周振山给带头巾，周振山到城里干什么去了？”

“怎么回事？”春宝瞪大眼睛，望着春枝。

“是这样，”春枝说，“银杏让周振山给带了一块花绸头巾，才一块钱，贱得出奇，富农想拉拢她呢！再说周振山驾着小船到城里干什么去？富农的活动越来越鬼鬼祟祟的，他们象是组织起来反抗咱们了。”

“嗯哪！”春宝答应着。

“你看看这个，”春枝突然从口袋里掏出一把烂粮食。

春宝接在手里，惊问道：“哪儿来的？”

“我刚才从周振山家院后走过，在高岸下拾来的，这一定是他们把埋臭的粮食倒在河里了。咱们要抓住他们!”春枝的声音发怒了,脸上象罩了一层严霜。

“走,咱们赶紧去追查!”春宝愤怒地跳起来。

“别犯急,”春枝说,“你去问银杏,我到民兵中队部去。”

春宝穿过向日葵丛,银杏已经坐在那里,头巾却摘了下来。

春宝站在她背后,瓮声瓮气地问道:“喂,我问你,你为什么让周振山给带头巾?”

“他到城里去,顺便让他给买的。”银杏小声说。

“哼,一点儿警惕性也没有!”

银杏委屈地低下头,不言语了。

“周振山到城里去干什么?”春宝沉闷地问道。

“我哪儿知道。”银杏要哭了。

“你为什么不问一问。”

“我没想到。”银杏哽咽着说。

“一点警惕性也没有!”春宝长叹一口气,在她身边坐下来,“他什么时候打村里动身?”

“天麻麻亮,全村还没醒。”银杏捧着脸,说道。“我是因为赶着缝衣裳,劳动日让秋花嫂追过去了,一到傍亮又睡不着,就早起收拾果树,碰见他的。”

“他什么时候从城里回来?”

“不知道。”银杏说,“可是我吃完晚饭到他家去,他还没回来,想是得在夜里。”

春宝沉默了很久,闷闷地说:“不知道这些富农搞的什么鬼!”

银杏害怕得不敢说话。过了一会儿,年青人的郁闷消散了,又头并头,肩并肩,低低地说起情话。

就在这时,一个流星带着一道长长的白光尾巴,从天空泻过,这一刹那,照见沿着对面的河岸,一只鬼鬼祟祟的小船,沉重地浸在水里,也不摇橹,顺流而下。

但是春宝他们没看见。

也是在这个时候，春枝带着枪，从村里出来，她隐蔽在黑影里，脚步没有声音。

一股夜风吹来，她打了个寒噤，就钻进河边的果树林里。突然，在不远的地方，有低低的说笑声，烟火的红光一跳一跳的，春枝悄悄走过去，近了，她看出是两个夜晚巡逻的民兵。

"把烟灭了！"

那两个民兵急忙抓起枪，回过头，这才看见树林里站着春枝，他们惭愧地低下头，用脚踩灭了落在地上的烟头。

春枝冷冷地说道："抽着烟巡逻，永远也碰不上反革命分子。"她带着这两个民兵走上河堤，但是周振山的船已经过去很久了，他们也没遇见。

深夜，区委书记俞山松骑着自行车来了，春宝刚从河边回来，就被春枝叫走，到社办公室去开党支部委员会。

昏暗的油灯，照着俞山松那苍白清瘦的脸，眼眶紫黑紫黑的，象是几夜没睡了。

"县委指示，"俞山松低沉地说，"因为城里居民还没实行评粮，所以乡村富农跟粮食贩子乘机套购，这使国家的粮食受到很大损失。根据调查，富农跟粮食贩子的活动是有组织有计划的，他们在城里有坐探，通风报信，骗取购粮证；在乡村，有攻守同盟，连环保。你们山楂村，就有这样一个富农联盟。"

"啊！"大家都轻轻地惊叫起来，瞪圆眼睛，只有春枝镇静地没动，但是她的脸白了。

"我们一定要破获这个反革命的富农联盟，找回国家损失的每一颗粮食，这就是我们的任务！"

俞山松说完，迅速地扫了大家一眼，坐下了。

春宝第一个发言，他把银杏告诉他的周振山的情况，向支部委员会汇报了，最后说道："银杏说，她昨晚上到周振山家去，看见麻二老倌在那里，这个狗头军师一定是富农联盟的头子！”

“这就找出来了！”春枝眼睛里闪过一道火光，“周振山的船，一定是偷运粮食的，麻二老倌在城里有个小饭馆，粮食是从那里套购来的。”

俞山松站了起来，说道：“要抓住这只船！”

党支部委员会开到鸡叫第一遍。

黎明，运河上的水雾更浓重了，青纱帐，果园，树林，都看不见了，亮黑的小黧雀，动听地婉转地歌唱，想直冲上高空，但是在水雾里迷乱了。

春枝等几个人，在银杏带领下，隐蔽在河边的向日葵丛里，警戒着河上的行船。

水雾淡薄了，太阳升起来，河上没有划过周振山的船，大家的脸都很阴沉。

“你不是说周振山在这个时候出发吗？怎么没有！”春宝狠狠地拧着眉头，问银杏。

银杏象犯了罪过似的垂下头，眼红了，要哭；小声说：“我也不知道怎么回事儿。”

“回去吧！”春枝沉静地说，“周振山一肚子鬼点子，他也提防着咱们呢。银杏白天在果园里，就算是放个哨，可不能打盹儿，吃完晚饭咱们再到这里来。”

这是一个没有月亮的夜晚，运河滩没有响动。透骨凉的河风，摇动着岸上的青纱帐，“唰啦啦！唰啦啦！”发出单调沉闷的声音。

河西公路上，汽车的照明灯象两颗流星，只在眼前一闪，就消失在远方了。

不远处的瓜园里，看瓜老头在瓜棚下已经吹完海笛儿的最后一曲，人们嘻笑着散了，这时，才引起村庄里几声狗叫。

春枝他们站在向日葵下，已经很久很久了，他们不出一点声音，监视着河面。

银杏渐渐地感到困了，她轻轻倚着一棵向日葵，蒙蒙胧胧地瞌睡起来，猛地，胳臂热辣辣一阵疼，她惊醒来，春宝的手刚收回去。

“听，有摇橹的声音！”春枝用手挡着耳朵，说道。

大家都压低了呼吸。一会儿，在对面的河岸，发现一只沉重的小船，象是个笨蠢的野鸭子，吃力地行驶着。

小船到正对面了，春枝喊道：“你是谁家的船？”那小船陡地一惊，掉头要跑，这时，几道手电筒的白光齐射过去，集中在小船上。

周振山，象是一只受了伤的狼叭狗子，站在船上。

“周振山，你的船到哪儿去啦？”春枝厉声问道。

“到上游打鱼去了！”周振山用做假的愉快的声音回答。

“你划过来看看鱼肥不肥，我们社里的渔业组也想要下河呢！”

小船不动。

“你倒划过来呀！”银杏着急地喊。

“过来！”春宝喝道。

周振山知道逃不脱了，他答应了一声：“好啦！”就跳下舱，用斧头撬开船底的一块活板，水冒着泡冲上来，他冷笑了一声，“粮食，你们得不到！”然后使劲摇起橹，朝着春枝他们划来。

小船在河上缓慢地走着。

“啊呀！他沉船啦！”银杏尖叫了一声，她第一个跳下河去。

“周振山，不许动！”春枝的三八枪，“哗啦！”大栓一响，枪口对准了周振山，周振山举起两只手，站在半沉到河里的船头上。

“快救船，抢粮食啊！”春宝一声喊叫，大家都跳下河去了。

但是当他们游到河心，船已经完全沉到水里。银杏哭叫着，撕打周振山。

“把他带到岸上来！我们要从河底捞起国家的粮食！”

春枝喊着,她对着天空放了一枪。

运河滩惊醒了。

一九五四年作

瓜棚记

一

夏夜，运河边的瓜园里洒满乳白的月光，闷热的南风吹得瓜叶发出簌簌的幽响，浓厚的瓜香气弥漫着整个瓜园。

已经七十五岁的看瓜老爷爷，靠着瓜棚，点起一锅烟，烟锅里蹦跳着的火光，就象河边飞来飞去的萤火虫。他的身边，放着一把长满黄锈的生铁刀，那是他十八九岁参加义和团时的武器，一直保留到今天。

人概是被猛烈的旱烟陶醉了，或是被运河敲击河岸的水声催了眠，他瞌睡起来了。

忍耐不了酷热的布谷鸟在不停地叫，瓜园上空，蝙蝠就象在南风里飘舞的白杨树叶了。

猛地，看瓜老爷爷跳起来，一把抓住了一条瘦嫩的胳臂。

“唉哟！”一个小伙子尖叫一声，却又淘气地嘻嘻笑了。

“秋收，是你这个小兔崽子呀！”看瓜老爷爷睁开了眼，哈哈大笑起来。

“老爷爷，您的身体不行了，象这么爱睡觉，一园子瓜早让人家偷光了。”

“不行？”看瓜老爷爷又加上一把劲，“你试试？”

“没关系，再加把劲！”陆秋收挺着胸脯，憋住气，虽然胳臂生疼，却强忍住不龇牙咧嘴叫唤出来。

“好小子,是个男子汉大丈夫!”看瓜老爷爷松了手,跟着又摇摇头,有点感伤地叹了口气:“是老喽!”

陆秋收抖着疼痛的胳臂,笑着说:“老爷爷,别悲观哪!我这是嘴硬,说真的,我这胳臂都快断了。把您那套刀法传给我吧!”

“好!活动活动身体,咱们就开始练。”看瓜老爷爷兴致勃勃地说。

陆秋收皱了皱眉头,忽然不好意思地笑了,说道:“老爷爷,明天再练吧!我现在还有事。”

“干甚么去?”

“嘻!您知道……”陆秋收羞得脸红了。

“小子,你刚十七岁,这么早就搞恋爱,可伤筋骨呀!”老爷爷盯着陆秋收,半玩笑半正经地说。

“老爷爷,我们这不是搞恋爱,我们是在搞发明呀!”秋收急忙辩白。

“发明甚么?”

“我跟红桃要发明一种新的船,摆渡特别快,一篙头就能从河这边撑到河那边去。”陆秋收兴奋地说着。

“算了吧!”老爷爷一撇嘴,拉长声音说,“别满脑瓜子胡思乱想,还是到地里去多挣几个劳动日,免得你爹骂你。”

陆秋收生气了,喊道:“好!连您也不信任我。”说着,一跺脚就走了;但是刚走到井台那里,又扭转身来,面对着看瓜老爷爷,瞪圆眼睛说:“您看着吧!我还要改造您的西瓜呢。”说完,又要走。

老爷爷抢上一步抓住他,问道:“改造西瓜,怎么改造?”

“用杂交的方法。”

“甚么叫杂交的方法?”老爷爷性急地问。

这下子可把陆秋收问住了,他咬了咬嘴唇,翻了翻眼皮,沉吟了半天,才说:“这本书我还没看完呢。”

“甚么书,哪儿有?”

“这书叫‘瓜类杂交栽培法’,社里图书室有。”

“把那本书带来,每天你给我念两段听听,行不行?”老爷爷用央求的口气说。

“行!”秋收点点头,跑了。

“杂交,杂交……”老爷爷拍着脑袋,自言自语地说。

这时,在篱笆外面,陆秋收说道:“老爷爷,我今晚住在您的瓜棚里吧,不回家了!”

“为什么不回家?”

“免得又挨我姐姐的骂!”

二

渡口,一只小船,拴在象藤萝似的扭曲的河柳上,摇摆着。从船舱里,透出昏黄微弱的灯光,一个小姑娘,在低低地哼着小调。

“咕咕咕!”

陆秋收躲在一簇野麻后面,学着布谷鸟叫。

灯光一跳,小姑娘走出船舱,从船上跳到岸上。

“红桃!”秋收从野麻叶里露出脸来,“你爹在不在?”

“不在。”

“好啊!”陆秋收蹦了出来。

“爹又到杜八亩家嚼舌头去了。”红桃噘着嘴说,“杜八亩那老家伙不定又给咱们造甚么谣呢!”

“没关系,心里没愧,不怕半夜三更鬼叫门。”秋收满不在乎地说,“他们爱信不信,等咱们发明出来,就把他们的嘴堵住了。”

“我说的不是那个!”

“你是怕他挑拨你爹不安心摆船呀?没关系,我正想干呢!正好试验咱们发明的船。”

“你真是缺心少肺!”红桃一甩胳臂,赌气地自己上船去了。

秋收也不理会，他们俩吵惯了，说不上几句话就会拌起嘴来，可是谁也不记在心上。

船舱里，饭桌上摆着一盏煤油灯，红桃又纳起鞋底儿，秋收从口袋里掏出一张纸，铺在桌上，上面画的是一只新奇的船。

“我已经完全想好了！”秋收激动地说。

“快说吧！别扯废话。”红桃用牙咬着麻绳儿，瞪了他一眼，说。

“你看！”秋收手指着那只船。

“我不瞎，看见啦！”

“我不说了，你怎这么气人！”秋收恼火起来，抓起图纸就要塞进口袋里。

红桃连忙按住他的手，咯咯笑道：“老煤油桶，点火就着，说吧！”

“我已经完全想好了，你看！”秋收又兴奋起来，“把船头改成尖形，水面的阻挡力量就小得多了，再把船舵加大，速度一定会加快！”

“对呀！对呀！”红桃把鞋底儿往床上一扔，凑拢来叫道。

“等明天测量一下水流速度，这个发明就准确了。”秋收咧着嘴嘿嘿笑着，象小孩子似的望着那纸上的船。

猛然，岸上一个粗暴的声音喝道：“谁在船舱里，给我滚出去！”

“爸爸！”红桃叫了一声，秋收的脸吓白了。

咚的一声，老谢头跳上了船板，弯腰望了望船舱里，跺了一下脚，吆喝道：“我就知道是秋收这个坏小子，你给我滚！”

“爸爸，他发明了一种新的船，摆渡可快啦！”红桃喜欣欣地说。

“什么他妈的新的船，邪门歪道！”老谢头气狠狠地说。

“不信您看看哪！”红桃从秋收手里抢过那张图纸，递给她爹。

老谢头接过来,扫了两眼,就三把两把撕得粉碎,扔到河里。

秋收给吓傻了,红桃哇的一声哭起来,喊道:“爸爸,您真是蛮横不讲理,您还我这张图纸!”

“没关系,明天我再画!”秋收忽然说了话。

“滚!”老谢头一挥胳臂,怒吼道,“你不用惦上我这只船,我不摆啦!”

“您不摆我来摆,好不好? 我正想试验这个发明呢!”秋收呆头呆脑地说。

“我把它劈了烧火!”老谢头粗脖子红脸地喊叫。

“大叔,您不能信杜八亩的话!”秋收从船舱里走出来,面对着老谢头,“杜八亩那个老中农的脑袋都让自私的蛆给咬烂啦,您给社里运送东西,他说给记的工分太少,那是挑拨!”

“滚! 你别教训我!”老谢头把秋收一推推下船去,秋收在岸上踉踉跄跄抢了几步,险些摔倒了,他直起腰,一句话没说,就走了。

“爸爸,你疯啦!”红桃气恨地跳着脚,挣脱开她爹,一跃跳到岸上去追秋收,“秋收,你等等!”

秋收站住了脚。

红桃从后面气喘喘地赶上来,拉着他的袖子,柔声说:“秋收,你气坏了吧?”

“没有!”秋收摇摇头,“明天我再画。”

“那测量水流速度呢?”

“后天。”

“那怎么行啊!”红桃的眉头拧成个疙瘩,“你连着两天不下地,黑板报又会点你的名,你姐姐又要数落你了。”

“没关系,听惯了。”

“那不好,你挨批评我也不好看,”红桃说,“你看让我来测量水流速度吧。”

"好！我本来想让你测量的，分工合作；怕你没耐性，不肯干。"秋收高兴地说。

"你……"红桃又要吵，想骂他"你胡说！"但是想到他刚才受了她爹一肚子的冤枉气，连忙咽回去了，问道："拿什么测量呢？"

"我到社里去借闹钟。"

"你姐姐是团支部副书记，又是社务委员，她不赞成你，能借得来吗？"红桃发愁地说。

"能借得来，我那个主任姐夫支持我。"

"那就好哩！"

"可是你得细心啊！"秋收不放心地说。

"一定！"红桃用指头戳了一下他的鼻子，"告诉你，别狗眼看人低。"

说完，她耍了个鬼脸儿，就咯咯咯地笑着跑回渡口去了。

三

看瓜老爷爷在井台洗着脚，一边扇着芭蕉叶扇，一边凝望着天上那白茫茫的银河，数着那数不尽的蓝湛湛的星星，他总是那么静静地思念着甚么。

篱笆外面一阵脚步声。老爷爷问道："是秋收吗？"

"是！"

"怎么一会儿就回来了！"

"红桃她爹把我给赶出来了。"秋收走进瓜园，坐在井台旁的青石头上。

"为甚么？"

"他说我们的发明是邪门歪道，把我的图纸给撕了。"

"小子，"老爷爷轻轻地拍着秋收的头，"你还不够踏实呀！所以别人不看重你。比如说，那本什么杂交方法的书，你还没看完，就要改造我的西瓜。”

“是……”秋收有些羞愧地说。

“来！把你发明的那个什么船给我说一说。”老爷爷把破芭蕉叶扇递给秋收。

“没有图，怎么说得明白呀？”秋收闷闷不乐地说。

“我能听明白，你说吧！”老爷爷闭上眼睛，靠着井台的葫芦架静听。

秋收喝了口凉井水，便滔滔不绝地说起来；老爷爷听着听着，不住地点头。最后，秋收跳起来，抡着胳臂说道：“要是这么一改造呀，这木船不但走得快，而且装得多啦！”

“好小子，你长着颗聪明的脑袋！”老爷爷睁开眼，说道，“我给你打个下手，帮你干，明天咱们先做出个模型，好不好？”

“好啊！老爷爷。”秋收愉快地大叫，跟着又一撇嘴，“哼！可是我姐姐老打击我，等成功了再说。”

“你姐姐是团支部副书记，怎么会打击你？”老爷爷笑眯眯地问道。

“别看她是团支部副书记，我就不佩服她！”秋收气忿忿地说，“整天板着脸，见人就给解决思想问题，批评这个批评那个。可是对我那没结婚的姐夫呀，又温柔又和气，我看着她那样子就生气！”

“喝！你们姐弟俩是水火不相容啊！”老爷爷哈哈大笑，“她一定是批评过你，要治你的思想病吧？”

“可不是呗！”秋收更生气了，“她说我是游手好闲的二流子，不务正业，不爱劳动，光是胡思乱想。还说我……还说我跟红桃是乱搞恋爱，难道她跟我那姐夫自由对象，也算是乱搞？”

“你姐姐的话可也太过分了，”老爷爷摇着头，“不过，你最近这些日子每天才挣三分，也不怎么露脸。”

“方秋枫同志也批评过我，我接受，心服口服。我佩服他！”秋收说。

“方秋枫同志支持你的发明吗?”

“当然支持啰!”秋收用洋溢着愉快的声音说,“方秋枫同志多了不起,才二十三岁,大学毕业,拖拉机站站长,现在还代理区委书记,又有学问,又有办法,说话叫人那么爱听,打心眼儿里服气。”

“是啊!”老爷爷点点头,“他真是敬老爱少,到咱们村来,总要上我这里坐坐,喜欢听我讲讲义和团的故事啦,运河的传说啦,种西瓜的技术啦……”

“他爱人王蓝同志也不简单,”秋收抢着说,“念过高中,现在在拖拉机站搞秘书工作,才十九岁。方秋枫同志还让我到她那里去学习初中物理跟数学,可是我不愿意去。”

“有这么好的老师,为什么不去?”

“别扭!”秋收不好意思地说,“她才比我大两岁,又是个女的,跟方秋枫同志学习还可以。”

“爱面子,哼! 要不得。”老爷爷不满意地从鼻孔里哼了两声。

“这是男子汉大丈夫的尊严呀!”秋收不服气地说。

“什么叫尊严? 谁有本事就向谁学习。”老爷爷沉吟了一会儿,说道:“你知道我的种瓜手艺跟谁学的吗?”

“跟谁?”

“跟我师妹!”

“师妹?”秋收惊讶得瞪大了眼睛。

“师妹!”老爷爷笑了,跟着就陷入在沉思里,慢慢地说:“光绪二十五年,我加入了义和团,到运河上游楼梓庄去拜师傅学武艺。我那师傅是个种瓜的能手,给大地主种了二十亩地的瓜。可是他对手艺可真保守啊! 连女儿都不教,怕女儿传给了女婿,就不是家藏秘法了;儿媳妇可以传,因为儿媳妇是自家门里的人。他教给我武艺,可是不肯教给我种瓜,我真眼馋呀! 那大西瓜长得都跟青石碌碡似的,足有二三十斤,皮儿薄,瓤儿红,味儿又甜,咬一口就跟喝下一碗蜜水似的。这门手艺我是非学不可呀!”

“可是您的师傅并没把手艺传给您师妹呀!”秋收插嘴说。

“我那师妹是个聪明伶俐的姑娘,”老爷爷陶醉地说,“她从懂事的时候就在旁边偷偷看,一年两年,十年八年,就学会了。在歇晌的时候,在夜晚师傅睡着以后,她就偷偷地教我,我就跟她学会了。”

“您的师妹多象红桃呀!”秋收天真地说,“后来呢?您就把她娶过来做媳妇了吧?”

“没有!”老爷爷心情沉痛地摇摇头。

“老师傅不答应?”秋收问道。

“不是,”老爷爷难过地低声说,“光绪二十六年,她让八国联军的洋鬼子给打死了,她是义和团的‘红灯照’①。”

秋收也难过得说不出话来了。半天,他才愤恨地说:“要让他们给偿命!”

“这些陈年旧账,也就用不着再一笔一笔地算了。”老爷爷沉重地慢声说,“话说回来,不管是谁,不论他年岁大小,只要有值得学习的长处,就拜他为师。”

“老爷爷,您说得对!我应该到王蓝同志那里去学习。”秋收被老爷爷这一番话说得全身都激动了。

“这就对喽!”老爷爷站起身,“睡去吧!孩子,明天我帮你做模型,你可记住给我念那个甚么杂交方法呀!”

“一定!”秋收说。

“那我就拜你为师了。”老爷爷幽默地说。

“您别挖苦我啦!”

秋收蹦蹦跳跳地跑到瓜棚那里,爬上了二层的瓜楼,躺下来,想了一会儿老爷爷讲的故事,真是又激动又难过,很久才睡着了。

---

① 参加义和团的女童,也学习拳术,为义和团的斗争服务,当时叫“红灯照”。

老爷爷提着那把长满黄锈的生铁刀，踏着满地的月光，在瓜园里巡逻；不时走到瓜棚那里，看看秋收，给他盖上被子，用破芭蕉扇赶走飞来的一两只蚊子。

四

鹳雀在运河上空盘旋啼叫，月淡星稀了，跟着，金红色的朝霞从东山燃烧起来了。

秋收从二层瓜楼上跳下来，轻轻地，不想惊动瓜棚里刚刚睡熟的看瓜老爷爷，在井台洗了脸，就回家去了。

青蓝色的炊烟飘散在村庄上空，早饭的香气扑进秋收的鼻孔，肚子里咕噜噜叫起来，于是他开腿就跑。

一进门槛，全家已经在葫芦架下开饭了。秋收刚要拿碗去盛饭，他姐姐陆秋莲站起来，脸上象盖了一层霜，厉声问道："昨晚上你住在哪儿啦？"

"看瓜老爷爷的瓜楼上。"秋收理直气壮地说。

"为什么住在那里？"秋莲紧跟着问。

"我研究改造木船回来晚了。"秋收低下头。

"跟谁研究到那么晚？"秋莲象审问犯人似地追下去。

"你少管闲事！"秋收一抬头，拧着脖子喊。

"我就要管！"秋莲的火气爆发了，"你还是个团员，也配！整天游手好闲，一天才挣三分，你们生产队长不知向社务委员会反映过多少回了，让团支部都丢人败兴，我也跟着你丢人败兴！"

"我又不是你，你丢甚么人，败甚么兴！"秋收圆瞪着眼睛，盯着他姐姐。

"你好好想想吧！"秋莲嘴唇都气哆嗦了，"要是我，就没脸吃这碗饭。"

"我偏吃！又不是吃你的饭。"秋收故意气他姐姐，把一碗饭盛得满满的冒尖。

“你把这碗饭给我放下！”秋收他爹老陆正一拍桌子，震得盘碗跳了几跳，“你挣那三分不够这碗饭钱！”

秋收一咬牙，把一碗饭又倒进盆里，几步跑进屋去，把铅笔、尺子跟一张白纸塞进口袋里，就空着肚子从家里跑出来了。

跑到主任刘春夏那里去借闹钟，主任说社办公室的钥匙在秋莲手里。秋收一听，气得要哭出来，一扭头跑出门，嘴里嘟嘟哝哝地骂着刘春夏：“你是个甚么样的主任，还没跟我姐姐结婚，就把大权交给她，软耳朵，怕老婆的家伙！”没留神，一头撞到对面走过来的人的怀里。

“对不起！”说完，昏头昏脑地又跑。

“秋收，你怎么啦？”那人一把揪住了他。

“啊！方秋枫同志。”秋收那阴沉沉的脸上掠过一抹笑影，“借你表用一用，弄不坏。”

“干甚么用？”方秋枫一边说着，一边从手腕上脱下表。

“测量水流速度。”

“讲给我听听！”方秋枫非常感兴趣地说道。

“一会儿你去参观指导吧！就在渡口。”秋收接过表，一转身就没影了。

“这个调皮鬼！”方秋枫望着他的后影，轻声说。

秋收跑到瓜园，看瓜老爷爷也正在吃早饭，他喊道：“老爷爷，我跟您这儿吃顿饭吧！”

“怎么，你们家揭不开锅啦？”老爷爷玩笑地说。

“不是，是我姐姐把我给赶出来了！”秋收说。

老爷爷点着秋收的鼻子，笑道：“你呀！你是只山喜鹊，哪儿也不叫进窝。”

“快吃，快吃！”秋收拿起玉米饼子，咬了一口，把纸铺在桌上画起来，“吃完咱们好做模型，一定要在今天搞成功，不然我姐姐又该给我上黑榜啦。"

太阳已经升起来了,村里的集合钟当当地响过了。这时,青纱帐里的蚯蚓小道上,传来一阵阵清脆嘈杂的歌声,叽叽喳喳的说笑声。

"老爷爷,我得躲一躲。"秋收慌慌张张地说。

"怎么啦?"

"我姐姐一定得来找我,您可别告诉她。"说着,秋收把他的纸笔收拾起来,跑到井台上。老爷爷微笑着,看他爬上了葫芦架。

果然,陆秋莲怒气冲冲地来了。

"老爷爷,秋收在不在您这里?"

"昨黑夜在我这里住了一宿,天亮不是回家吃饭去了吗?"老爷爷摊着两只手,眯着眼睛。

"一定是您把他藏起来了!"秋莲不相信地说。

"没有,没有!"老爷爷眨巴着眼睛,连连说,"不敢窝藏逃犯。"

"我要搜查!"秋莲盯着老爷爷,厉声说。

"搜吧! 搜吧!"老爷爷站起身,抖落抖落衣裳,好象是对秋莲说:"我没把他藏在身上吧!"

于是秋莲便从瓜棚里和瓜楼上开始搜查,又走进瓜地里,拨开西瓜秧、甜瓜秧、黄瓜架、冬瓜架和西红柿架,只是不见秋收的影子,她骂了声:"小该死的!"就准备出去了。

但是她走到井台上,突然站住了。抬头望了望葫芦架,便动手摇起来,秋收吓得哆嗦了,一只青胀虫又爬在了他的脖子上。

"老爷爷,这个葫芦架怎么摇不动呀?"秋莲疑惑地问。

"嘿! 你不看看那些葫芦,挂得天上地下,个个都百八十斤重,你怎么摇得动?"老爷爷巧妙地遮掩。

"我还得找他去,这个该死的懒蛋二流子!"秋莲又怒气冲冲地走了。

秋收看他姐姐走远了,从葫芦架上象猴子似的跳下来,对看瓜老爷爷吐了吐舌头,挤眉弄眼地小声说:“您看看,我姐姐够多厉害! 对我真象恶狼似的。可是跟我那没结婚的姐夫,就象一头小绵羊,咩咩呀!”

“哈哈哈哈!”老爷爷被逗得笑出了两颗眼泪。

“老爷爷,图已经画出来了,您动手做模型吧,我去给红桃送表,一会儿就回来。”说着,一溜烟跑了。

看瓜老爷爷从瓜棚里拿出斧头跟小锯,找了两块薄木板,在阳光下把那张图端详了一会儿,就坐在地上干起来。

“老爷爷,您可窝藏了个懒蛋二流子呀!”篱笆外面,一个爽朗的声音笑道。

“谁!”老爷爷吓得一声大叫。

方秋枫含笑进来了。

“啊! 方站长,是你,一场虚惊。坐,坐!”老爷爷拍着旁边的一个蒲团,笑着招呼。

“老爷爷,您也参加秋收的发明啦?”方秋枫在蒲团上坐下来,也动手帮助老爷爷锯起木板。

“是昡!”老爷爷仰着脖子笑了,“你看,你不是也参加他的发明了。”

“我是陪工程师看地势来的,国家要在渡口这一带修建个二十瓩的小型水力发电站。”

“什么时候动工?”老爷爷惊喜地扔下手里的斧头。

“完秋。”

“那把我们秋收拉拔到发电站去吧!”老爷爷殷切地说。

“可以呀!”方秋枫点点头,“不过他的知识还不够,需要补习一下,再考考看。”

“你不是说王蓝同志可以教他吗?”

“可是他不愿意去,害臊呢!”

“昨黑夜我已经把他说服啦。”老爷爷连忙说。

"喝！您比他的姐姐有本领，"方秋枫笑着说，"您怎么把这个捣蛋鬼说服了呢？"

于是，看瓜老爷爷再一次讲起跟师妹学种西瓜的故事。当然，老爷爷又难过了很久，而方秋枫也陪着老爷爷难过了很久。

五

秋收一到渡口，红桃就问："闹钟带来了吗？等得你都急了，慢腾腾的真象个蜗牛。"

"闹钟没带来，可把方秋枫同志的夜光表带来了。"秋收说，"我姐姐没给我吃饭，还四处捉拿我呢！"

"我给你拿一只燉野鸭子吃吧！"红桃接过表，说。

"我不吃，别让你爹再骂一顿。"

"这是我抓的！"

红桃转身回到船上，一会儿，拿出一只肥嫩嫩的燉野鸭子，递给秋收。

"现在就开始测量吧！别粗心大意，多加小心，别把方秋枫同志的表弄坏了。"秋收叮咛红桃。

"老说这些教训人的车轱辘话，去你的吧！"红桃不高兴地拉长了脸，推了秋收一把。

秋收提着野鸭子，回到瓜园。方秋枫跟看瓜老爷爷已经到井台葫芦架下乘凉，方秋枫一眼看见他，喊道："秋收，快来！我们已经把你的模型做成了。"

"太好啦！"秋收一边喊，一边跑进来，"慰劳慰劳你们二位，尝尝燉野鸭子吧！"

方秋枫撕着野鸭子肉，大口大口地嚼着。看瓜老爷爷笑道："秋收，再让红桃多抓几只，送给王蓝同志，快给你补习补习，完秋到发电站去。"

“甚么?”秋收不相信自己的耳朵,爬在方秋枫的脸前问道:“真的吗?”

“你不愿意跟这个比你大两岁的女同志学习,算了!”方秋枫装得很冷淡地说。

“我已经搞通思想啦!”秋收着急地喊,“不信你问问老爷爷,是他把我说服的。他能向师妹学习,难道我就不能向这个大姐学习?”

“哈哈哈!”方秋枫霍地跳起来,“秋收,咱们到河边去吧! 看看红桃怎么测量水流速度,今天筹建发电站的技术人员也来测量,看看你们谁准确。”

“我们这算什么测量!”秋收说。

他们走出瓜园,奔河边去。

“秋收,你把这只木船这么一改造,的确能够增加速度跟载重量。”走在路上,方秋枫说。

“可是我姐姐还说我是胡思乱想呢!”秋收得意地眉飞色舞起来了。

“小伙子,还是别忙着得意吧!”方秋枫拉长声音说,“你这颗聪明的脑袋可比我们的时代落后了一百年。”

“甚么!”这一击,使秋收的脸涨红了。

“这个减低水流阻力的原理,一百多年前就发明了,在初中物理上就有,而且我们今天的轮船也应用的是这个原理。”

“那……”秋收一下子泄了气,“我们这些日子算是胡闹了。”

“你看你,一会儿得意,一会儿丧气。”方秋枫笑着说,“你跟红桃的这个发明,还是有实用价值的,社里的那几只木船都可以这么改造一下。”

秋收噘着嘴,沉默不语,用脚踢倒路旁一簇火红的野花。

“这说明你还需要知识!”方秋枫说。

“我一定向王蓝同志学习!”秋收咬着牙,眼里飘着泪花,握紧拳头。

“你还应该向很多人学习,比如说,向你姐姐学习。”

“向她学习?”秋收皱起眉头,一撇嘴,“谁爱理她,就会教训人,哼! 我不佩服她。”

方秋枫被他这个怪样子逗笑了:“我一定批评她,她是个青年团支部副书记,可是倒象老年团支部副书记了。不过,她的优点你看见了吗? 学习了吗?”

“她有甚么优点?”秋收仍然不服气。

“比如说,人家一天挣十一分,你呢? 才三分。……”

“这我也办得到!”秋收打断他的话,“要不是想发明这只破船,我一天能挣十二分。”

“小伙子,别骄傲,你再听!”方秋枫不慌不忙地又说出第二条:“人家提高了文化水平。”

“这你可没我了解得深入,”秋收挤着眼睛,“她才念过初小四年级,只有那么高的水平。”

“可是现在已经达到高小六年级的程度了。”

“你别听她吹牛!”

“人家测验过!”

“谁测验过?”

“王蓝。”

“甚么!”秋收吓了一跳,张大了嘴,“王蓝同志测验她干什么?”

“她每星期到王蓝那里去学习一个晚上,并且把你们那主任,她的未婚夫也带去呢!”方秋枫俏皮地眨眨眼。

“怪不得她晚上常常不在家。……”秋收低下头,不言语了。

“不一条条举例了,你说说,比得了吗?”方秋枫笑着望着他的眼睛。

“比不了!”秋收又象是无可奈何,又象是赌气地说。

“比不了,认输了!”方秋枫一阵响亮的大笑,狠狠地拍了一下他的肩膀,“那就得向人家学习,小牛犊子!”

这时,运河高岸上,杜梨树林边,建设发电站的工程师喊道:“方秋枫同志,现在开始测量啦!”

“就来!”方秋枫答应一声,就要走,“秋收,一会儿我再找你,别生我的气呀!”

“方秋枫同志,”秋收突然抓住他的袖子,红着脸吭吭吃吃地说,“能不能让红桃也跟我一块儿到王蓝同志那里去补习,她也念过高小呢!”

“可以。”

“今晚上就去,可以吗?”秋收性急地问道。

“今晚上?”方秋枫想了想,“今天是星期三,可以。她每星期三、五两天拿出来帮助别人学习。”

“好,我今晚上就去!”秋收凝视着方秋枫的脸,“我向你保证,一定要好好学习,每天也要挣十一分,不!十二分。我要跟我姐姐比赛,我还帮助看瓜老爷爷学习瓜类新的栽培方法,一个星期两次!”

“好样的!”方秋枫几乎要拥抱他,“竞赛是可以的,但是不能跟你姐姐打架。”说完,就匆匆忙忙地奔运河高岸去了。

秋收跑到渡口,红桃正拿着表,愁眉苦脸地盯着运河那淙淙的流水。岸上,高高的白杨和落在树枝上那鼓动着翅膀的老鹰,在河面上映起倒影,几条肥白的鲤鱼游到那里,被老鹰的倒影吓得四散了。

河对面,浓密的野芦苇丛边,一群野鸭子在嬉闹……

秋收站在她背后,默默地站了很久,才瓮声瓮气地说:“别测了!”

红桃吃了一惊,猛地回过头,问道:“怎么啦?”

“你看看!”秋收指指运河高岸上,“筹建发电站的同志们也在测量水流速度。”

“他们测他们的，咱们测咱们的！”红桃不以为然地说。

“哼！别得意了，咱们的发明落后了一百年。”秋收哭丧着脸说。

“谁说的？”红桃站了起来，惊问道。

“方秋枫同志。”

“那咱们不是白费事了吗？”红桃带着哭音说。

“没关系！还有实用价值，”秋收沉重地说，“社里可以按照咱们的方法改造木船。不过，咱俩得去学习！”

“你说什么胡话！咱们到哪儿去学习呀！”红桃用手背擦抹着眼泪，迷惑不解。

“到王蓝同志那里，今晚上就正式开学。”秋收低沉地、坚定地说，“来，把船摆过去，咱俩抓几只野鸭子，给王蓝同志送个礼，也算缴学费！”

这天夜晚，他俩提着五只又肥又重的野鸭子，踏着大道上的月光，到十里外的拖拉机站去了。

一九五六年四月

从维熙

夜过枣园

下了长途汽车，正巧是县城里的集市；虽然太阳已经偏西了，集市上还有买有卖。

我想到东关鱼市上，搭两个村里的熟伴回家。就在我刚刚拐过石头桥的时候，后面有个破锣似的声音喊我：

"前边走的是二柱吗？"

听这嗓音，甭回头，就知道是村东头铁虎子哥。他是村里的民兵大队长，有名的大嗓门，出了名的火爆脾气。我压着心里的惊喜，装没听见，继续往北走。"嘿，是二柱吗？"喊话的是个女声，声音过后，紧连着两声清脆的鞭花声，我把身子回过来，第一眼就看见铁虎又黑又红的脸膛，旁边坐着的我也认出来了，是铁虎媳妇石翠兰。

我没有寒暄别的，先打趣道：

"好哇！赶大集还总得两口子一块儿来，搁在家，怕让耗子拉去！"

"不！"铁虎子郑重其事地给我解释，"你忘啦，前年你嫂子到县卫生训练班来学习，今年都成治病先生了。前天，家里小虎子病咧，村里人催我接她……"

我知道铁虎子哥是心事挂脸的人，我忙收起笑脸。

哪知石翠兰一把话碴接过去，问题就拐了弯儿。她说："看你铁虎子哥，见你面啥话不说，净说点子家务事！"

“孩子是娘连心肉,你不疼啊!”铁虎子声音很大,看看我,大概是不好意思发作,口气小下去说:“知道你当先生啦!要不是社里人闹着,我才不来接你呢!”

石翠兰说:“谁的孩子都得疼啊!我背着药箱子,看到过多少个当娘的!刚才没跟你说吗?让你等会儿,人家娘背着孩子,从老远来的。咱在县医院扔下人家的,跟你回家看家的去!”

“得了!”铁虎子翻瞪两下眼珠子,知道理屈,嘟囔着,“咱们的小虎子,不是你秧儿上的瓜!”

铁虎子红头胀脸地回过头去,错乱地拍了骡子一巴掌。车很快地爬上了县城外的沙窝道。

铁虎子嘴里不断地骂着牲口。石翠兰扭过头来,问我在北京的情形,特别是问到卫生情况。铁虎子毕竟是个直性子,嘴噘了不会儿,就聊在一起了。

车,走了二十多里沙窝道,好容易上了硬干土道,铁虎子惦着儿子心切,在半天空甩着响鞭,骡子车在平坦的路上小跑起来。他还不住嘴地念道:

“过了枣园,几袋烟的工夫,就到家了!唉!小虎子嘴唇烧得象热火炭似的。”

我抬头一看,可不是到了枣园了吗!六月的天气里,村子周遭的酸枣树上,挂着浅红的小酸枣,红红的,象把整个村子埋起来了。满树丛子的“福天”拉着长声叫唤着。

车钻进绿丛丛的枣树丛子。就在车刚要穿过街口的时候,从街口闯出个老头子来,要不是铁虎子连拉缰绳带吆喝,老头子或许和牲口碰到一起了!

老头子往后退两步,摸摸后脖梗子,抬起了头:

“啊?……石翠兰是……你,是……快下车!快!快!”

从他那恳求的老眼和晃着的双手上去看,一定是有了什么事情。铁虎子大声地说:

“老头儿,靠点边,眼看天黑了!”

就在这时,我看见石翠兰,从我身旁霍地站起来,一手拉着了铁虎子手里的缰绳,问:

“赵大爷,咋回事啊?”

“翠兰!正想上区里找先生去,碰上你了,好哇!我二儿媳妇闹小肚子疼,难产……”

我心跳了一下。石翠兰跳下来,背着药箱子,跟赵老头走了。

“翠兰!”铁虎子大声地喊,“你真是疯了,家里的孩子你……”

“我一会儿就回来!”石翠兰跟着老头子,迈着急碎的步子,朝街里走去了。我忽然看见车厢上,有两只白手套,知道是翠兰丢的,便跳下车,追过去了。我怕铁虎子一人心急,便和他说:

“铁虎子哥,来!把车先赶过来!”

铁虎子眉毛一拧,没有回答我的话,直朝翠兰背影喊:“兰子!你就任性地来吧!孩子也不是我一个人的,我走了啊!”说完,他真一摇晃大鞭子“驾——”。我在后边急喊:“铁虎子停一下,停一下!”

他连头也不回,赶着大车,就跑下去了。车正前压得低低的阴云,也象凑热闹,“轰隆隆”地响起了雷声。

有雨花落下来……

铁虎子赶车赶得更欢了,这时,我看见石翠兰犹豫地回了一下头,又跟着赵老头走下去了。我跑上去,递给她白手套,我看见她脸上是那么镇静。……

我们刚到赵老头家里,雨就哗哗地下起来,石翠兰背着药箱拿着个白布包,就进了北正房;北屋里有女人哼哼的声音。

赵老头怕我一个人在厢房等得心烦,在小红炕桌子上给我沏了一壶枣叶茶,笑着对我说:

“这小干枣叶,真还赛龙井呢!”

我正在想雨地里的铁虎子,听他说话,我忙转过脸来,说:“石翠兰本来是回家——”

没等我说完，老头子抢着插嘴说：

“你提翠兰么！好话拿大车拉都拉不完哪！你知道去年冬天，村南头李胜媳妇难产，翠兰蹚着没腿的雪，连夜赶来的！”

“嗯！”我应着，身子好象坐在暴雨里的大车上。

老头子也许看出我有啥心思，把腰掖着的小烟袋递给我，给我装了满满一锅子烟。过会儿，石翠兰冒雨从正北屋跑过来，笑着告诉老头子：

“赵大爷！不是难产，可能是双胎，半夜就该生养哩！”

老头子的手颤抖着，从竹竿上拿下手巾，给翠兰擦着雨水。随后，他把点着了的灯端过来，灯苗儿在他手上颤抖跳蹦着；我看见赵老头笑得连眼角都堆满皱纹了。

老婆子也从北屋跑出来，从罐子里拿来一碗醉枣，叫我们尝枣园的特产。

夜里，我躺在赵老头的炕头上，两眼看着窗格，耳朵听着赵老头的咳嗽声和翻身的声音。

雨倒是渐渐小下去，但是，老头的咳嗽声越来越大。

“呱……呱……”传来了新生命落地的哭声，赵老头嗖下子坐起来，我也跟随着坐起来。

“真是一双啊？”老头子忍不住心里的喜欢，大声问。

“一对胖，”大概老婆子还没分辨出来是男是女，声音稍停了一会说：“一对胖小子！”

“赵老头您真有福哇！”我也忘了疲倦地说。

赵老头坐不稳了，跳到地上点上灯，来回走着。

石翠兰一掀门帘跑进来，她朝老头寒暄几句，就说：“二柱！咱走吧！小虎子还在家病着哪！”

“不行！一定都住一宿！”老头子拦着。

老太婆也从正房屋跑来拦着。等我把情况叙说清楚后，老太婆感动地拉着石翠兰的胳膊,半天说不出话来。

老头子从炕席下拿起电棒说:“你们等等,我和社主任核计核计,套车去。”

“不! 不!”翠兰忙说,“别闹得家家鸡犬不宁了!”

说完,她背上药箱,我替她挟起白包儿,出了赵家门。老头子老太婆子,紧在后边相送。

我跟石翠兰在泥水汤浆的路上走着;脚下的湿泥点子“噗叽噗叽”地溅湿了我们的裤腿。

她步子很大,我在后边跟着简直象小跑。

好容易进了村了;社办公室里还亮着灯。

石翠兰的脚步一刻没有停,直奔自己家里去了。

我在篱笆根下,又站了一会儿。等我推开我家的秫秸拍子的时候,隔壁儿铁虎子家里,传出来娇嫩的哭声。

“娘……”

“不要紧! 来,娘亲亲你,明几个就好了,娘的乖虎子!”

一九五三年

故乡散记

傍晌,翠枝儿送过几条刚出水的鲜鲤鱼来。

“大娘啊！让二柱哥尝尝新吧,鱼是俺爹刚从南河打来的!”

“不！翠枝儿……”我一急,有些结巴地说。

我娘也帮我说:

“真是,他挺大小伙子了,呆着没事,还不会自个抡抡网去!”

“看你们娘俩!”她死说活说把几条鱼放在锅台上说:“二柱哥呀！你还在毛主席跟前上学呢,真不开阔!”

她摆着两根辫子跑了。

“翠枝儿你坐会儿!”我送出去。

“不哩！等会县供销合作社还拉咱们的席来呢,俺先收拾收拾去!”她出了篱笆门儿,灵巧地一扭身子,沿着篱笆根朝东跑去了。从篱笆上喇叭花枝叶间,看见她的墨染似的头发、石榴花一样红的脸。

娘也送出来,在身后高声告诉我:

“看翠枝儿,去年还是鼻涕过河轰鸭子的孩子呢,今天当了副业编席组组长哩!”

一定是娘话音高了,翠枝儿停住步笑笑,招呼说:

“二柱哥！晚上没事上俺家呆着去吧!”

翠枝儿爹也站在门口,扬着烟袋跟我打招呼:

“来吧！给我老耳朵聊聊北京的新鲜事来吧!”

我回屋披上褂子,立刻想去,娘拦住我说:

“人家忙着编席,别打搅去了。”

屋里燥热，我披正了褂子，拿本书，上南河滩去了。我靠在河滩大矮脖柳树下面；柳条子都快拂着地面了。闷热笼罩了七月的村庄，连河里的浮萍都打起卷来了。就在我浑身疲乏眼皮发涩的时候，我听见一阵车声。睁开眼，看见两辆大胶皮车，停在翠枝儿家的篱笆根下了。离老远就看见车辕上的几个红字：

“县供销合作社”

篱笆门一开，翠枝儿跑出来，和赶车的握了握手，随后拿出大喇叭筒喊起来：“老乡们，供销合作社收购席的来啦！”

真是快极了，河滩上掀起一阵吵闹，家家扛出一捆捆亮光光的席。扛席的有老太太、跑跳的娃子……翠枝儿满脸流着汗，指挥着。我看她一个人有点招架不住，便跑上去，替她记席数。

一捆捆席装在车上了。翠枝儿爹把一捆席扔在车里，回头对我说：“二柱哇！咱庄的席呀，除去白洋淀，哪儿的咱都敢比。”

显然，赶车的小伙子和老头是很熟悉的，他说：

“运到县里，省城里，不上几天就卖没了！”

翠枝儿拿过量席尺来，说：

“量量尺寸吧！”

“没错！”小伙子笑着，“凭咱们都挂‘社’字，就没错。”

翠枝儿爹哈哈地笑着：

“这席……一个针鼻也错不了哇！”

装完车，赶车的小伙子看看天，赶起车就走了。翠枝儿随车送出老远，赶车的小伙子着急地指着天说：“回去吧！看看天上的浪头云！”

“多给我们编的席征求点意见啊！”她站在土岗上笑着，热风吹起她一绺头发。

天忽然阴下来，云彩的黑影子，立刻就遮住田洼。

翠枝儿看看天，麻利地跑回来了。她看我直愣地站在门口，指指院里说：

"帮帮忙吧！收拾收拾苇子、席吧！"

风刮起来，篱笆上南瓜花茎上的蝈蝈摔下来，燕子围在河滩上"啾啾"地叫着；雨就要来了。

这时翠枝儿象有啥急事似地，问她爹：

"爹！咱们二号席哪？"

"二号席？"翠枝儿爹拿一只手挡住嘴，低声说："咱那二号席顶了头号席，给咱社多赚俩钱！"

翠枝儿两条细黑的眉毛，立刻皱起来，胸脯一起一伏的。"爹——"她没有说什么，两眼向篱笆外望望；直奔牲口槽走去了。

"你要干啥！"翠枝儿爹不顾一切地挡着马棚出口。

"我追席车去，"翠枝儿声音斩钉截铁，脸涨得更红了。我怕她爷俩闹翻了脸，便扔下苇子跑过去；翠枝儿爹脸红了一下，往后退了一步，跟我讲理说：

"二柱！你评评理！马都做价归社哩，她要在这天气骑马去……"下边他没说出来。

我还没回话，翠枝儿却趁空牵马出来了。翠枝儿爹一手拉过缰绳去，红着脸说："去，去吧！就说我不成心，把席弄错了！"

翠枝儿爹干咽两口唾沫。翠枝儿娘刚从屋里出来就尖声喊："枝儿！你不能骑社里的马挨淋去！"随后又低声叹气地看着翠枝儿说："你爹还不是为社好！甭去了！"

翠枝儿松了手里的缰绳，便进了屋。我的心霍地跳起来：翠枝儿当真不追去了，我跟随她爹娘身后也进了屋。她猛然间从屋里跑出来，挟着两块麻包片，到院里又挟起那捆一号席，跳上了马，撒开了缰。

"这孩子！"翠枝儿爹在后边跺着脚骂着。

翠枝儿娘看看要下雨的天，有些心疼闺女，回头指点着老头子，没鼻子没脸地数落开了：

"哼！胡子齐胸脯的人哩，也不长长脸……"

"……"

我没心思听翠枝儿爹娘的拌嘴，两步迈上了门口的土岗子。雨，这时破了天似地灌下来。……

我看着翠枝儿那被风吹起的头发，听着马儿迎风的长嘶。

在风雨里，她，象一只疾飞的燕子。……

一九五三年

七　月　雨

一

天刚放晴，半空中飘落着碎雨花。

老福背起柳筐，刚推开秫秸拍子，牲口棚里雪毛子马扬起白脖一抖落，甩起鼻梁上的红缨缨，长叫一声，老福赶忙抽回身来，朝屋里喊：

“满秋！给雪毛子拌上瓢料。”

“嗳！”

老福朝雪毛子瞟了一眼，雪毛子马两洼黑水似的眼珠，一眨不眨地盯着老福；老福放下柳筐，两步迈过去，拍着马脖子：“傻东西，给你割草去，道儿不好走，你他娘的在家里享福吧！”老福慢吞吞地，打缸里舀出满堂堂的一瓢料，拌在槽里。

浑身银白的小马儿，耸动着银白的脊梁，撒着欢。老福偎过马脖子，亲了一下；隔着窗户玻璃，屋里笑出声来：

“瞧你爹胡子快齐胸打脚面咧，还那么孩子气！”

满秋嘿嘿地笑着，挑开门帘，伸出脑袋来说：

“忘了告诉爹哩，今儿个下晚，开社员大会，讨论秋忙，顺便表扬爹经营牲口……”

“嗐！”老福心里笑开了花，心笑嘴不笑地说，“表扬啥？社里的事，就是咱家炕头的事！”

老福嘴唇微微颤动着，出了家门，他摆弄着手里张开的镰刀，差点让闪亮的刀刃子削着手，他“机灵”下子，笑了。

街道上雨水积成水洼，一群光脚丫的孩子正蹚水玩，豁亮的小嗓子喊着：“云彩往东刮大风，云彩往西披蓑衣，云彩往南支旱船，云彩往北发大水。”

老福扬脖一瞅，白云彩象谁打翻了的棉花篓，忽悠忽悠往西涌；西天角上，一道道的红闪，象棉花囤里，喷出一条条的火舌……

老福正瞅着天，背后有个孩子声：

“老福叔！得啥喜事哩，乐得锯嘴葫芦似的！”

老福回头一瞅是二林，晃摇着小镰刀说：“二林子，刚十二三就跟你老福叔画眉吊嘴的，来！非把你舌头割去不可！”

“得了！”二林往后跑两步，翻着小眼珠说，“早听我姐姐说哩，今儿个下晚要表扬你哩……”

话才说半截，二林姐姐翠兰，隔着矮寨篱，探出头来：“去！别跟老福叔要贫嘴。”随后和老福叔打招呼：“这道擦擦滑地，还上河滩割草去？”

老福看着翠兰，红红的圆脸盘，象寨篱上开放的一朵大红花，他忽然想起满秋，心象掉在蜜缸里，他满肚子话要说，一下子都忘了半截，嘴唇翕动了半天。

“……雨水打过的青草鲜凉，让咱社里雪毛子享享嘴头福！”

老福迈步想走，二林跑上来，抱着老福的腿说：

“老福叔，等会儿，我拿拍网子①跟你上苇塘里打鸟去！”说完，一溜烟似的没影了。等二林把拍网子拿来，老福早出了村，上了棒子地的小道儿。

二林一手提着裤子，一手拿着拍网子，边追边喊：

“老福叔！老福叔！”二林小腿蹬得象风车，到老福叔跟前，盘着老福的胳膊，爷俩上了南河滩。

---

① 拍网子：农村孩子们捕鸟的工具。

南河苇塘里“苇扎子”扎扎地叫唤。河滩上腿肚高的青草上满沾着水珠子,几只油青黑绿的大蜻蜓,飞落在草叶上,喝着水珠儿……

老福掰开镰刀刃子,在草地上抡开镰刀。二林上苇塘下完拍网子,回来和老福说:

“我上南边哄鸟去!”影子一闪,消没在苍绿的棒子地里。

老福看看天,一滴大雨点子,掉在脑门上,忙大声嘱咐:

“别走远喽,天要下……”

“嗯——”二林拉着长声答应。

老福猫下腰,抡开月牙镰刀,嗖嗖地,镰刀象草丛里爬出来的长虫,跳跳蹦蹦。隔着棒子地,老福叔听二林哄鸟声。一群鸟儿,从棒子地里飞出来,针拉线似的,投进了苇塘;密麻麻的雨点子,在它们背后响起来。

老福在雨地里甩着镰刀,浑身被浇个湿透;他在棵老叶榆下避开了雨。

雨哗哗地浇下来,南河河滩冒起湿淋淋的水气。

老福看看草筐,还不到半筐草,心里想起雪毛子马,象块石头拉着老福的心。猛然,他一抬头,瞅见棒子地的大绿棒子,都裂开了嘴,门牙大的棒子粒儿,挣裂了青皮,噙着一缕缕紫红胡子,在雨水里摇摆。

他心里“格登”下子:“让雪毛子尝尝新呗!”他刚跑过去,动手想掰,忽然一阵脸红心热,伸出去的手又缩回来。他分明地瞧见地边上的木头牌子:“水峪井泉互助组……”

老福蹲在树根下,榆树上滴答下大水点子,从老福的脖梗流到腰眼。老福咬咬牙,站起来,朝四外瞟瞟,大步流星地迈到地边,掰下十来个青棒子,扔在草筐里。手刚拉着另棵青秸,二林打棒子地小道上跑来,喘着气,滴溜圆的小眼珠,盯着老福,雨瓢泼似地浇下来。

“啊?”老福手象攥住了马蜂窝,一松手,青棒子掉在泥浆里:“走,走吧!”老福擦擦雨水,声音颤嗦嗦地说,“雨灌起来了!”

二林翻着眼珠:“老福叔!这不是水峪井泉的地吗?”

“这……”老福声调不自然地说,“快!快起拍网子去吧!打着鸟啦?”

二林拿回拍网子,拍网子打着一只小“苇叶儿”,它拚命撞着绳网,落下来一团团的白绒毛。

爷俩在泥水汤浆的道上走,二林一句接一句地问:

“老福叔!你咋掰人家的棒子?”

老福答不上话,结结巴巴地支应:

“缺须缺尾的孩子家,懂个啥?”

雨象瓢泼,象筛子筛,到村边上,下成小毛毛雨。

老福一眼瞧见社里的棒子地,躺倒一棵棒子,赶忙放下柳筐,把青秸扶起来,狠狠地在根下跺两脚。随后,他看见一棵不结棒子的甜棒,一抡镰刀割下来,朝二林喊:

“二林!老福叔给你根甜棒!”

二林嚼甜棒,嚼得顺嘴角流甜水。老福趴二林耳朵边说:“二林子!别跟人念道偷青的事,你老福叔,为的是咱社里的雪毛子!”

二林点点头。

二

下晚,北斗星钻出了云层,眨着眼,洒下来几缕柔弱的黄光……

二林从社办公室里跑出来,到老福家门,隔着篱笆喊:

“老福叔,社里秋忙会都开完哩,等着表扬哩!”

“二林!”老福推开拍子出来说,“你老福叔让雨水淋着了,浑身骨头节疼。"

二林小嘴噘得能拴条驴:"大伙等你等得眼蓝,好大架子!"

老福媳妇也在屋里催促着:"老爷子,去吧,把马屎马尿的褂子换换!"

"你是马前诸葛亮,啥也少不了你!"老福收起笑脸,朝屋里说。

二林直眨眨眼,撒开小腿,跑向社办公室,进门就喊:"满秋哥! 老福骨头节疼……"

"啊……真的?"社员们喊出声来。一个喜欢打趣的老头子说:

"我看哪!'老福'哇'没福',单要表扬他时闹病。"

满秋拍拍巴掌,会场安静下来。满秋说:"眼下就要忙秋,给我爹表扬,等秋后和秋收模范一块开,谁有啥意见?"

"没二话!"大伙一个声音。

社员们站起身来想走,满秋忙大声说:"别忙,还有点零碎事:刚才水峪井泉互助组看青的来了,说南河滩的棒子地丢青,人家顺脚印直找到咱村来了。"他顿住着话头,瞅瞅大伙,"咱社员家有余粮,会有人……"

二林打个寒噤,扬起脖子刚张嘴,话到嘴边又咽下去。翠兰在旁边瞧得一清二楚,低下头来,小声问二林:

"是你偷青?"

二林摇摇手,声音颤得象只小蜜蜂:"不……"

"谁呀? 告诉姐姐。"翠兰压低了声音,亲切地问。

二林两洼黑水似的眼睛,带着不安:"是……是老福叔……"

翠兰想把事告诉满秋,会早散了,大伙谈论着丢青的事儿,离开会场。满秋刚出社办公室门坎,已经小半夜了。

远处庄稼地里一只布谷鸟叫了一两声,满秋加快脚步。

"满秋!"满秋刚走到篱笆拐角的地方,有个姑娘轻声喊。

满秋停着步，翠兰从菜园篱笆里出来，半怨半笑的口气：

“真慢！等你有一袋烟的工夫哩！”

“啥事！让你三更半夜在园子里挨露水打！”满秋笑着，手扶住篱笆。

翠兰脸微微一红：

“你爹偷青哩！”

“啥？”象瓢开水浇在满秋身上，“这是真的？”

“你爹没病，谁给你爹贴膏药！”翠兰说，“二林亲眼见的，你爹掰人家棒子。”

满秋愣神了，两条浓眉皱在一起。翠兰眼光盯着满秋问：“你爹犯错误咧，咋办？”

“亲爹犯错，也得按社章办事儿！”

翠兰攥住满秋的大手，心“噗咚噗咚”跳着：

“别忘喽说服开导老人家。”

菜园子里老槐树上，一只夜猫子偷偷地笑两声飞走了，碰下来两片发黄的树叶儿：打着旋落在地上。

地上草根下，一个蛐蛐儿，轻轻地唱起秋歌。

夜深，人静……

三

满秋推开秫秸拍子，满秋娘还在院里歇凉；她嘴噙着烟袋，手摇着芭蕉叶。

“爹哩？”

“屋里挺尸呢！”满秋娘连眼毛全没抬。

满秋进屋来，老福正对着窗户亮儿抽烟，满秋喊：

“爹！”

象块石头掉在棉花堆上，没一点声响。呆会儿，老福回过头来，才知道满秋进了屋。满秋问：

"爹咋着哩？"

"让雨淋了，浑身疼！"老福声音发闷。

满秋坐在炕沿上，慢慢往话题上拉："爹！水峪井泉互助组丢青咧！"

老福烟袋"吧哒"掉在炕上，他忙拿扫帚扫着烟灰，嘴里含糊地应着："啊？丢青哩！"

满秋索性单刀直入："二林说是爹偷的！"

"谁……谁说？"豆油灯下，老福额角滚下豆粒大的汗珠。

满秋娘在院里也搭了腔："刚才看你拿青棒子喂雪毛子，你说是拾来的，敢情是'偷'来的！"说着，颤动着两片薄嘴唇，进了屋。

老福本心想认错，让满秋娘说得肝火往上冲，脸涨得紫红说："水涨船高，牲口吃棒子，肉长在它身上！"老福换口气："也不是你爹夸口，不是你爹，苦心苦业地经营牲口，雪毛子会膘肥肉胖，滚瓜流油的？早他娘的瘦骨头一把，躺在地下听蝈蝈叫去啦！"

满秋娘是脚踩两条船的人，见老头子一急，有些后悔，慢慢拉回话岔：

"你爹说的也对，他掰了青棒子，也不是自个儿下肚子哩，肉长在社里雪毛子身上……"

"偷青是旧年月吃上顿没下顿的时候干的，眼下是新社会，社里有吃有穿，就该把旧皇历换换了！"满秋提高了声音说，"娘！别人掰咱社里棒子喂牲口，您说对不对？"

老福脸色一阵青一阵白，满秋娘给父子俩打圆场。

"啥新皇历旧皇历的，泼去的水又收不回来；好在你爹是个明白人，响鼓不沉捶，明白人一点就过来！"满秋娘声音小得很难听见，吞吞吐吐地说，"雨过地皮湿，卖个眼前俏就行了……"

满秋打断了娘的话：

"照章办事！亲爹亲娘谁也别违反社章！"

"哟!"满秋娘拉长声说,"一当社主任,连爹妈都夹不上眼哩!"满秋娘一泡泪水"花"一下子流到嘴边。

满秋和颜悦色的,扭过头去和爹说:

"爹是明白人,社章有这一条:谁损害公众利益,开全体社员会检讨批评!"

满秋娘两只眼,瞟着老福,老福打开被窝垛,嘟哝着:"得了!你爹是把没骨头的伞——支撑不开啦!"

"爹!"满秋心里有些难过,"谁不知道爹苦心经营牲口……可是自私自利是咱庄稼人祖辈传下来的家谱,一枝不动,百枝不摇,爹一挖出臭根,别人……"

满秋娘见老头子活动啦,又帮儿子说:

"秋儿说的也对,明儿个……"

老福插嘴说:"比你明白!"

过半夜。老福吹了灯,躺在凉席上,摇着芭蕉扇子,耳朵听着雪毛子嚼草声,心里笑骂着:

"这狗日的,都他娘的为你!"

老福瞧着窗户,渐渐合起眼皮;院里"滴答滴答"地响起雨声。

四

七月雨,哗哗地敲打着家家的屋瓦……街上汇成小水洼。

雨地里满秋披块雨布,满街喊人:

"开会哩!"

家家烟筒冒起炊烟的时候,社办公室人坐个满满堂堂,水峪的井泉也披着苇皮蓑衣,骑匹大青骡马赶来。

老福叔蹲在炕角上,烟袋锅里的火炭儿一闪一灭……

"老福哥,"一个老头走过来,"别难受,谁没个错处,掰几个青棒子,从前不是家常饭儿……"

翠兰、二林……走过来，翠兰安慰着："老福叔，你经管雪毛子全区都竖大拇指，这回只要能改……"

青烟一会儿遮着老福的脸，一会儿盘上老福脑门，拧成小圆圈，向四外飘散。老福在鞋帮上，狠狠磕磕烟袋锅，站起来，两片嘴唇颤动半天，大声说：

"我只顾社里的雪毛子马……忘了别村……今天我抖落出千年的臭根儿……"

窗外的雨，撒着泼地灌下来，洗刷着院落的尘泥，在街道上，流成一条小水沟，哗哗地流进南河。

南河滩上，蓦地飞起一只野鹰，朝着裂缝的云彩飞去。

远方，日头正从云彩缝探出头来，闪着夺目的光彩……

一九五三年

鸡鸭委员

一

嘎……嘎……嘎……

一群肥囊囊的大白鸭子，擦着河滩拐拐地走来。鸭群后边，跟着个十四五岁的小姑娘。她穿一身浅花裤褂，手拿根八道弯的枣树枝子，轰鸭子下河。

滚红的日头，打东山口冒出嘴来，把河面染成樱桃红色。游到河心的白鸭子，左右摇摆着头，象几朵随风摇摆的水白莲。

小姑娘眯缝着眼，看得入了迷。背后青纱帐里有人嘿嘿逗趣：

"咱社的鸡鸭委员，相看鸭子，比看'花轿'还亲！"

小姑娘听着，象麦芒戳耳朵眼儿，忙扭回头一瞅，是社主任老林和社员们上工哩。她咧嘴笑着说：

"老林大爷，这鸭子不听话，满处跑，乱嘎嘎。"

社员们瞧着翠枝儿的小鸭蛋脸，都笑了；大伙笑着，走过南河的蹬石①，到河南岸。老林笑成朵老南瓜花。

"翠枝儿，鸭鸭不是泥菩萨，要不到处跑，还不选你当鸡鸭委员哩！"随着爽朗的笑声，消没在青纱帐里。

小姑娘瞧着青竹竿似的高粱秸，瞧着紫红紫红的高粱穗子，一

① 蹬石：是河里摆起的过路石。

抿嘴笑了。清早的风，吹起她一绺油黑头发，她往耳根子上按了按；湿漉漉的风，刮来翠枝儿娘的话音：

"翠枝儿，吃饭咧！"

翠枝儿跑进家，忽然想起社里的鸡窝还没撒，赶忙抽回身来，跑到鸡窝跟前，拉开青石板儿，公鸡、母鸡，伸伸脖子打窝里钻出来，打着哑鸣儿。

"快吃饭呗！"

翠枝儿打缸里舀出半瓢棒子粒说："先喂喂鸡！"说着把棒子粒儿撒在地上，鸡拍翅膀跑过来。

"傻闺女！"翠枝儿娘笑着说，"真……真是一当尾巴官儿，忙得连饭都顾不得吃哩！"

翠枝儿抹着鼻尖上的汗珠，腼腆地笑了，她刚想进屋吃饭，身边两只大公鸡，争吃一个高粱粒儿，打起架来。

大花脖公鸡咬着红公鸡的冠子……红公鸡在底下，紧拍着翅膀，掉下几根花毛。几只胆小的母鸡吓得"咕嗒嗒"地叫着，飞上寨篱。

翠枝儿气急了，拾起根树枝子，甩过去。公鸡尖叫一声撒开了嘴，扇着翅膀飞到隔壁儿。红公鸡的冠子开始滴答开血儿。

翠枝儿心里象着了火，心里一急，掉下两颗泪花。

翠枝儿娘半怨半笑地说："真孩子气，还当鸡鸭委员哪，在家看灶火门儿吧！"

翠枝儿头也不回，出了门儿。翠枝儿娘追出来：

"先吃饭去，饭凉咧！"

"轰鸡去！"翠枝儿小嘴噘得象瓶子嘴儿，"给你们做个样瞧瞧！"

"真小心眼，跟你逗着玩呢，你咋真走心！"

话才落音，翠枝儿跑进家，街上跑过来一群孩子，喊着："鸡鸭委员！"

二

翠枝儿正在鸭槽旁边，给鸭子拌食，一片树叶子，飘落在食槽里。她扬脖一瞅，满天的黑云彩，象翻了江的闹浪，前拥后挤的，天正西，雨脚织成一面珍珠帘子。

她愣了会神儿，慌忙扔下拌食的棍子，一股风似地朝河滩跑去。脚还没站稳就喊：

"鸭鸭……上岸呗！"

肥囊囊的鸭子，伸伸黄嘴巴，朝河南岸游走了；斜雨丝追浇着它们的翅膀。翠枝儿气红了眼儿。……

猛然身后，吧嗒一声，翠枝儿忙回头瞅，一个白亮亮的东西，从棒子叶上滚下来……一霎间她脸色变得青黄！

"鸭鸭！"翠枝儿胸脯起伏着，"下雹子啦！"

哗啦哗啦的雹子声，遮盖了一切声音，翠枝儿急得在河滩直转磨。鸭子好象也感到了不安，急摆着头乱"嘎嘎"，翠枝儿听见叫声，象鸡爪子挠心……她想扒衣下河，忽然，她瞧见苇丛里拴着只船，一溜烟似地跑过去，解开船索，撑开船篙……

风卷着雹子打下来，劈啦啦地打在船帮上。翠枝儿脑瓜门上鼓起两三个大青包，南河河面上溅起老高的水点子。

翠枝儿摸着脑门，犹豫了会儿，她羞愧地低下头："社里的副业，比家炕头上……还重要……"她忙把篙头狠劲一支，船飞快地朝河心漂去，风吹散了她一根辫绳，一绺头发迎风摇摆起来，她把头发咬在嘴里，屏住气；偷偷地把船撑到鸭群后面，把鸭子轰上了河滩。

翠枝儿笑了，忙拴好船上了岸。

近处一块绿麻地里，鸭子嘎嘎地叫唤两声。翠枝儿从麻地里轰出鸭子，朝村里赶。

雹子停了,原野里响起“哗哗”的雨声,铜钱大的雨点子,把翠枝儿浑身浇个透湿,鸭子雪白的毛儿,卷卷起来,变成青灰色……

远处,翠枝儿娘正站在雨地里,隔着篱笆四下瞧,翠枝儿赶着鸭子进了村。

“疯闺女!”翠枝儿娘劈头就喊,“看你淋得水鸡子似的,换件衣裳吧!”

翠枝儿把鸭子轰进棚里,进了屋。翠枝儿娘用手指点着她脊梁说:“当啥鸡鸭委员,翅还没硬哪,也想……”

翠枝儿一边换着衣裳,小嘴噘得圆鼓鼓:

“谁不学就会,娘常说:‘一遍生两遍熟,三遍变成老师傅。’”

说得翠枝儿娘直咽唾沫。翠枝儿又加上一句:

“快秋忙哩!社里人手儿不够,才选我。社里的社员,都要挑挑拣拣,他要赶车,他要撑船,不就乱了套啦!”

翠枝儿娘啥理都懂,就是心疼闺女,让翠枝儿说得满脸通红,她嘴角露笑地说:“凭你个小鸡鸭官儿,倒教训起娘来啦!”说完,她紧瞧着翠枝儿的脸。忙跑过去:

“咋弄的,瞧肿得红石榴似的?……”

翠枝儿撒着娇:“娘!不疼!”

“山崖子里蹦出来的!”翠枝娘紧看着闺女的小红脸蛋。

翠枝儿笑了,笑声比窗外雨声还清脆……

三

雨……

一连下了五六天,半空中悬着黑溜溜的水云,擦着大杨树梢飞过去。

天漫成青灰色,放了几个闪,打几个响雷,接着就是一场暴雨,满地是泥水汤浆。

傍黑时分，雨还没停，翠枝儿顶住雨，上鸭棚喂鸭子，肥敦敦的鸭子，好象不饿，呱呱几声没动窝，只有三两头鸭子，到槽边吃起来。

翠枝儿轻声地叨咕着："不吃……都饿死你们！"

鸭子还是原封不动，翠枝儿仔细一瞅，鸭子的眼圈，肿起一串黑红疙瘩。她偷偷地蹲在鸭子旁边，才看见鸭子眼珠给封死了，看不见食槽。

翠枝儿急旋风似地闯出去，在院里"滋溜"栽个大筋斗，象个泥猴，爬起来朝屋里喊：

"娘！俺上老林大爷家去咧！"

翠枝儿娘扔下炕头的活计，追出去：

"有啥急事？大灌雨天往外跑。"她两眼盯着翠枝儿背影，翠枝儿头也不回，跑出秫秸门儿。翠枝儿娘心里有些难受，大声喊："翠枝儿！停停！给你蓑衣——"

"哗哗"的大雨，淹没了一切声音；翠枝儿的身影儿，在雨水里跳蹦。

她边跑边喘着气……

"翠枝儿！"

翠枝儿背后响起洪亮的喊声，翠枝儿忙止着步，一回头，看见老林大爷正站在家门口；翠枝儿脸红了，知道是心急跑过了门儿。

翠枝儿忙跑上去，拉着老林的手说：

"老林大爷，鸭子眼都……"

老林嘿嘿地笑了，摸着翠枝儿光滑滑的头，进了屋门，忙拿下吊竿上的手巾，给翠枝儿擦脸说：

"地太潮，村里家家的鸭子，都长了癞疥。"

"癞疥？"翠枝儿两只小眼象直棍，"那咋办？"

老林吐了一口烟，紧锁着眉头说："鸭棚垫上点干草，天破晴，就过河上枣林庄请医，可是，"老林停住了话头，一股浓烟遮着他的脸，他把烟吹开："天放晴，社员都得到棒子地去排水，没人……"

"老林大爷，枣林庄才三里地，破晴我去吧！"

老林手里烟袋抖落一下："你……？"随后咧嘴笑了："去吧！才三里地。"

翠枝儿，麻利地跑回家，抱些干草垫上鸭棚，就坐在鸭棚一角数鸭子，数过来数过去，然后小眼巴巴地盼天晴。

翠枝儿娘披块雨布跑过来，气冲冲地说：

"半疯啦！坐在鸭棚里相看天！"

翠枝儿硬梆梆的小辫一晃摇，噘着嘴儿不吭声。

"走！屋里……"

话还没说完，一个开天雷，"劈啦啦"响了，吓得翠枝儿跳起来，翠枝儿娘浑身一抖落；娘俩都笑了。

一霎间雨不下了，一条彩色的长虹在东天边围成半圆。

街上的孩子们喊起来："东虹日头西虹雨，南虹北虹……"

翠枝儿小碎步跑出去，和孩子声混在一起："东虹日头西……"

四

夜晚，银河象粉白的白雾，从湛蓝的天空穿过去，两岸的牛郎织女星，眨巴眨巴地，象一对猫儿的眼珠，遥望对视……

翠枝儿娘在院里，葫芦架下，放个蒲团纳凉，村里孩子们都围上来耍肉头阵："大娘，破个谜吧！"

翠枝儿娘笑着，慢吞吞地装锅子烟，指星摘月地讲开；翠枝儿偷偷地溜出了家门，钻进青纱帐的小道儿。

风刮得庄稼叶儿沙沙地直响，蛤蟆叫成一片。翠枝儿看看前后黑茫茫地，小心眼儿突突地跳着，她边走边回头，身后留下一串泥脚印。

好容易到了河滩，翠枝儿愣神了，银亮银亮的河水，带着冲下来的苇叶，打着漩子向东流去。

“涨水啦！”

她轻声嘟哝着，两眼寻找过河的蹬石，前找后找，老半天也没找着，她揉揉眼窝，细一瞅：蹬石和河水拉平了，一会儿浪头从蹬石上涌过来，一会儿蹬石又从水里浮出来。

她的心“格登格登”地蹦着，连草地里的野蛐蛐，也停止了叫唤。她狠劲抹抹汗，咬了咬嘴唇，趁浪头刚过去，便跳上第一块蹬石，象只灵活的小麻雀儿，又飞快地跳上第二块，第三块……眼瞅快到南滩上，脚下一团浪头打过来，象半面墙，一下子把翠枝儿卷到浪花里去了。

翠枝儿是河滩长大的，玩水象玩灯，浮水比撑篙还熟。她借着水劲，往河底扎下去，到河底往南一拐，在水面露出头来，刚想拢近岸边，又一团浪头打来，打得翠枝儿闭住气，她一张嘴，喝了一口水，她才知道今儿个的水，不比往常，她心里慌神了，觉得浑身没劲……猛然她好象看见老林喜眉笑眼的……她镇静下来，老林的话音在她脑瓜里直响：

“村里家家鸭子都长了癞疥。”

她咬紧嘴唇，使劲往河滩上靠，抓住几根野苇子，一纵身浮上浅滩。

她浑身发冷，上牙敲着下牙，她高一脚低一脚朝枣林庄跑，跌倒了，又立刻爬起来……

跑啊，跑啊！到枣林庄关老头门口，她两腿颤得象拌豆腐的筷子，站立不稳了。她喊：“关大爷！开门咧！”便晕倒了。

…………

宁静的夜里。在南河滩上，社主任老林，翠枝儿娘，社员们……打着灯笼找，脚印走遍了河滩。

翠枝儿娘噙着泪花喊：

"翠枝儿！"

老林蹙着眉说：

"这孩子，告诉她天放晴去……黑天瞎火的就……"

翠枝儿隔壁的姑娘，声音哆嗦着说：

"翠枝儿的水性，在咱妇女群里是拔尖的，也许……"

老林摸摸山羊胡子，扒下小褂："我上枣林庄看看去！"一塌身，吞没在浪头里。

水浪象闷牛惊叫，风摇晃起河滩的野苇子。

"唰……唰……唰……"

五

大清早，河滩上站满了人，社里几个会水的人，鸡叫两遍，就过了河；河滩上剩下的净是不沾水性的人。

翠枝儿娘眨着眼睛，朝河南岸望着。突然一个眼尖的姑娘喊起来：

"来啦！来啦！"

翠枝儿娘揉揉满布红丝的眼角，瞧见老林背着翠枝儿上了船，畜医关老头和社员们划着船，翠枝儿娘两步迎上去，从摆渡船上，把翠枝儿抱过来，泪珠儿滚到衣襟上。

社员们心里有些难过，赞叹着："翠枝儿真是社里拔尖……"大伙拥拥挤挤，到了翠枝儿家里。

大公鸡在矮寨篱上打着长鸣，鸭子嘎嘎乱叫。

过午，村里党支书，妇女主任都来慰问翠枝儿，社员们逼着翠枝儿娘给闺女炒社里的鸭蛋吃。翠枝儿缓慢地睁开眼皮。……

一九五四年

远　　离

腊月初，满天飘落着雪花……

青南河变白了，河滩黑鱼泡村的半空上，大雪忽悠忽悠地，象谁撕开了九月的棉花。

“雪！娘……”井泉的五岁小闺女秋儿，扶着窗棂喊。

秋儿娘回过头来，瞧瞧秋儿，眉眼掩不住的欢喜。

“快别盼雪咧！你爹在半道上该让雪埋起来啦！”

她说着，跑到炕根下，狠狠地亲了亲秋儿的小苹果脸。她刚放下秋儿，街道上大喇叭筒儿便喊开了：

“快接劳动模范回乡——井泉快进庄咧！”

喇叭筒音才落，院里有了当当的脚步声，社主任宏山的大宽嗓门，早飞进屋里：“侄媳妇，快点，别打扮啦，接泉子去吧！”宏山冲进来，没容秋儿娘回话，拍拍身上的雪花说：“侄媳妇，快抱上秋儿迎接……”

“瞧您这忙劲儿！”井泉媳妇挺着九个月的肚子笑了。

宏山一眼瞧见井泉媳妇的肚子，忙招呼炕里的秋儿：

“来！大爷抱你接你爹去！”

秋儿一张胳膊，扑在宏山怀里，宏山抱起秋儿就出了院子；冷风迎面扑来，秋儿连打了两个冷颤，宏山也没在意，拿黑胡子紧拂蹭着秋儿的脸：“你爹当劳动模范，连当社长的破大爷，也跟着光荣啊！”

等宏山爷俩，都到了村口，秋儿娘才刚出家门，村口早站满了人，多少只黑眼睛啊，她脸上一红一白的，尽量放慢了脚步。

"大嫂!"一个姑娘喊着,"装得倒匀静,别走道挪寸寸啦!"

秋儿娘抬头一瞅是党支部书记青莲子,半笑着说:

"青莲!你也跟我闹?"

"哈哈……"大伙笑起来。……

"别笑哩!"爬到大榆树上遥望的小伙子喊起来,"快看,青南河湾子上……"

大伙都踮起脚来看,一片白茫茫的大平川上,一个黑点子,越来越大。模模糊糊地看清了是骡子车。

"那不是社里的大黑噘嘴骡子吗?!"宏山喊。随着话音,孩子们一窝蜂似地,向骡子车跑去。姑娘们边跑边笑,宏山抱着秋儿跑在最后尾,紧蹬着两条老腿。

青莲子拉了秋儿娘一把:

"快瞅宏山大爷,胡子打胸脯咧,还那样孩子气……"

秋儿娘两眼直盯着骡子车,让青莲一叫,嘴不应心地答应着,隔着密密麻麻的人群望去,那不是他吗?黑红脸膛,浓眉毛,稍微胖了些……猛然,吓了秋儿娘一跳,头顶榆树杈的喜鞭不知让谁点着了,噼啦叭啦一阵乱响,崩下来一团团的白雪,都掉在秋儿娘脖颈里。她"机灵"下子,笑了,脸上涌起两片桃红。

老头、老太太也都笑起来。一个老头说:

"眼下泉子回来,再过几天,你养活个大胖小子,这才叫双喜……"

"说错啦!"白头发的老太太,打断老头的话说,"再加上个年,这叫三喜临门哪!"

大伙正乱哄哄的,车早停在村口,泉子从车上跳下来:

"叔叔大爷们都好哇?"

"好!"老头们答着话,宏山把秋儿举过了头顶嚷:

"瞧你爹吧,多光荣啊,来亲亲你爹!"

秋儿嫩红的嘴圈儿,在井泉脸上停留了一会儿。姑娘们喊:

“井大嫂,出来吧!”

人们四下瞅,哪儿也没有。一个眼尖的孩子指着街里:“快看! 这不是背影儿?”

“啊……”大伙一阵喧哗,“把大嫂吓跑了!”

“大嫂!”“大嫂!”姑娘们挑着嗓子喊。

秋儿娘装做没听见,连颠带跑进了家;进门就把雪白的面条儿撒在开水锅里。

她摸着胸口,还格登格登地直蹦,趁着没人,她到镜子跟前,扶上去鬓角的几根短发;她又蹲在炉火跟前,两眼直管出神,灶膛的火苗子“忽”地扑出来……她笑了。

不到一袋烟的工夫,门口乱嚷起来。宏山银喇叭嗓儿,隔着院墙就飘进来:

“侄媳妇,接……接劳动模范来吧!”

秋儿娘拍拍褂子上沾的白面,迎出去:“大伙屋坐坐吧!”秋儿娘两眼使劲不瞅泉子。宏山两步迈上门口的石头台阶,说:“乡亲们! 社员们! 先让泉子吃顿安定饭,等下晚……”社员们打断了宏山的话:“对! 下晚在社办公室让泉子聊聊进保定吧!”姑娘们也咬着耳根子逗趣:“可别让大嫂黑丝发给缠住!”

井泉嘿嘿笑两声,点头答应着。等声音静下来,他迈步进了院子,井台、枣树……都没半点变化,他瞧瞧牲口棚,多了条银马驹和两头灰驴。没等泉子发问,秋儿娘早介绍开了:“这是咱社里卖余粮添的……”

井泉忘了一切,两步跑进棚去,拍着小马脊梁说:“这小崽子! 真是龙种儿!”顺手拿起槽头的刷子,刷开牲口身上的亮毛。秋儿娘瞅瞅四下没人,半笑着说:

“快吃饭去吧! 面条都凉啦!”

泉子拍拍浑身的白雪花,进了屋,刚坐在炕头上要吃饭,宏山又跑回来,震窗户的脚板声还在街上,话就进了屋。

“泉子！区委书记奎发给……劳动模范道贺来啦！”

院子里自行车沙啦啦一阵响，青莲子陪奎发掀门帘子进来。井泉忙跳下炕来，攥着奎发的胳膊：

“来！上炕暖和暖和，吃点吧！”

“不咧！”奎发拍拍身上的雪花，说，“看见劳动模范欢喜就欢喜饱了……大嫂该多光彩呀！”

“哟！”秋儿娘带笑地把眉头一皱。“都是宏山大爷领导的好哇！”

宏山嘿嘿地笑两声。青莲子眨着眼皮问奎发：

“今个儿你咋这闲在，踏北风披鹅毛地来……”

“嗐！”奎发打断了青莲子的话说，“……要让井泉到山后水峪村去，县委也同意咧！”

宏山嗖地从炕沿上跳下来说：“上水峪干啥？”秋儿娘也只顾听话，忘了秋儿，秋儿哇哇地哭起来。井泉掏出小烟袋装着烟说：“县委也跟俺念道咧！咱社里人强马壮……让俺去帮水峪互助组转社。……”

“你应了？”宏山急着追问。

“县委早决定了，俺自个也愿意去……”

宏山两条浓眉毛拧在一起，脖筋跳动起来：

“你是咱社里的宝玉。走不了！”

奎发插嘴说：“水峪都给泉子预备好住处了，最好年前！”

“哼！”宏山旱天雷般的声音，“别借香火敬佛啦！全县有十几个社，单调泉子。”说着站起来，泉子一把没拉住，宏山一甩门帘子出去了，银喇叭似的嗓子，从院里传来：“要走就走吧！反正是我不同意，哼！”……

一群家雀子吓得忽啦下子飞起来，碰下来一团白雪，砸在宏山脑袋上，宏山连理也没理，一股风似地闯出门去了。

奎发在后边紧喊：“宏山！宏山！”青莲说：“甭喊他咧，麻雷子脾气，呆会就该醒过来了！”井泉也对奎发说：“俺早和县委商量好了，明天收拾收拾，后天起早动身！”

“眼下快到年底了，大嫂该坐‘月子’哩！”

“这倒不怕！”秋儿娘半低着头在旁边搭言，“我怕社里的几亩青苗地搬不到水峪去？”

“大嫂哇！真是……”青莲插嘴说：“水峪一带互助组，盼泉子盼得眼蓝，还能让泉子哥喝西北风活着？！”奎发也开导秋儿娘说：“等开春，大嫂的胖小子也该满月咧，让泉子哥套车接来呢？！”

秋儿娘一咬嘴唇笑了……

桌子上小闹钟，滴滴答答乱响起来，奎发看了看钟，站起来，朝青莲说：“多开导开导社主任吧！”又扭头告诉泉子：“水峪就缺硬实干部，快叫大嫂早给整行囊吧！”

一会儿，奎发骑上自行车，消失在遮天盖地的白雪里……雪，片片斜飞着。……

秋儿娘抱着秋儿坐在炕头上，也没去送奎发，两眼直棍似地瞧着玻璃窗户外打着旋子的白雪。秋儿直喊娘，她没听见。直到井泉回到屋里咳嗽一声，她才发觉过来，忙拍着秋儿：

“别……别闹了，你爹屁股刚沾炕席又要走咧！”

井泉摸摸秋儿的头，朝秋儿娘紧盯了两眼，看她眼圈发潮了，便说：

“瞧你都是孩子娘啦！跟没出门子的闺女一样。”

秋儿娘闪着眼泪花：

“你这心，刚进家又脱缰啦！”

“亏你是个青年团员呢？”井泉心软嘴硬地说，“在节骨眼上拉后腿，你就凭这个争取入党啊……”

一句话说到秋儿娘心坎上，党，在她心里扎了根。她倔强地喊出来：“……谁……谁是那样女人，要走就走呗！”

井泉刚想回话，窗户外边插进个老太婆的声音：“哟！两口子唠得咋这热闹：快瞧瞧俺那老头子吧，也不知道谁惹了他，进门就吹胡子瞪眼……”

“啊！”秋儿娘急擦着红眼圈：“宏山大娘，屋坐坐来吧！”

宏山大娘银丝头发上，蒙上一层白雪花，更白了。她偏腿坐在炕上。掏出长烟袋，就点着一锅子烟：

“这老头子，不知道跟谁？唉！”

井泉拉下被窝垛上的大棉袄和秋儿娘说：

“你和大娘聊聊源头吧！我开导开导老人家去！”

冷风卷起雪花，满处飞舞着，井泉紧了紧怀，大步流星朝宏山家去了，他踏着吱吱的软雪，心里记起县委临走告诉他的话：“党员眼珠要往更远处看。要能把石头看进三尺去……”他想着，两只脚迈得更有力了。

一袋烟的工夫，井泉在宏山窗户根下停下脚。

屋里有人说话：

“宏山大爷，看看远处吧，互助组转社闹得满堂红，您倒只看鼻子尖下面……”

井泉往窗根下凑了凑。听宏山说：

“那也不能整桶地撒香油，再满地抠芝麻去，把个劳动模范撒手，再想找泉子那样的……”

屋里沉静了一会儿，宏山又接着嘟哝：

“泉子这孩子，真是……，俺听说你还乡，喜欢得跟三岁娃子似的……唉！”

“宏山大爷，将来把大山开个隧道，让泉子常看您来！”

井泉再也忍不住，掀开门帘进去：“对咧！坐上个汽车跟您交换生产经验来呢?!”

青莲在旁边“嘻嘻”地笑起来，宏山嘴角颤动了几下又压下去了。泉子坐在宏山大爷跟前说：

“您说您愿意一个人坐汽车吗？”

“你倒考起我来啦!”宏山说,“咱也知道到社会主义,各个社都坐得上汽车。”

“没准!”井泉摇摇头,“还得有坐小毛驴车的!”

“谁?”

“水峪互助组转不了社,生产不能提高,就得坐小驴车!”

宏山咽了两口唾沫,脸红了。青莲子慢着说:

“宏山大爷您就净顾咱社走得快啦!连后边的‘兄弟’都不拉一把。”

“谁不愿意拉一把咧?”宏山睁着老眼,盯着青莲。

“要是愿意,”泉子插嘴说,“您还不放我走?!再说咱社里人手齐全,领导坚强……”

宏山低着头,也悟过理儿来了,只是不好意思当面认错,就点着一锅子烟,紧吧嗒着烟嘴,半天他说:

“得了!别给我上大课了,啥理儿我都懂,社员要都没意见,爱走就走吧!社员要不同意,那可……”

“好咧!”青莲笑着说,“社员准没问题,您琢磨琢磨吧,我俩走咧!”宏山没答言。

街道上雪越下越大了;青莲子拍拍肩头上的雪,说:

“宏山大爷活动点啦!咱麻利召集党团员积极分子,开个小会,和大伙研究研究!”

两人分头喊人去了。

街上白茫茫地,几只躲在棚里的山羊“咩咩”地叫两声。

一阵风刮下来篱笆上的积雪,团团地飘落在雪地上……

掌灯时分,雪才停住,云缝里钻出几颗亮星。

社办公室坐得密密麻麻,满屋里大烟小气的,几个花白头发的老社员,念着台前的红纸黑字:

——欢迎欢送社劳动模范井泉子大会——

“欢迎咋还欢送啊?”性急的姑娘们,早拿眼四处寻找泉子,想问个源头。

井泉从人群里站起来。一阵爆豆似的掌声。没等姑娘们发问:泉子红着脸,讲他见过省主席……末尾,他提高声调说:“眼下毛主席又公布了总路线,过几年咱们都该使上大铁马哩!”

屋里笑起来,不知哪个老头儿,喊了一句:

“党指出来的道儿——都是没缝的桥!”

“对咧!”泉子接上话头,嘴角挂笑地说,“眼下四处互助组都闹转社,县委给咱社一个任务,让……咱社出人手,帮水峪互助组转社!”

“真看得起咱们社呀!”

“谁帮助去呀?”大伙问。

泉子笑得合不上嘴:“把任务放在俺的肩膀上咧!”

“哟!”老太太撇着嘴笑起来,“咱社多光彩呀!”

青莲子站起来:“天下农民都是一家子,走在前面的就该拉后边的一把。”

“对呀!”屋里乱哄哄地,井泉两眼都笑眯缝了!猛然窗户外边有个黑影一闪,象是宏山,擦窗根走远了,让风传来一阵宏山的咳嗽声。井泉尽力压着心里不安,说:

“叔叔大爷们!我明早就要走咧,俗话说:‘泉有源,树有根’,我永远也忘不了咱村的青南河,忘不了到会的老少爷们!……”

“那泉子哥……”一个孩子喊,“过年再去吧!”

老太太叼着烟袋搭腔:“我看也是,秋儿娘快坐‘月子’咧,两口子和和乐乐过个年,再……”

“哎!社里就是咱们家,我在不在,还不是一样啊!”

“倒也是……”社员们说,“你就踏实帮‘兄弟’转社去吧!秋儿娘有我们哪!”

会散了,大伙送泉子老远,才回去。

风撕开云彩，月亮露出金黄的圆边儿来；照着井泉和青莲子的脸。快到家门，青莲笑着说：

“泉子！早些躺下吧！别跟大嫂紧唠……”

一句话倒给泉子提醒了，多少年在一个支部里啦！清早就要分离了，他又想起秋儿娘的事，便拉住青莲子的袖口：“支书！秋儿娘时刻地想入……党哩！多帮助她吧！”他把党字咬得特别真。

“嗯！春三月再见面，就许是一对党……员哩！”

泉子笑着，轻轻推开家门。

第二天清晨，村口早就站满了人。

社员们套好大骡子车。泉子上了车，全庄老老少少都送出来。宏山也老早就起来，翻穿着老羊皮袄，挤在人群里。泉子走过来：

“宏山大爷！您多保重身子骨吧！”

宏山不知咋才好了，猛地跑到车前，从社员手里夺过鞭子：

“你歇歇！我送泉子去吧！”

“宏山大爷，”青莲子走过来慢着说，“这大的风雪……”

“不怕！”宏山眼圈直转泪，“泉子要走啦！送送他，顺便到区委奎发那儿……挖挖自己的老根去！”

秋儿娘抱着秋儿，站在车辕旁边，两眼紧盯着泉子，泉子摸摸秋儿的热脸蛋儿……喊：

“乡亲们！都回去吧！”

北风卷起白白的银雪屑，宏山咳嗽了一声，紧了紧翻毛皮袄，跳上了车。

“驾！”

车走动了。

背后社员们紧嘱咐，宏山大娘的话音最大：

“甭惦着秋儿娘俩啦！有我们哪！”

车，越走越远了，爬过了青南河，上了大道，一会儿便埋在茫茫的雪原里。……

一九五四年

韩映山

鸭子

一

早晨的阳光照在这个小院里。院里两只大母鸭，正在吃食。它们谁也不让谁，伸着长长的脖子，吞得小盆里的泔水“噗喽噗喽”地响，还一边“嘎嘎”地叫。吓得旁边一只大黄母鸡不敢近前。

从小北屋里，出来一个青年，叫中秋。他，长身腰，宽肩膀，浓眉大眼，四方脸。他看了会儿鸭子吃食，到西墙边拿了一枝撑船的篙轰着，向那只花脖子麻花色的鸭子说：“去吧，大花脖！吃的不少了。”

大花脖蹒跚的迈着两只杏黄色的短腿，头一低一扬，招呼着那个凸头的鸭子出来。

“你这就去吗？”娘在屋里问，“早些回来，结记着赶鸭子。”中秋答应着出来，把鸭子赶到淀沿上，鸭子“噗幢幢”飞到水里去了。中秋象嘱咐小孩儿似地说：“别老在水里玩！傍晚我撑船赶你们。大凸头再调皮，八月十五就杀肉吃。”鸭子好象没理会，扎着猛子跑了。

淀边有一只漂在水里的小船，油光锃亮。中秋提了锚，登上小船，小船轻轻一歪。他点了一篙，小船翘着头离开岸。

这个小村，在白洋淀的东南岸。潴泷河的水流到这儿，向西一拐，注入白洋淀。村东是河套，种着满洼的高粱、棒子。人们主要靠着河套生活。闲时，淀里可以搞副业。

摆弄小船是中秋的拿手戏，他撑的小船不偏不斜不晃。你看他那一双眼睛，总瞅船头，不瞅船尾；手里的篙，随着前进的方向撑，小船前头的水，涌得哗哗响。

中秋这只小船，是他父亲亲手制造的，中秋小时受穷，全家就靠它摆脚度日。没脚摆，便到北淀摘菱角卖钱。父亲临死，把船遗留给他，嘱咐他好好珍重小船，说这是他们的"传家宝"。中秋记住父亲的遗言，小心地使用，不让小船磕着碰着，每年要刷一次油。

小船穿过一片苇塘，往东一拐来到兰芝家门口。他想去找她一块下地。两家是地邻，常在一块耕耩。

小船靠了岸，兰芝的小门锁着，她那只船也不在。邻家告诉：她去北淀摘菱角了。中秋只好自己去。他撑着小船来到河门，河门处，有一个人打鱼，戴个大草帽。他知道这是支书李光月。

"叫嘛吓住了？——把网拉得那么慢。"中秋笑着问。

支书抬起头来，笑着说："紧打鱼，慢拉网——拉快了，有鱼也得跳喽。你这是干嘛去呀？"

"去看看河岸上那高粱。打了多少鱼了？"中秋近前看了看，笑了，指着篓里那个小黄瓜鱼说，"这条鱼有好几斤；可是得让它再活个百儿八十年的。"

支书也笑了，说："打了一早上，就那么一个。谁知道为什么没鱼？"他沉下脸去，"莫非河里又要发水？鱼们等着接水头？"

"我看不会。"中秋说，"鱼知道吗？"

"这是打鱼的经验，一没鱼，河里就要来水。常说：鱼知万里江洪。你没见前两天那场大雨浇山来？我们要防备着。"

中秋撑着小船，看着前边的河岸，心里想：庄稼快要丰收了，要是再来了水……不会的，就是来了也不怕。他想着，小船入了河门，顺着河往南撑。河里水很平静，有几只青蛙，在岸边昂着头儿叫，叫成一个声音。金黄色的蜻蜓，一群群地，在空中自由地飞翔。

小船又走一段路，靠了岸。中秋跳下来，拴好船，上了河岸，来到高粱地。

高粱正晒红米，沉甸甸的大穗头，左摇右摆。那边兰芝家地里的棒子，一棵上长两三个。花红线儿在微风中飘抖。有两棵叫风吹倒了，他赶紧过去扶好。又拣着脚儿走，生怕踩了垄间种植的豆丛。

他钻进高粱地去做活儿。

二

傍晌，西北上起了风，高粱叶子哗哗地响，一低一扬，高粱秆子乱摇摆，直搅中秋的身子。

中秋急忙出了高粱地，看见西北天际，一大片黑云彩，象野马一样，四面奔驰，一会儿布满天空。他担心地跑上河岸。

"呀！"他惊叫了出来，"河里涨了水了！"

水势非常汹涌，河中心漂着一块块的白沫，水浑得象泥粥，滚滚地打着漩涡流向下边去。小船被水冲得打转转，原先拴船的地方，现在满是水了，看看将要平槽。

中秋把船靠拢岸，跳了上去，小船自己就开了。他赶紧把锚提上船，点起一篙，小船顺流下去。他要急忙告诉村里去，叫大伙儿来护险——保护一年来辛勤劳累所种植的果实。

中秋撑的小船，离开了水皮，象要飞起来。

两岸的土块，"劈劈啦啦"地塌下来。

"哗哗哗哗"——这是流水的声音。中秋细听，有人喊：

"快堵！我去寻秫秸。"

"我看不行了，我去叫人！"

他顺着声音，来到近前，支书李光月正领导着三个人，慌慌张张地堵口子。

支书向他喊：

“快些！帮帮忙。河岸开了！”

中秋使劲儿撑了一篙，小船靠了岸。他紧忙地拴好船，跳上岸，抓过别人的一只锨，往口子里填土。

口子越开越大，填上的土，都被水冲走了。天上又掉下雨来，支书急忙纵身一跃，跳到口子里；中秋紧跟着也下去，一面招呼那两个人：

“我们挡着水，你俩赶快往我们身后填土，这样水流慢些。”

支书又说：“赶紧拿过我那网来堵上口子！”

雨越下越大，两只锨不顶事，放上的土，还没冲走的多。口子越开越宽，看看将有一丈多宽了。

中秋看看满洼的庄稼，又看看支书。突地从水中跳上来说：“光月叔！你也上来。”他三步两步走到船上。对于他的举动谁也不明白。只见他把小船用力一撑，左边一篙，小船横在口子里，大声招呼两个拿锨的人：

“快动手！往船舱里填土，把小船压沉，口子便堵住了。”

两个人看看油光放亮的小船，有点犹豫。支书说：

“事情只有这样了！填吧。”

小船慢慢地下沉，冒了一阵泡儿，沉入水底，堵塞住口子，中秋轻松地吁了口气，支书微微一笑。

三

村里赶来好多人，知道了这件事，都受了很大感动。雨渐渐停了，中秋脱下湿透的衣服，拧了拧又穿上。他忽地想起淀里的鸭子还没往家赶呢。水来了，不往家赶，就会把它们冲跑的。他急忙要去赶鸭子。

有一个人说:“两只鸭子值什么?这样的小船都不要了呢!算了。”

中秋说:“小船不要了倒是有价值;鸭子不要了是不必要的损失呀!”

支书点点头儿,笑了笑。中秋顺着河沿跑下去了。

中秋跑了一段路,满心高兴,他觉得象完成了点什么任务似的。他又想起,为什么今天兰芝不和大伙儿来堵口子?人民利益她不关心吗!等开会,我给她提个意见,看她接受不?可是他又想:也许她去摘菱角还没回来哩!

他绕过河,到了淀沿上,他看见翻花搅流的河水,非常担心。他想:两个鸭子多爱人,叫水冲跑了才可惜呢!

他一眼看见两个鸭子了。两个家伙正在流水中浮泳,大花脖骑在大凸头的身上,学踩蛋玩呢。

可是没了小船,怎么办呢?就只有下水了,他“噗通”地跳下水去。

他的水性很好,可是今天穿着衣裳,却觉得笨得多了。

“大花脖!快家去。”

大凸头看见来了人,却招呼着大花脖,一个猛子扎下去了,很远很远才钻出来。

“他妈的!你们跑吧!八月十五就杀肉吃。”中秋正生气,听见北边有个熟悉的声音喊:

“快截一下,这是公家的!”象兰芝的声音。

中秋看去:有很大一群鸭子游来了,后边跟着一只小船,船上那个姑娘紧紧摇着棹,那是兰芝赶鸭子呢!

这是县农场里养的,有一百多只,管鸭子的那个人,去赶端村集,还没回来,他怎会知道,今天发了大水来。

中秋看看这一大群鸭子,心里想:这些个鸭子叫大水冲跑了,才真是可惜呢!他抛开自己的大花脖和大凸头,扭转身来赶这一群。

鸭子们见了新发来的河水，象孩子们过新年一样：拍拍翅，抖抖尾，晃晃头，伸伸嘴，光往流水大的地方凫。

中秋用尽平生的水性，和洪水搏斗。他本来堵口子时出了一身汗，现在肚里饿的难受，可是他想：这是公家的利益，便增加了很大力量。

一个漩涡把他搅下去了，他赶紧挣扎出来，抹一把脸上的水，叫着兰芝说：

“快！快往北赶！我去西截，把鸭子赶到草道上就好了，这叫顺沟捉鲇鱼——没逃。”兰芝答应了。中秋一个猛子扎到西边去。这才把鸭子赶入了草道。大花脖和大凸头，好象很愿“集体”，也凫着入了群。

“快上船歇歇吧！”兰芝说，“我正摘菱角，看见发了水来，冲来这一群鸭子，我急忙赶，可急坏了我，恰好遇见你——你那脸怎么那么黄？”

中秋上了兰芝的小船，也没答言。只见他身上发抖，嘴唇发青。

“怎么了？你！”兰芝的声音很象哭了，她赶紧把外边的夹袄脱下来，披在中秋身上。

小船飞向村里去。

四

一盏油灯，照着满屋子的人，他们正谈论今天所发生的事。有人说，等中秋好了，要为他开大会，戴红花。

娘端着一大碗红糖姜汤，送到中秋的嘴边说：

“喝了吧！喝了就好了——这是闭住汗了。”

“你觉得怎样？”支书宽大粗厚的手，伸到中秋的被窝里，抚摸着他微微发汗的身体,亲切地慰问。

“不碍事!”中秋笑着说:“我刚才是想闹一觉儿——要不,水流再大点,我也不怕。”

逗的满屋子人都笑了,笑声传到院里,惊得两只鸭子也叫起来。中秋听得清清楚楚,那是大花脖和大凸头的声音。

一九五二年秋于教台村

瓜　园

一

一群麻雀，在天空飞了一会儿，"叽叽喳喳"地扎下来，落在一片高粱穗子上，啄食将熟的高粱粒儿。歪着脖儿听了一会，忽然一齐地飞去了。

从高粱帐子的一条小道上，走出两个人，一前一后地走着。

"好热的天。"头前的互助组长、党的支部书记春雨说。他穿一件白褂子，下身穿着紫花单裤，黑红的长方脸上，两道浓黑的眉，不时地挤动，生怕让热汗流进眼窝。

"过了堤就是秋高大伯的瓜园了，咱们在那儿歇歇。"跟在后边的小珂说。她把头上的手巾解下，盘着的两条辫子垂下来。晒红的圆脸上，有些汗。

"秋高老头真行，那么大年纪了还不服辛苦。"春雨说，"一个人种那么片瓜，组里的活还不误。"

"不光那个。"小珂说："做起活儿来，真是'老将出马'。你不见哩，那次给军属耪地，他耪到头里，向着全组小伙子们喊：'我说你们不是个，你们不服，怎么样？要吃姜还是老的辣呀！'说的小伙子们都笑了，'服，服！大伯真是人老心不老——越活越硬朗呀！'"小珂学说着，自己也笑起来。

他们看着道旁的庄稼：一块块的高粱、棒子发着油亮油亮的光；肥嫩的叶子上，象是汪着一层水。棉花正结桃子，一串串地压弯枝;开着白花的芝麻,水灵灵地挺着枝干。

春雨说:“完秋我们互助组就转农业合作社,我看组员们要求入社的劲头都挺足。这河水退下去,秋收就保住了,我们不能懈劲。”

“那自然。”小珂说:“多少回河水都闯过了,莫说这么个‘秋傻子’①!”

“你们妇女也要动员起来。”春雨笑着说:“你这妇联会主任可得站在头里。再说小明走的时候也留下话了:红旗夺不过来,回来不依你。”

“美的他!”小珂格格地笑着说:“他光会支嘴,把活儿交给别人,他跑到外地参观去,我还愿去呢!”

“你愿去?人家发明了丰产技术,你哩?”

“甭看不起人。”小珂鼓着嘴,“有一天我非发明个‘丰产机’不行,让它耕的地,一亩打一千斤。我不光到北京,我还得让毛主席夸我说:‘你真是好闺女’哩!”

“好吧!”春雨说:“我们就盼着那一天。别说了,到堤了。”

他们上了堤,这堤弯弯曲曲伸向远方去。堤那边就是他们的村庄。

秋高老头的瓜园就在堤下坡。这位老人,在这样热的日头底下正压瓜蔓。瓜园是长圆形的,竖躺在多年不流水的河沟里。河沟伸向西边的白洋淀里去。老头怕下雨冲坏瓜地,周围种了些鬼子姜和大麻子,用一条土埝子围住。窝铺搭在较高的地方,望去象是一座“小风楼”。

老头光着脊梁压瓜蔓,瓜铲拍的土“呱呱”响,震动着远近的庄稼。脊梁晒得冒着油,仍不休息,看见春雨他们忙招呼:“快来!”他放下瓜铲,到西瓜畦里去。他的脚板裂着深深的纹,象是

---

① 秋傻子——晚秋发来的水。

老松树皮。

无数个大西瓜，懒懒地躺在地上。他轻轻用手搬起一个，摘下来。一连摘了三个，抱着放在窝铺荫凉里，用指甲画个印，“咔嚓”打开了，血红血红的瓤儿挂着沙，瓜水滴滴答答地流出来。

小珂吃着说：

“看你摘瓜也甭弹，怎么知道熟呢？”

“嘿嘿！”老头笑着，眼睛闪烁着光芒，“瓜生瓜熟还用弹什么，那不懂眼的才乱弹呢。你搬起瓜来，挨土的一面，要有一层‘哈水’，那是准熟。你总管记住，珂呀！”

春雨一边吃一边夸好，老头心里乐滋滋的。他点着烟抽着，一吸气，面颊上凹进两个坑坑，花白短胡，随着下巴动着。他向小珂说：“好不好吃我不知道。你爹在集上看见我卖瓜就说：‘老高，别人的瓜卖不了，怎么单你的早早卖完？’我说：‘我的，准是不好吃呗。’你爹就笑。”

“好不好吃在地性呀？”小珂仰着脖问。

“全在摆弄。”老头说，“在地性，别听那一套。就说压蔓吧，深喽烂蔓子，浅喽坐不住瓜。非合适不长好瓜，你总管记住！”

忽然庄稼一阵摇动，吹来一阵风。老头站起身看了看，西北天空，有一块浓黑的云彩，渐渐涌上来。他象想起什么似地问：“你们到河沿看水，有多大？碍不碍事？”

春雨说：“水不小，可是离平槽还有几尺。天气要好，水还会退些。”他也看了看天说：“这块云彩多会长的？”

小珂也起来看。

二

夜里，秋高老头躺在窝铺里，倾听着远方的雷声。一道闪光从天空划过，带来了风声，四周的庄稼“哗哗啦啦”响起来。他赶紧披一件夹袄坐起来,心跳得很快。他急忙点火,急忙抽烟,又“打打”地磕去烟灰。在铺上坐不住,自言自语地:“不缺雨,就偏下雨。”

雷声逼近了,电光照在阴森森的庄稼上。他上了堤,凉风吹起身上披着的夹袄,风里带着冰冷的秋雨。他打了一个冷颤,脚步加快了。

刚近河岸,一道白光射来,使他睁不开眼,忙打招呼,才知道那是春雨。

他向春雨说:“看河水有些涨。我在这儿等会儿,你去召集人。”春雨脱下鞋,泥水浆汤地往村里跑去。

河水白漂漂地流着,鼓着的白沫,一滚一滚地流下去。老头看着河水,忘记淋在身上的秋雨,他嘴里嘟囔着:“不缺雨,就偏下雨。”

在大风雨里,在这样黑的夜里,这位老人,沿着河岸来回地走着。他听见哪儿掉一块泥土,便赶紧跑到哪去,象一个机警的哨兵巡逻着。

他倾听着,从堤那边,从村庄来的小道上,传来一片喧哗声。

“哗啦”——河岸什么地方响起来。老人急急地过去,河岸开了。老人急忙扑过去,拔了四周的庄稼堵着,又冲开,正在着急,听见后边有一个人说:

“闪开,我来。”这时,春雨他们赶来了,把口子堵住。

雨不停地下着,大家心里焦急着。春雨向大家说:“咱们挨挨淋,也要把河岸护住,大家都要鼓起劲来。”

“对!淋淋出好苗。”小伙子们喊起来。

漫长的黑夜,象是忘记了黎明。

大伙在堤上来回转,口子不断地出现。到天明,口子都堵上了,可是河套里却有了膝盖深的水。……

三

夕阳照在秋高老头的窝铺上，潮湿的席子冒着水汽。老头坐在铺上，一双眼睛盯着什么。过了一会，又掏出长管旱烟袋，狠狠地抽着，青色的烟，在空中飘着，一缕缕的。烟油发着“吱吱”的响声，他仍抽着，一边又叹气：“完了，不缺雨，就偏下雨。”

他无力地下了铺，向堤上走去，登在堤上四面看着，便看到春雨他们正往村里走去，他们正谈论什么。

“费了九牛二虎之力，也是涝了。”春雨叹息着。

“全怨这个死雨，偏下个不停。河套里这水退不下去，棉花和一些晚庄稼都完了，丰产计划也完了。”

“现在咱们想法把水引到别处，庄稼还不碍事。”春雨说。

“今天晚上召集个会吧！让群众想想办法。”他们到村了。

老头转过脸又看着河套里的庄稼：高粱穗子在傍晚的阳光下，更显得粉红，棉花棵在水里挣扎，沉重的桃子，有的浸在水里。

“完了。”老头心想，“这水退不下去，一切都完了。”在那边白洋淀里，正有一排排的大船驶向下边去，一种什么念头，在他脑子里一闪，他笑了。

他想起什么了呢？

决开堤口，把河套的水引到堤西淀里去——这真是个好法子。

可是在哪儿流水呢，当然这个旧河沟顶好——又淹不了什么庄稼，顺沟就到淀里去了……

瓜。……

老人心里很厉害地颤动了一下。

雨后的秋风飒飒地吹起来，太阳落下去，地面罩上一层雾。远处有一声半声蟋蟀的叫声，叫的老人心里凄凉。他慢慢地下了堤，回到窝铺上。

他坐下了。

月亮上来了。在他眼前展开的，是一片碧绿的瓜园，瓜叶发出亮晶晶的光辉。白天没有压完的瓜蔓，伸着长长的须。瓜蔓上一个个圆圆的小球球，从密茂的叶丛中，偷偷地探出头儿来。

他无力地拿着瓜铲，又压了几棵瓜蔓。一种抑止不住的心情使他不安。

“老爷爷！”他的孙子光着身子跑来喊，“咱们的瓜多会熟呀？”

“快了。好好听话，瓜熟得就快了。”爷爷哄着孙子，“等熟了，爷爷给你挑大个的吃。”

“挑红瓤的，籽儿也是红的。”孙子跳着跑着。

“看你！又不听话，把蔓子都踩烂了。”爷爷心疼地说。

他担着瓜去赶集，集上人们围住他，争着买瓜。

“一吃老高的瓜，连家都得忘喽！这可是‘甜窝窝蜜兜兜，一咬一吸溜。’”

“老高真有两下，怎么摆弄的?!”

老人躺在窝铺上，想象着，大水冲毁瓜园的情景。夜深了，老人睡不着。从高粱尖吹来的小风，带有潮湿的夜露，他精神抖擞了一下。春雨常给组员说的话，在耳边又有了声音：“我们要想转成农业生产合作社，就要有多为大伙想想的精神。……”

是呵！要多为大伙想想。

这可是“甜窝窝蜜兜兜，一咬一吸溜……”他翻来覆去地睡不着，“最好再有别的方法把水引出去。”

瓜园东边，几棵鬼子姜，忽然响动了一下，钻进一只白兔子，两支耳朵耸了耸，跨过瓜园逃走了。

“河套里会有很多兔子窝，让水都流到里边去吧。……”

老人迷糊地想，象是睡着了，忽然似乎有一个人说：

“老高，快看去，河水退了，让水还流到河里去。”

他欢喜极了，急忙往河岸跑去。

呵！河水哪里会退呢？

他又站在堤上。

“要为大伙多想想。”

他急忙跑下堤坡，从窝棚里抄起一把铁锨，狠劲地掘开堤埝，让水流进了旧河沟，淹了他的瓜园……

他站在堤坡上，展望着河套的庄稼。他似乎看到了一片丰收的景象，心境感到格外舒畅、熨贴……

一九五三年秋收

水乡散记

晚秋的月亮是最清朗的。尤其是在静静的淀水上面,更显得它明媚光彩。

月的柔光在水皮上漂荡,金黄黄地映成一条胡同,那里边有白色的云影和一个圆圆的风圈。

快到村岸时,便看见一片黑压压的渔网,晾在架子上。微风吹过来鱼腥气味。从网右侧,划出一只小船。划船的是个上年纪的人。我还没看清他的脸庞,船上的人就抢先说:“这不是?这就是老豪啊!”同行的那人小声告诉我:“我们这一道上,讲叨的就是他啊。‘闻名不如见面’,就是这么个干巴瘦的老头。你看在高阳文化馆里画的那个老头象他吗?”

经他一提,我脑子里又闪过贴在文化馆门口的那张画来:一位老人,在水上正领导着人们打网,日光把他的脸晒成酱赤色。他光着背,紧张地招呼着人们快快撒网,一条条的大鱼扑上来了。他那兴奋劲头,表现得非常突出。……

“你见了我爷爷就认识了!”坐在我身旁的小姑娘荷荷也对我说:“他那长相好认,黑瘦、长巴脸、两个黑眼,亮闪闪的。眼珠常常凸凸地转,那是看鱼养成的习惯。”她们还告诉我说,他从成社以来,就把拿鱼的手艺儿全贡献出来了。这么宽旷的大水,他能看出哪儿鱼多,他那拿鱼的法子,更是锦囊妙计。他成了全社的台柱子。听这样一说,我就更加注意起这位老人来。

他和船上的人搭了句话,就一个人默默地围着网看起来,翻翻这,扯扯那,一边咕噜着:“好家伙,这么大的窟窿!多大的鱼不跑掉？咳！这是谁？使网就象吃网！”

不用问，他是在细心地检查这些网哩。用了一天的网，说不清哪儿就会有漏洞。跑了鱼，这不能不是社里的损失呵！

上了岸，我就住在荷荷家。

荷荷的娘抱着一缕破好的苇眉子，从场院里回来。

“晚上还织？”

“不！”荷荷的娘轻声笑了：“晚上把这眉子润上，明天才织；晚上得织网，在灯下。”

荷荷蹦跳着跑来，红领巾拂着她的嘴角。手里拿块红高粱饼，饼里夹着葱叶和小鱼，吃得挺香甜的。

“走！”她拉着我的手，“熟饭了，有小鱼，你不是愿意吃吗？”

“大丫头子了，还是孩子气，学稳重点！”荷荷的娘说，一边就走入西厢房。

吃了饭，荷荷领我到一间低得碰头的小屋去。她临走对我眨巴着眼说：“你先睡吧！我爷爷半夜才回来，你甭等他，他事可多哩。刚才社长老会叔叫他去分棉衣——就是赈济来的那个，……”不说完，就又做个鬼脸，隔着门帘缝儿说：“你看书，是不？我不打搅，我也有事儿，得帮娘织网哩！”说完，脚步象敲小鼓一样“咚咚”地跑了。

这是一间小跨屋。屋子被大水冲倒又盖起来了。屋檐上的苇缨子的黑影，投在有月光的窗纸上，在微微地摇动。我点上灯，整个小屋便笼罩了昏黄的光。北墙上，挂着一张旋网。网上还沾着一两个干巴小鱼。小鱼头钻在网花外头，凸着小黑眼儿，还象想挣扎逃掉。在网下面，放着一双打鱼穿的皮靴子。炕上铺着羊皮褥子，我坐在上面，觉着鼓膨膨的，掀开一看，原来是个小旧本子，上面还写了满幅的字。“噢，还学习！”我心中赞佩。

“嫂子！”忽然院外传来一个响亮的声音，“把梭子给我。大伯非要把网补上不行。分棉衣专等他哩！”边说边进屋去了：“大伙都说他是‘公德老’——让他去挑头一件。可他说：‘网不补上明天就误了下河，分衣不着急，让别人先分吧！剩下的我再要。’叫我来拿梭子，他还等哩！穿个小夹袄，多冷！”

“天晚了，还看见补哇？”荷荷娘说：“要不，我去！”

“甭！”进来的那人说：“他说在月亮地里能看见。你知道，他那是有名的‘千里眼’，一丈深的水能看见鱼浮！”

“那就快去！”荷荷娘带笑地催促：“给你，再拿点饽饽，老人这时候还没吃饭。一天就光为‘你们’社里的事了……”没说完就忍不住笑起来：“社长，你说不是吗？”

“那是‘实打实’的话。”社长说：“你不知道我们下钩拿鱼的事呢！大伯白天忙一天，黑价也不困。我们年轻的可抵不住劲儿了，都困得打瞌睡，他给说笑话，也不行，都睡熟了，后来叫铃铛①吵醒了。一看，大伯在水里正捉着一条一人高的大鱼呢——捉鱼捞钱，咱社全仗着他哩。……”

“快别说了！他等急了。”荷荷插嘴说：“叫我爷爷在船上挨冻，你倒跑到屋里取暖，象个社长吗？”

“喝！你这个小社员，学‘大人吃瓜’呀！”社长逗趣，“白天上学，晚上学织网，五更搂树叶，这个勤俭劲儿真比不了。跟你娘才象一个模子脱出来的呢！好，我走了。”一阵脚步声跑远了。

我不由得走出来，看了看荷荷她们织网。荷荷娘告诉我：他们社跟别社挑了战。全社分了工。男的打鱼、织布；女的编席、织网。信用社贷给一批款，让专门搞副业救灾。

很晚很晚——我睡了以后，一种“索索”声把我惊醒。我发现，老人正拿一件棉袄盖在我被上。眼睛慈爱地看着我。我一时没说出话来，心里热乎乎的，嗓子被什么东西哽住了。

“怎？醒了。”老人温和地微笑，一面低下头去，低低地说：“一

---

① 把鱼钩拴在竹竿上，竹竿有小铃，鱼上钩时，铃便响。

个被子冷点，外面要变天。你们出门在外的……这么远，把棉衣送来救济俺们，自个倒挨冻，叫人怎过意？”

“不。”我光着膀坐起来，热情地说：“棉衣是咱全国各地人们捐献的，他们都结记着咱们这些水灾区的人们，希望咱们吃饱穿暖战胜灾荒……大伯，你分了一件吗？”

“我去的工夫就分完了，这是社长给留的。我的意思，是让别人先穿上，我呢，什么早晚。”大伯抽着烟，慢慢地但很严肃地说：“大伙净结记咱们；咱也得常常把大伙挂在心上呀！”

我心里思索着这句话，很想和大伯谈谈。但又很愿意让大伯赶快安歇——他劳累一天，是多么疲乏啊！

老人睡了，我却再也睡不着，回忆着许多事情。

夜半，外面起了风。院子里苇叶子“沙沙”地响，窗孔吹进刺骨的寒风。我担心社里会因为有风而不能打鱼。这时，大伯机灵地醒了，披上衣裳就往外走，高兴地说：“淀里有风，瞧闹好鱼吧！你睡吧！离天明还早哩。”

我听着老人家的脚步声，由近而远。然后，是谁家的篱笆门儿开了，接着又是一家的门栓在响。淀里，传来一声声清亮的水鸟鸣叫——处在水乡的村村庄庄，迎着黎明醒来了。

一九五四年十一月末写于教台村

作　画

一

东天边有一缕嫩红，朵朵白云也镶上了金边儿；青色的晨雾，罩着远方的村树；淀水光亮起来，透发出一股股清凉新鲜的气息。

林红红坐在岸边，手拿画笔，面对着晨景出神。她想在像夹上，捕捉住这美丽的图画。

秋风，从淀水上吹来，凉丝丝的。但林红红似乎没有觉察，她在凝神静思：这大自然的景色是多么美啊！是多么有生气啊！自己在学校里，天天跟书本打交道，却很少体验到如此生动的画面。今天，领导上让下乡作实地写生，自己应该怎样珍贵这段时间啊！一个月的生活假期，一定要抓紧时机，画几个人物肖像，作几幅自然景色的写生。但眼下正是秋忙季节，队长和社员们天天去劳动，不能坐下来让你一笔笔地描画。于是，她就住在生产队长奎拴的家里，决心跟人们"四同"，深入体察劳动人民的感情。她相信这样过一个时期，终究会作出成绩来的。

太阳一露面，它的光彩便耀眼辉煌，阳光在村庄、树梢、庄稼、淀水上流荡着。

林红红刚收起画具，只听背后有一个小姑娘的声音：

"红姐，这么冷的天，你在这儿干嘛哪？"

林红红回头一看，是房东的女孩小丫，就笑了，说："你也起这么早啊？"

“我起来一睁眼就不见你了。”小丫说，“我娘让我叫你回家洗脸呢！我娘说，往后天凉了，别在淀水里洗了，怕你闪了脸——哟，你画画儿玩哪？真好看。”

“好看吗？”林红红笑了笑，把头上的两条大黑辫子往后一摆，说：“等我画完了送给你。”

她们往家走着，林红红问：

“你哥哥哩？”

“我哥哥起来就到队部里去了。”小丫说，“你找他还画像吗？”

林红红笑了，想起给她哥哥奎拴画像的情形：这小伙子坐着，一动不动，脸上不自然极了，连出气都不匀称了，头上满是汗水。坐了没一会，奎拴就说：“不行，饶了我吧！比打夯挖渠还累呢！”想到这，林红红不由地笑了，她又问小丫：

“你哥哥今天要干嘛活哩？”

“听说高粱熟透了，准是削高粱。”小丫说。

林红红跟小丫来到房东家门口。房东大娘端着泔水正在院里喂鸡，看见她们来了，就说：

“快屋里去，一大早起就到水边上，是吸收新鲜空气去啦？”大娘笑着，上前攥住林红红的手。

大娘是特别喜欢林红红的，这个刚来不几天的姑娘，说话很温和，举止很大方，生活上干净又勤俭。大娘把她当成自己的亲闺女，常常端详林红红的长相：圆圆的脸盘，亮亮的眼睛，黑黑的眉毛，红红的脸颊，两根大辫子一摆动，真是俊气。大娘觉得，这姑娘虽是城市长大的，却很容易接近，爱听大娘说个庄稼理儿，有空儿就帮大娘干零碎活儿，也学做点针线。有时候，她就给大娘读读报，讲讲自己的身世：她的爸爸是个工程师，妈妈也在纺纱厂工作，她除了上学就是上学。……

大娘喂完鸡，把林红红让到里屋。小丫说：“娘，我哥哥怎么还不家来呀？”

正说着，只听院子里有个小伙子喊：

"娘，饭熟了呗？"

娘向林红红笑着说：

"你听，俺奎拴多孩子气呀！在院里就喊起娘来。"她迎出屋门，向儿子说："早熟了，烧住了火，正捂着锅儿哩！"

儿子奎拴，是个粗敦敦的个子，方头大脸，粗眉大眼，肩膀很宽，胸脯子很厚。担起水来膀不摇，身不晃；走起路来，震得地咚咚地响；说起话来，膛音很大。但他的脾气确实有点孩子气，在生人面前，不爱说笑，很是腼腆。

他进了外屋，跟娘说："吃了饭，俺们得去削高粱，你跟那画画儿的说说，就说没空，晚几天再画。"

娘忙向屋里努嘴，意思是：什么画画儿的，连个林红红同志也不叫。

林红红在屋里说："奎拴同志，我早知道，这几天地里忙。当然生产要紧，画画不着急。吃了饭我还想跟你们一块干活去哪！"

奎拴也对着里屋的门帘说："那敢情好。我们正缺帮手哩！不过，你行吗？这净是累活。"

林红红走出里屋，眉眼含着笑说：

"锻炼锻炼呗！我就是决心跟你们学学哩！"

小丫也高兴地跑出来说："我给你找个快爪镰，咱妇女们掐穗儿。"

"那就忙吃饭。"娘一拍巴掌，把笼帽端起来，腾腾的蒸气，飘满了小屋，透出一股股饽饽的香气。

一家人围着桌子吃起饭来，又说又笑。大娘赶着给林红红拨菜、拿饽饽。林红红象在自己的家里，面前的大娘，就象是自己的亲娘，心里一阵阵地热。

奎拴当着客人，吃饭也不自在，他端着碗立在一边才吃呢。

小丫说："你看我哥，吃饭也打'游击'，没个稳当劲儿。"

娘笑了说："队里事一多，他就没坐下吃过饭。一会拿块饽饽出去叫人，要不就端着碗去开会。他多会吃过热乎饭呀？"

不等娘说完，奎拴忽然想起什么，说："你们不提，我倒忘了，我得告诉二合叔，把牲口喂饱点，别让它去套磨，下晚得套车拉高粱哩！"说着，端起半碗饭汤，走出去了。小丫在后边逗笑地说：

"是不？说他傻，他就越扭搭起来了。"

一家人都笑了。林红红笑得低着头，不抬起来，心说：

"他真是忙呀！为了大伙的事……"

二

只听奎拴那粗嗓门在各家响着：

"大爹，吃了饭咱去削高粱啊！""二叔！带着镰，咱河套的高粱该削了。"奎拴头里叫，人们就随后跟了出来，他们对于这个新选的年轻的队长，格外拥护。这个队长，干活在头里，享受在后边。遇到困难和着急的事儿，他想法启发大家，从不跟人们要态度。他越这样，乡亲们就越尊敬他了，他说的话，人们都非常信服，都说：

"咱奎拴说的，净是上级的政策，没错儿。"要不就说："咱奎拴这孩子，是他娘受苦拉扯起来的，底根儿扎的正。"

如今队员们的干劲可足了，很快，街上就齐了人，人们争着问：

"奎拴，以后你得多分派俺点活儿。"

"咱削了河套这块高粱，四不齐的棒子也该砍了。咱一年的庄稼，可一粒粮食也别扔了！"

"听说今年拖拉机又来帮咱耕地，咱得早点给人家腾出地来。"

人们到了一块，就大声小话地谈论着。妇女们一来就凑到一块，她们谈话总是夹着一阵阵的笑，说到逗趣处，就你推我一下，我打你一巴掌。当奎拴走过她们那一群的时候，一个叫刘梳的嫂子跟他说：

“奎拴，给你画的那像呢，叫俺们看看。”

奎拴笑了，说：“刘梳嫂，一会给你也画一张吧！”

刘梳嫂用手忙一捂脸说：“我这个模样还配上画像？”别的妇女都笑了。她们看见那边林红红也往这里走来。林红红今天穿了件毛蓝偏襟褂子，甩着肥大的袖口，满脸笑嘻嘻地跟人们搭话。

“哟！红红，你这是穿的谁的褂子呀？”刘梳拍着巴掌呱呱笑起来。

“是俺大娘的呗！”林红红笑了，她从来还没穿过这大偏襟褂子呢！

姑娘们也凑过来笑：“红红象是演戏，装老婆挺象的！”

老大娘们也捂着嘴笑，在一边夸赞林红红：“这闺女忒叫人喜欢！跟谁也说得来。”

“那天，我一个人正推碾子，林红红上来就帮我推，我还不认识人家呢！”

“你说，人家年轻轻的就会画画儿，画的可好哩，画什么象什么。”

“谁知道她有婆家了呗，叫她寻个咱村的才好呢！”

“不叫她走了。”

几位老大娘悄悄地谈论着。林红红跟别的姐妹们说笑着。她注意观察这个下地前的场面，体验人们的情趣，她想：将来可以作一幅速写面，表现劳动人民的乐观情绪……

小丫背个筐也跑来了，她给林红红找来一个爪镰。她今天头上扎了个红绸条，象是飞着一只大红蝴蝶，显得是那么鲜艳！

人们走动起来了。在路上，更是唱唱喝喝，走出村外。

太阳升到东南角，秋风暖和起来，田野里有成熟了的庄稼气味。大道边的草尖，还有露水珠儿，人们走过，会打湿鞋袜。

上了堤坡，一望大片的河套地，红艳艳的净是高粱，象是平原上着了火。细一看，每个穗头，象是一把火炬，那色调，是任何画家也难描绘的。林红红看呆了，她立在堤坡的土牛上，长久地注视着这可爱的景色。

到了地头，奎拴给大家分好夹垄，男的在前边削，女的在后面掐穗。一片劳动的声响。

林红红跟大家投入到紧张的劳动里，她什么活儿也想学：学削、学掐穗、学捆高粱头，人们也都愿教她。到下午收工的时候，她似乎什么也入点门了。

奎拴一干活就脱个光膀，他一面领在头里干，一面还得照看大家。他嘱咐人们要把茬子削齐点，太尖了容易划破腿脚；他嘱咐要把削下的高粱排整齐，这样掐穗好掐，也不易丢落。他自己就是这样做的，人们从心里佩服他的活儿，把他当成榜样。

趁人们歇畔儿的时候，奎拴围着地边察看，看有没有丢下的穗，看哪个个儿捆的松。检查完了，他又抬头望望太阳。太阳偏到西山去了，在那里，不知什么时候升起一片黑云彩，云彩奔跑着，扩散着，一会比一会大。奎拴心里一惊，他立刻好象看见了电闪，听见了雷响。他赶紧巴望通村的大道，大道上，二合叔赶着车正往家拉高粱头。他又看看地里，高粱虽然都削倒了，可这穗子还没有运到家，要是一下雨，穗子就会受损失……

他跑到人们跟前，把天气情况告诉大家，让大家出主意。

人们说："把削下来的穗子都捆好，今个一定都运回家去。""可是收工就会晚了。""晚点没关系，这是自家的活。""大车拉也来不及。""来不及不碍事，咱们一人扛一个，就把它捎回去了。"人们说办就办，马上动起手来。那天，天黑黑的才收了工，直到把穗子都弄到场上，用席子盖好，雨才下起来。这时候，社员们在自己的屋里，劳动了一天的身子，虽然已很累了，但每人的心都很踏实。

林红红第一次亲眼看到劳动人民的智慧和那高贵的品德，她很感动。晚上，听着外面的雨声，她写下了一天的日记，旁边还勾勒了一幅图。

三

下了一夜雨。林红红跟小丫睡在一个屋里,听见东屋的奎拴一夜起来好几次。他夜里干嘛去呢?是起来看天气吗?是到场上看粮食吗?

到天明,雨停了,但天还没晴。有的队员就来问干什么活儿。奎拴说:

“今个地里活儿干不了,下了四指雨,地板潮,下不去地。”

有的队员到地里去看,果然象队长说的那样,才知道奎拴早到地里看过了。

吃早饭的时候,小丫撺掇着说:

“哥哥,今个阴天下不了地,该让红姐给你画像了。”

“阴天有阴天的事。”哥哥咧着大嘴笑了:“你这小丫头倒挺结记事儿。”

林红红梳着辫子也走出来说:“真的,奎拴同志,今天能画一会吗?”

想起那天画像的窘态,奎拴那大脸又红涨起来,他嘿嘿嘿光笑,可又找不出理由推脱。娘看见儿子那为难的样子,偷偷地笑了笑,忙替他找了个事儿说:“拴,你去看看咱队里的牲口有空呗,趁着阴天我想磨点面,晌午,咱包饺子吃。”

还是娘替儿子着想,奎拴给小丫做了个鬼脸出去了。小丫可就不依娘了,扯着娘的衣袖撒娇,非要娘赔她哥哥不行。娘笑得直不起腰来,林红红也笑着说大娘有偏心眼,不该给奎拴逃脱的机会。

奎拴满脸笑容地奔马棚里走,他去找饲养员二合叔。一进马棚门口,二合叔正要牵牲口去饮水。只见他一只手牵着四头驴,两头牛，另一个肩上还担着水桶，奎拴急走上前，担过水桶说：

"来，二合叔，我帮你去饮。"

二合叔笑着，也不推辞。

饮了牲口，奎拴就跟二合叔拉起话来，问那个黄马吃草怎样，问那头黑驴又拉过稀没有，倒把娘让问牲口套磨的事忘了。直到有套磨的人家来牵牲口的时候，他才想起来，刚要问二合叔的时候，只见刘梳嫂跑进马棚喊：

"二合叔！今个阴天，你得叫我使使牲口套会磨，俺当家的不舒服，我弄着孩子也推不了。"

"你来的正巧，就还有一头小毛驴没应出去。"二合叔说，"你要是晚来会呀就没了。"

刘梳嫂欢喜地拉着小毛驴走了。二合叔又嘱咐："早点卸，正是大秋，牲口忙，论理该让牲口歇歇。"

奎拴把要说的话咽回去了，他看着人们把牲口都牵走了，自己才往家走去。

那天，他跟娘她们推的磨。

四

收获的季节，一天天地过去，地里由浅绿变成金黄，一块块的庄稼成熟着，收割着。收到场上，用碌碡轧出粒儿，又用簸箕扬出糠皮土末。在这丰收的季节，农村呈现一片忙碌景象。

林红红把自己投入到生活的海洋里，劳动锻炼着她，使她的感情一天天地充实起来。她的脑海里，积满了许多生动的人物形象和美丽的大自然画面。她作了几幅自己比较满意的画，她想带回学校去，作为向领导的汇报。

想到要和这一家、这一村分别了，她实在觉得有些难舍。

这天早晨，林红红又一个人来到淀边。她又拿出画具，坐下来。

她想完成那幅日出前的风景画。

东天边确又升起一缕嫩红,但这颜色更鲜艳了,有如胭脂和樱桃的红色,她恨自己的人工颜色配不上。她又仰看天空的云朵。云朵虽然也镶上了金边儿,但那金边简直象是金黄的丝绒织成的,那么鲜亮,那么柔和。平原的远村,虽然也有一缕轻纱似的雾,但这雾气是透明的,象是流荡的水银。

林红红一笔笔地涂着色,她想:生活里的一切事物都不是一般化的啊!即使是大自然的景物,一个早晨的风景都是千变万化、丰富多姿的!

等到太阳露面的时候,她已完成了这幅面。巧得很,小丫又啪哒啪哒跑来了。

"红姐,你又到这来了。我娘叫我找你,我一猜,就知道你又来这儿了。哈,你又画画儿哪!"小丫争着看,"真好,真象俺白洋淀的景致。这回可得送给我。"

林红红说:"就是给你的,我走了,作个纪念。"

"红姐,你真的要走啊!"小丫拉着林红红的手,紧紧搂住,好象这样她就永远跑不脱似的。

林红红安慰她,说她走了还会来的。两人顺着淀边往家走着,小丫又天真地说:"那你光送给我这画儿,你送给我哥哥什么呀?"

林红红笑着说:"不偏不向,一人一张画儿。"

回到家,她想再找奎拴同志完成那幅肖像画,但奎拴早又到公社里去了,说是队里正在交公粮,社员们的分红预算也在核实,又听说农场的拖拉机已经开来,看先耕哪块地……总之,他越忙了。

林红红对这年轻的队长怀着深深的敬佩!这个人的劳动热情是那么旺盛,工作态度又是那么认真。回忆起这些日子的相处,这个朴实的小伙子的形象,又映现在她的眼前了。她再也抑制不住内心的激动,她坐在屋里,拿起画笔,一幅肖像,竟画得十分顺手,十分出色。那是一位敦厚的小伙子的形象:粗敦敦的个子,方头大脸,粗眉大眼,肩膀很宽,胸脯子很厚。右手拿一把镰刀,左手拿毛巾拭汗。在他的身后,好象还有好多社员跟上来——这分明是削高粱的那个情景。

门帘一响,小丫跑来看,不由高声喊起来:

“真象,真象我哥哥哟! 你看他那大厚嘴唇,咧着在笑哩!”

她一喊,娘不知道发生了什么惊天动地的大事,也急忙过来问:

“什么呀? 什么呀? 快叫我看看。”娘拿过去,端详了一会,一拍巴掌说:

“哟! 真象我儿子那个傻样子!”又笑着向林红红说:

“闺女,你算没白来这么多日子,都能背着画出来,可见你是记在心里了!”

一九六一年秋

日 常 生 活

一

一位母亲,为什么在黎明之前就要醒来?

任大娘几乎每天都是这样,一家人还在香甜的睡梦中,她就睡不着了。有时悄悄起来摸索点零碎事儿,有时怕惊醒别人,就躺着盘算盘算,今天地里有什么活儿,家里有什么该拾掇的,米面是否该碾磨了,柴禾还用不用摊晒,……想起一家人没个操心的,就不由叹口气,又在心里埋怨起老头子。这个人从小是"老道学",吃凉不管酸,倒了油瓶不扶。如今磨练得能到地里干干活,比过去强多了。于是又自慰道:也不能不知足,不能要求太高啊……"咕咕哏儿——唔"——院中窝里的大公鸡又叫了。任大娘再也躺不住,就披衣坐起来。

窗纸已经发白,透过窗玻璃,可以看见天上的启明星,几片白云,也抹上了浅粉色。

任大娘照例轻轻地下了炕,轻轻地开了屋门。院子里的柴叶上,铺着一层露珠儿。大娘开开鸡窝门儿,一群挺水灵的大母鸡拥挤着跳出来,后边跟着一只金黄高脚的大公鸡,哽哽哽地叫着。

"出去拉拉屎去,要不又给我拉一院子。"任大娘用手往外轰鸡。邻家篱笆墙头上,队长田栓探出半个头说:

"大娘,叫黄鼬拉的那鸡好了呗?"

任大娘笑了,说:"你看,俺家栓还结记呢。早好了,要不是你，这鸡早到了黄鼬肚里去了。”

那是前几天，后半夜，任大娘的鸡招了黄鼬，鸡一叫，大娘忙起来，队长田栓也跑过来，把鸡从黄鼬嘴里夺下来，那是一只最爱下蛋的金脖鸡。大娘很是感激队长，又埋怨老头子赶黄鼬不着急，把老头子数叨了一顿，说叫他吃鸡蛋最冤；老头子还嘲笑她，为一只小鸡子，也值得惊天动地。如今那只鸡经大娘耐心摆弄，特殊优待了几天，已经快恢复原状了，只是一只腿走道还一拐一拐的。

任大娘把鸡赶出去以后，又端个小泔水盆儿到前院去喂猪，这是给队里养的“大跑猪”。为了队里多繁殖仔猪，大娘把大跑猪喂得很壮，连外村的猪都愿叫它跑。

喂完猪又到羊圈里去看羊和兔子，给它们扔上把青草，大娘看看天已大亮了，就向屋里喊她的老小子：

“娃旦，快起吧，起来放羊去，你听，羊叫你哩！”羊果然咩咩叫了两声。

娃旦眯眯着睡眼说：“这么早就起呀？”

“老阳儿快晒屁股了，还早。”大娘说，又叫大小子：

“娃牛，也起吧！起来去拾筐柴禾。你看人家小八，早就拾了一筐了，一般大，人家多爱做活呀！”

又叫刚从中学毕业回来的二闺女：

“二梅，你还不起呀？人家东邻小雪，一天织一片半席，你不是刚学得入点门了吗？”任大娘又叹口气，“唉，怨我没修下个帮手，老头子不争气，天都这早晚了，还在被窝里孵着。”任大娘听听屋里仍没动响儿，就急了，放高声音说：“都不动呀，叫我按次板儿唤一个过儿。小短命鬼们，怎这么有主意呀！”

“老叨叨什么呀？”老头子没好气地说：“也不知你哪来的这么大精气神儿，天刚扑明，你就象个野鹊似的叫唤！”

任大娘也恼了，说：“是呀！你个老东西，先在头里说这个！我为了谁呀，我老婆子为了谁呀？嫌我叨叨了，好，我不叨叨了，叫你们个对个的懒就筋了!”

二

任大娘虽然平日爱叨叨,但她的心肠最热,一家子老老小小,都得结记到了。平日,有点好样的,都尽着别人吃了;一年的布票,不是给闺女穿了,就是给小子穿,自己一件毛蓝褂子穿了快要十年。过起日子来,真是俭省细微,舍不得吃舍不得花,做在前头,吃在后头,凉一口剩一口的,每次吃饭,都是一碗一碗地给人们盛上。

这是说,大娘在家里是这样;对待外人,大娘也是人缘非常好。大娘平常置下的家伙用具挺齐全,又是筛子又是罗,谁借来,自己不用也得先尽着别人。大娘那时养着个小毛驴,磨面碾米,全村人都来问。她把问牲口的,一家一家排好队,都一一应下人家;老头子有时说,这驴象是公家的了。大娘就说:“我愿叫人们使,我买它来,就是为了自己方便,大伙方便!”想起土改前,自家问财主家借牲口的难处,人家大骡子大马,拴在大树底下歇凉儿,也不让穷人用……大娘还会给人们用土法治病,有那左邻右舍,头疼牙痛的,大娘会针灸,会按摩,治好了,什么报酬也不要。八路军、干部们都愿住在大娘家,因为大娘比母亲还疼人。大娘在全村人的心目中,是个最善心的有用的人。

早饭烧住了火儿,大娘把屋子拾掇拾掇,把碎柴禾扫进灶门,趁捂锅儿的空儿,她到门口巴望出去干活的一家人。要是老头子耪了几遭地,大小子背来一筐柴,闺女织成一片席,老小子把羊放饱回来,大娘就欢喜得眯眼笑了,急忙给他们打水洗手脸,替他们拍打身上的尘土,把饭晾在桌子上,把干粮尽着干活的吃。

一家人欢欢喜喜吃得很高兴。

每日吃饭,任大伯愿坐在炕头里,吃完饭,把碗一推,身子靠在被摞上,合着眼养神,不管天下大事。大娘看见就笑,说:“你看这老东西，多会养呀，多舒心呀！我真宾服，怎么我就没那么一会呀！”正说着，只听外屋有个粗嗓音说：

“大娘，有菜呀呗？我吃点。”

这是队长田栓。大娘笑着说：“馋劲，老给俺家要菜，欠是不给你吃。不会叫你媳妇弄点呀？”

“她呀，她弄的不好吃。”田栓嘿嘿地笑着，“我就是愿吃大娘和的菜。”说着，把拌好的根达裹了厚厚的一块饼，张开大嘴吃起来。

“栓呀，吃了饭你得叫你大伯干活去。往后你得勤叫着他点，也不算老呢，身子骨满能干一气呢！要不，吃了喝了，光叫他蹲膘干么！”

田栓笑着说：“大娘别不知足了，我大伯如今还赖歹呀？大娘您是过晌心太盛了。”

这时，好久不说话的任大伯睁开眼，接上去说：

“哼！过成财主干么？这会就是过一天说一天……”

“你就是混食呢，个榆木脑袋。”大娘斥打说。

吃完饭，大娘安排着一家人，干活的干活，上学的上学，锅碗刷干净了，把暖壶的水灌满，这才把门带上，来到禾场上。

三

今天妇女要在场上摘高粱叶儿。

今年高粱长得格外好，一垛一垛，红山似的；那绿色的是绿豆铺儿，黄色的是黍子山，五颜六色，很是好看。

任大娘就愿跟人们集体干活儿，她觉得比一个人在家里摸索零碎事儿乐和多了，大家说说笑笑，山南海北地拉拉闲套儿，有天大的愁事也就舒心了。

今天到场里干活儿的妇女挺多，秋忙了，谁不愿多挣几个劳动日呀？

开始干活，没个人指派，挤手夹脚的。队长田栓走过来说：“水无头不流，鸟无头不飞，你们临时选个负责人吧！”

选来选去，选到任大娘头上。任大娘也不推辞，说：

“好，给我个官儿，我就得做。可先说下，你们既是封了我，可得服从我，我大小是个官儿呢！”

“喝！刚上任就端起官架子了。”人们取笑着。

她们的任务是：除了摘叶还要选种。选种很是重要的，关系着来年的收成，任大娘就格外经心。她把人们拣出的，又一穗穗地检查一遍，发现有不合格的，就扔在一边，说：“这穗是‘黑帽黑’，这样的爱掉粒，打的少。”一会又扔出一穗，说：“这‘黄帽黄’也不好，‘鼓锤穗’也打的少。咱多拣点‘凤凰窝’。”大娘从小务庄稼，很是懂眼。

有个叫李歪家的媳妇，干活总心不在焉，随随便便，任大娘说的话，她装听不见，依然把大娘说的那几种不好的穗子拣进去。任大娘气火了，突然大声喊起来：

“李歪家，你是怎么回事？我老婆子说了半天，你没听见吗？”大娘指着她扔的穗子说：“好好给我拣出来，没事。别在我面前打马虎眼。”

李歪家撇了撇嘴，鼻子哼了哼，她自知理亏，也没什么话说。

大伙也责备她：这是大地里的庄稼，是集体的利益，不能胡弄，应该认真，任大娘发火是应该的。

看看快到正午了，任大娘想到这些妇女，都孩子拉扯的，还得做饭，就说：“咱早些收工吧！下午还早些来，别等着叫。”

任大娘等人们走了，她又把摘出的叶子归拢归拢，把选出的穗子捆成许多小个个，为的将来吊在屋梁上，易干。这时看见织席的二梅，就说：“梅呀，你去抱柴禾点火吧！”

“您干么呀？娘。”二梅说。

“你看,场上没人看着,我怕猪羊来吃,想晌午不回家了。”

“我知道做么吃呀?”二梅撒娇地说。

“小姑奶奶,一回也不替替娘,又有糁子又有面,爱吃什么做什么。唉!平日光靠娘伺候,这么大闺女了,久后一日,过了门子,我看怎么办……”

“是不?又用着你叨叨了……”二梅把小嘴噘得象个石榴嘴儿,歪着脖儿走着,说:“我就会熬粥。”

“早起儿吃的粥,晌午还熬粥,”大娘说,“不怕叫你爹闹?大热的天,不会擀点凉面条儿吃?”

二梅答应着走了。任大娘又围着场边转了转,看有没鸡鸭来吃粮食。走到西场边,见水坑里果然有一群鸭,正要侵犯边境。大娘一见,拿个秫秸就轰,鸭子吓得摆着大屁股跑了。

一会,队长田栓从地里上来,到家拿了块饽饽,一边吃着走来说:

“大娘,快家去吧!家里造了反了,娃旦跟娃牛打起来了,我大伯在一边看笑话,也不管,二梅说他们也不听。我说,我去叫你娘去啦,才好点。大娘快家去审审他们。”

“唉!栓呀,这是你看见了,我离了一会也不行,那你就先看会场,我家去一人给他们一下子。”临走,又说给队长,勤看着点水坑边,别叫鸭子再侵犯上来。

四

下午,任大娘早早就来了,大伙也陆续地来了,她们照例干上午干的活儿。

快到傍晚收工的时候,听见村边自留园里发生了矛盾。矛盾是由两个男社员表演的,嗓门格外高亢:

“你把这小道赶到我这地里来了!”

“谁不知道你种地侵边,去年你就多刨了我两垄的萝苋,我打了牙往肚里咽,忍了肚里疼,可倒好,你得寸进尺,你这不觉孽的鬼!”

“咱们拿弓量量,我一点也没多种。你是正南巴北的尖头!”

“你放屁,我这头如你那头尖?谁不知道你是有名的刀削头。”

两人越嚷越欢。任大娘听了听,好象其中有自家的一个成员,就急忙跑了过去,果然是自家那老头子吹胡子瞪眼地,跟一个叫李歪的人干架。旁边围了一群看热闹的,也有拦架的,但拦不开。人们七嘴八舌地议论:

“什么时候了,还为这个争执?”

“退回几年嘛,这事常发生。如今再听见,就是笑话了。”

有一个中学生用学生腔的语言说:“农民的私有观念,充分表现在这里了。”

任大娘看见这个场面,真替老头子羞愧,一把拉开老头子,气得快要哭了,一边还数唠着:

“你个老不要脸的!为这么一星半点的地边,就抓破脸地喊叫,你就不怕丢人!你不想想,你怎么有的今日?你是那个尖巴人呀?”

“今个我就得碰碰这个尖头……”老头子还红着眼珠子喊。

任大娘把老头子拉到一边,又回来想再劝劝李歪。只见李歪歪着头,还要泥抹头,死不认可。这时队长田栓和别的干部只好拿来弓量地。结果,确是李歪多种了半弓地。干部们批评了李歪,说他种地侵边是有历史性的。李歪歪着头还狡辩,说:“我这个人尖头的毛病早改了,要说我不吃亏,我还认可。”任大娘弄清是非,回来再没跟老头子闹,打算给老头子再找点活儿,看见道边上有一堆绿菜叶儿,怪嫩俊的,就说:“娃旦他爹,你拿个筐把这菜叶背回去吧,摘摘洗洗,烫烫,砸上个蒜,好吃着呢!”

任大伯正没好气,便说:“你个贫老婆子,大处不见小处见,外头丢个大骡子不心疼,家里丢个小鸡子你就心疼了,这么点臭烂叶子,别人扔了的,你拾。”

“喝!又嫌我贫了,我就是贫。你不拾我拾。”任大娘说。

“你拾我也不让拾。”任大伯逞起性来,上前用脚给她踢散了。

大娘一见,又是急又是恨,加上刚才的气还没消尽,也不知又联想到什么,便一下子坐在地上,抽抽搭搭地哭了。

二梅织席下了班,老不见娘回去,就来村边找,一见娘还守着菜叶哭哩,连忙把娘叫回家。

五

傍晚,天有点阴。队里拉山药的大车上来了,一辆一辆停在街上。天气不好,山药一浇雨水怕损伤,队长们商量一下,决定今晚就分到各户。就地分红,天太黑了,需要有提灯照亮。田栓来找任大娘了:

“大娘!你家那提灯哩?借给队里用用。”

任大娘刚吃过晚饭,因为白天着急动火,牙也疼起来。但一听说队里借灯,就忙各处找。任大伯倔声倔气地说:“队里连个灯也没有,用了也不给添油!”

“给添给添。”田栓摸准任大伯的脾气,并不计较,却哈哈哈地笑,“这回一准给添,上次是忘了。”

任大娘觉得白天给老头闹了一场,老夫老妻了,老磕牙拌嘴的干么呀,就再不言声,心里却说:“哼!要依你,白天也借不出灯来。”

田栓临走又说:“大伯,今夜你还看场去吧!”

“另派别人吧!给那么两分,哄小孩玩呀?”

队长又止不住笑了:“多给点分,去吧!别人我还不放心哩!”

大娘也帮着说："队里是看着你实在，你可就该拿搪了。"

任大伯确是实在。有一次夜里，他跟李歪看场，到夜深人静，李歪悄悄说："任大伯，咱弄点棒子呀？"任大伯没听清，高声问："什么？你说什么？"李歪歪歪头，挤挤两只小老鼠似的眼说："弄了来，二一添做五，对半分，我去弄，你给看着人。""你放屁！我不弄。""你不弄，我可弄了。""你弄吧，我他妈给你报告，抓起你狗日的来！"任大伯气得眼睛瞪圆了，就大声说："滚蛋，什么东西呀！别跟我做伴了。"这件事闹得社员们没有不知道的。今天队长又夸了几句大伯的耿直脾气，任大伯嘴里虽不答应去，却趁人不注意，不言不语地夹个被子，蹶打蹶打去看场了。任大娘看着老头子脖后的那两根粗筋，笑了。

分了山药，天本来不早了，大娘却还要在油灯下做做针线活，或是搓搓绳儿。大娘是个不松心的人，眼也早就花了，她拿起线来，老也纫不上。娃旦放了一天羊，早就睡着了；娃牛在一边看小说、做功课。大娘又不愿耽误他们。纫了半天还是纫不上。二梅看见了就说："娘，我给你纫。"纫上了线，大娘说："梅呀！这针线活，往后也得学着点。""学那个干什么，以后有缝纫机！"二梅说，想起白天娘跟爹吵架的事，就问：

"娘，你干么哭呀，就为那么点小烂菜呀？"

"也为那点菜，也不为那点菜。"娘出一口长气，"我是见景生情，想起早先来。"

"这会你们嫌我老婆子贫了，还有你爹个老没良心的。他就不想想，民国二十八年闹大水，差一点没饿死。房倒屋塌，一家子逃荒，跟人家要饭，容易呀？一口一个婶子大娘，一口一个救命恩人，那年头谁给呀？净是要饭的，一个村子只不过三两家财主，门前卧着大狗，龇牙咧嘴的，专门咬要饭的。这不是，我腿上这个疤，就是叫狗咬的。"大娘说着，眼圈又红了，把裤角捋起来叫二梅看。娃牛也放下书，凑过来觑觑着眼看。娘又接下去说："饿得实在没法了，心里慌得不行，见人家菜窖边有一堆扔了的烂菜叶，就趴下吃起来。地主看见了，还说：‘滚，这菜叶还得喂猪呢！’……”娘再也说不下去了，泪珠顺着脸颊流下来。二梅也湿了眼角，静静地看着母亲那慈祥多皱的脸，似乎看见每一条皱纹里，都印证着母亲一生的苦痛、艰难。她明白：为什么母亲早起晚睡，费力操心，家里外头考虑得那么周到；为什么母亲为了一把菜叶，哭得那么伤心……啊！她默默地，几十年如一日，渡过了那漫长的艰难的岁月！她那琐琐碎碎的事迹，那些平凡的日常生活，烙印着一颗伟大母亲的心……

“你爹并没受多大罪。苦年月，他跟你舅在外边卖布，……要不，他如今还不醒人味儿呀？”

二梅天真地说：“那会有我呗？”

“你还在苇坑地里呢！”娘苦笑了，“就有你大姐，和你饿死的一个哥。我领着一个抱着一个……”

“娘，快别说了。”娃牛是个心软的孩子，泪水已经湿了枕头，他央告娘，“咱睡觉吧！明天我还起早给队里去打草喂牲口去，往后我得天天打一筐。”

孩子们睡了，母亲也收拾了活计，又端着灯，看看米面油盐，都盖好没有，怕夜间有老鼠糟害；回头又给孩子们一个一个掩好被角；在灯下，母亲端详着孩子们那睡得红扑扑的脸，多么安稳，多么幸福啊！也许今晚他们要做做梦，梦到自己童年所经历过的景象……她想，做做那样的梦也好，让他们多知道点事。

窗外，深夜的秋风透过窗孔，有些凉了。大娘想起娃他爹拿去的是个薄被子，夜里看场会着凉的。她把炕头的一个大袄抱起来，悄悄开了屋门，给老伴送去了……

天空，虽然有点阴云，但那明亮的大星，还能穿过稀薄的云层，闪射出耀眼的光亮，透视着人间……

一九六二年中秋节脱稿于天津

房树民

一天夜里

星星布满了天空，由南贯北，天是一片水清蓝色。风从空旷的运河岸上把湿土的香味送进村庄，白杨树的叶子沙沙地发响，闪着光，几片叶子落在地下。苍毛的老喜鹊“喳”一声跳起来，扑打几下翅膀，又跳进窝里栖息。副业运输组的一次小会在这时散了，男子们匆匆走回自己家去。村里的党支部书记兼农业生产合作社主任老褚，搔着刚刚留起的短胡髭，把青年人曹利送出办公处的门，曹利站住不动，他说：

“褚主任，看给我评的十分是不是多啦？”

“不要瞎说，刚才大伙是这样通过了的！”褚主任拍着曹利的肩膀，“走，走吧。”

“你快回你的屋去，”曹利回头说，“风挺凉。”

“不。我还要去看看妇女编席组开的会，她们也许还没评完工分，我是答应去看看的。”褚主任披上夹袄时，笑得颤抖着嘴唇，“曹利，你知道，你这几天没在家，编席组又创了新纪录了。拿贞妹姑娘说，她由编两张到两张半，新徒弟的手里能干出这样的活儿真是不易，咳，不易。她可正在组里使劲哩，要跟你们运输组战一回合，曹利，加小心。”

“好。”曹利含笑地看着主任放亮的眼睛，腼腆地说。

褚主任却忽然把脸孔拉长了，眼皮忽闪了几下，渐渐阴冷起来。曹利知道，在这时候，主任心里一定想到了不快的事情。

“曹利，”褚主任慢慢地说，“你下晌刚山外边回来，你也许还不知道这件事。你爹今天早晨找我，要把白瞎马拉回家去。你知道底细么？”

“不知道，……”曹利忽然停住了脚步，站得直直的。他要主任相信他，他一点也不知道。并且他多么想由褚主任的嘴里把事情闹得明明白白呀。他急忙说：“他的意思是要退社么？”

“倒不一定。因为社已经拴住了他的腿，这我知道。现在就是轰这老头子出去，我看他也是一准不肯的。咳，好比是根好木头，里头说不定又长了什么虫子。”褚主任苦笑一下，便又忽闪了几下眼皮，“你爹满能懂得合作社就是个终身依靠，思想比入社以前豁亮多了，这有你的功劳不小。可是呵，今天又不定长了什么虫了，你还要当个啄木鸟先生，给他拿拿虫子，唔？”

“嗯。”

“记住，跟你爹发脾气可不行，那不是个办法。帮助老脑筋，就得小心打探他的思想根底，慢慢对他说服教育。听见我的话没有？”

“听见了。”沉湎在思索里的曹利，急忙答道。

“累了？”褚主任转笑问。

“不累。”

“好咧，明天我抓空还要去见见那老头子。你回家去吧。回家就睡下，天大的事有明天。”褚主任推了一把他这心爱的小伙子，“去吧。”

主任径自朝着妇女编席组的北院走去。

曹利回家来了。他在有灯影的窗下叫了声妈，母亲便把门给他开了。她把留在锅里的热菜热饭给儿子摆在桌上，捻大了油捻的罩灯也放在桌上。她陪着儿子吃饭，自己手里缝着一双卷绒羊皮袜筒。这是曹利想到他父亲年年初冬便开始冻裂的脚板，特地从城里给他父亲买来的皮料。母亲努力地锥着羶味的羊皮，亲切的眼睛不时地看着儿子的脸色。儿子是她生活的最大意义。可以说,她的一针一线,无不是为儿子着想的。

"爹呢?"

"串门去了,"母亲象生气一样地,但也非常小心地说:"老干巴瓤子,一闲下来,一串就是半宵半宵。"

一碗稀饭下去之后——

"爹干嘛要把瞎白马牵回来?"曹利终于憋不住了,开始问他的母亲。

"天呀!"母亲开始惊慌了,叫起来,"连我也不知道呵,你是说他要退社么?是问这个么?"

"全告诉我吧,妈。"曹利催逼着母亲说。

"别胡思乱想。"母亲叹气,"你爹不能离开社,不信,你剜我的眼。你看不出来吗?他死也不能离开它呀。"

沉默了一会儿。当曹利再抬起头来看看瘦小的母亲的时候,她已经停止了手中的活,用着惊恐和期待着什么的眼睛看着他。曹利有些愠怒了。但他没有向他这无可非难的母亲发作。他知道母亲从年轻时起就怕父亲的,怕那暴躁老头子的严厉眼色,震破屋顶的叫骂,砖头一样的拳头,因而她时常不敢把老头子的隐密告诉给任何人,甚至于她自己的儿子。特别是儿子渐渐长人起来,开始动手处理家庭事务的时候,母亲便在这父子之间,成了一个脚蹬两只船的为难的人。

曹利很快地吃完夜饭,母亲把桌子拾掇了。然后她又小心翼翼地把油灯捻暗了一点,放在窗台上,密针密线地做工,时时不安地看看曹利。母亲的惊慌神色,使曹利肯定家庭一定有了什么变化。曹利心里好不安定,他有心要去找褚主任说说,一想,天这样晚了,又不愿去搅哄那无时不在忙碌着的、可是现在却应该休息了的主任。他就站在院子里,望着水白清冷的天河深处的亮星,听着田野里冻鸟的低声咕叫。寒夜的冷气包围着他的身子,他抱着肩膀想事,等待着他的父亲回来。忽然有一支女声齐唱着的短歌从一个地方飘过来了,他立刻忆起了贞妹。那个在秋天见着他面越发脸红的姑娘,现在却正在暗暗地和他们展开了比赛,想一想,这是多么有意思的事情啊。这时,母亲把鼻子贴近窗纸轻轻叫了:

"曹利呀,出去这么些天也不说累,你快进来吧,睡吧。"

于是曹利走进屋子,母亲仍用爱和期待的眼睛看着他,母亲没有和他说一句什么。她已经给他铺好了被褥,铺在炕上顶热的地方。他脱衣躺下的时候,就觉出肌肉的酸紧。他有几天没有睡过这样舒适的被窝了呵。可是他没有即刻睡去。他想着他的父亲,揣摩他是不是有退社的思想。他想起,在不久之前秋收时的一个傍晚,社里收了工,大家唱着歌在红霞色的田野里归来。父亲,裸露着上身,赶着满载谷穗的双套骡子车经过了单干中农陈来子的谷地,这老头子嘴里嚼着粘糊糊的金色谷粒,向来子媳妇投着骄傲的眼光,不自觉地发出低声的口哨,以致使那爱嫉妒的薄脸皮的媳妇红着脸钻进了谷地,偎在丈夫的怀里呜呜的哭诉起来了。之后,那媳妇再也不理这老头子了。……二十天之前,在一次分红大会上,人人还在静听着主任讲话的时候,老头子便红着脸皮偷偷地扛走了自己的口袋,于是,在他家的西屋,谷仓显示出历年来未曾有过的充实……"日子好过了!曹利妈,你怎么傻瞅着,你怎么不笑!"老头子惬意地叫道。转而是低声的叹息:"只是咱家入到社里的白瞎马老了,不大出息了,"他狡黠地眏着那黄珠子一样的小眼睛,惋惜地摇头说,"不然咱们的囤顶会更高,囤底更大。"

"社拴住了他的腿,褚主任说的对,他不容易出社的,"曹利这样地想。但当他再把思路转到刚才主任告诉给他的消息上时,就更加不安起来。之后,他又忆起了区委书记多次给他们讲过的话:象他父亲一般的人,两脚是晃晃荡荡在十字路口上的。"他要把白瞎马拉回来,他不是听了别人的坏话吧?……"他想。

院中"咳"地一声响,曹利知道这是他父亲习惯的声音,父亲回来了。他立刻转侧了一下,但又立刻抑制住自已,应该沉着呵。他睁大了眼睛。这时,油灯已经捻得很暗很暗;母亲轻轻的已经溜出外屋去了。风门响了一下,接着是一片寂静。寂静里,父亲烟袋上的铜环微微响着,母亲在外屋低声诉说着什么。

“他们准是有故事的,”曹利这样不安地想着的时候,就在昏暗的灯影里,看见他们走进屋子。他偏侧着身子,抑制着冲动,好象睡着了一样。他忿怒地想道:“我听褚主任的话,用不着在今夜吵嘴!明天,我一定要把事情闹得明明白白的,这不行。”

母亲的手在他身上抚摸着,把蹬开的被子的边缘给他掖好。父亲伛偻在炕边上“丝丝”地吸烟。好久才问:

“他睡着了么?”

“疲乏了,睡了。”母亲轻轻踱过去。“曹利给你捎来的皮料,袜子缝好了,……”

“嗯。”父亲低声答道,“他的副业花红发下了么?”

“没敢问,也许发了,”母亲低声地,“你跟谁家借着钱了么?”

曹利静听着……

“他也叫你怕!”父亲哼着鼻子,“你个!”

“我是怕说漏喽哇,怕你们争吵呀。”

曹利静听着……

“他爹,”母亲关心地低声问,“告诉我,到底还得贴给来子多少哇,还是讲下的那些么?”

“你不要管,老小气鬼!”父亲防御地低沉着粗嗓子,慢慢说,“人家那红马比咱家瞎白马壮的多,小气鬼!”

曹利顿时震颤了一下。“唔——原来是这样,他是想调换陈来子的棒牲口!叫陈来子越发受穷!”血,一下子往上冲,旧日穷苦的生活在他眼前忽然突突飞跳。他发喘了,可是他把手狠劲地抓住忽然搏动慢了的前胸,镇定着自己,他静静地听他们说——

“钱,够吗?……”母亲颤声问。

“加上曹利发下来的一笔花红。”

“证明写了？……”

“叫我歇歇这寒腿，抽袋烟，一会儿我就去找褚主任给开一张条子，我跪下央求他，天不亮我就带来子上区登记。”

“唉，你还是先跟曹利说透了的好哇，跟社里商量商量的好哇，”母亲轻声地，一个字一个字地说着：“你知道，六月里是咱的曹利领头反对过大麻三换老董家的牲口的，还有社里那帮青年男女，想一想，你掖掖藏藏的就能躲的过么？唉，我是生怕你们闹起事来哇，……”

“你不要管，贫嘴鬼！你的话今天怎么这么多！”父亲生气地闷着嗓子低声喝道。“只要曹利敢，我就跟他拚！咳，这道拦河沟子一跳过去万事大吉！之后，咱把换过来的壮红马还照样拴在合作社里，股份是姓曹的，谁爱说啥说啥！”父亲把声音压得更加沉重了，象是警告一样地加重着说：“睡！”

母亲没有动。沉一沉，她微声叹息着。她接受了警告，但又象必须要说似的，她用着几乎听不见的小声说：

“……天！那家子，一大窝，就是来子爱听媳妇的话呵，这窝囊废不开通呵，不入社，……小媳妇一坐月子，谁还是他的帮手。七月里发大水，亏社里还帮他一把。如今红马也保不住了哇，……”

“想的多么顺当！”曹利不出声地冷笑了一下。这一次，他总算抑制住了自己，他没有立刻向他的父亲开火。但他猛地坐起来了，松开了抓在胸上的手。他虽然知道在片刻之后他的父亲会在稳重的褚主任面前得到怎样的结果：“我不能给你开什么条子！回去吧，回去！”褚主任会忽然生起气来，一个劲闪着眼皮，厉声责备他的每一个走错了路子的社员：“你走的是资本主义道路！岔道！全体社员都要跟你干起来的！回去！”可是，此刻曹利仍然不能放心。这使他再也不能稳稳当当地躺住了。在今夜，他要把事情的原委报告给褚主任去；此外，用拳头擂开陈来子家的门，帮助他家解决困难。“看着一家人这样败落下去，那是办不到的！”他摇着头想。母亲这时还坐在炕边上，不安地喘息。父亲无声地熄灭了烟火。

“你要起夜么？”母亲忽然奔过来，用背挡着暗淡的灯影，惶惑地问他。

“你该睡了，妈。”曹利卡着发粘的嗓子，忍耐着由于忿怒而激动起来的心情。

“我等着你爹，他……”

曹利抓过搭在凳子上的夹袄，摸着口袋里刚刚分来的一叠票子，那是他半月出外运输分得的整份的花红。在这时，他困难地蹙起眉来，稍微思索了一下，之后，便毫无犹豫地披上了这件夹袄。母亲把灯吹灭说：

“多穿点儿衣裳，夜风凉。”

夜，黑暗和谧静。曹利走出院子去，又跳过矮篱笆。村外，空旷的运河滩上笼罩着一片水气，栖息在河边上的水鸟“咕咕”地微声叫着。一棵轻轻飘落着叶子的白杨树边，慢慢地走动着一个人的影子，曹利没有停止住他的脚步，随便地问道：

“喂，说话！谁？”

人影子象是一只轻捷的鸟一样地飞来了。剪短的头发往后“呼呼”飘飞。曹利走过去，一眼就认出了她是贞妹。

“这么晚，你在杨树底下干什么呢？”曹利大声地问她。

“听听哭的，”姑娘冷淡地笑了一下，用嘴唇指着黑森森的杨树后边，“你听……”

贞妹看着天上的星星的时候，曹利看见了她的厉害的眼光。从杨树背后的一个院落里，送出来微细的恸哭的声音。直爽的曹利说道：

“我知道，这是陈来子媳妇哭，因为我爹动了她家的产业。”

“是呀，是呀！”她的尖利的叫声划破了夜的寂静，她抓住了他的胳膊，问他：“六月里，是你给大麻三的一个迎头巴掌，可是你现在，……我问你，你干什么去，你是不是牵陈来子的牲口去？”

曹利忽然发起烧来，心跳起来。他甩开了她的手，他什么也不说，向着杨树后边疾跑。贞妹忽然发觉自己说错了话，急忙追上他。拉他站住，她的激动的声音变得又小又轻：

“我告诉你，明天一早我就要把事情嚷出去的，看吧，全体社员都得反对你爹，跟六月里反对大麻三一样！”她喘了一下说，“你干什么去呀，我是真心问你呀，告诉我，告诉我呢……”

“我先把这事情的根底报告给褚主任去！”曹利说，“回头我再来安慰安慰来子他们！”

“安慰也不顶事，”两道火光一样的眼睛烧了他一下，她告诉他，“编席组散了会，回家，我就听见了隔壁的这哭声，我妈说来子媳妇已经哭了老半天了。我就敲开了她家的门，一句一句的问了半天，才知道她家在五月抓青时借了外庄她表叔的一笔债，那铁杆老头子差不多天天擦黑的时候就来，逼着来子要好几回了，这才想到动牲口的。是这样。”

“唔。”曹利真诚地对她说：“谢谢，你快回家去吧。我先去找褚主任，回头我自己去到来子家看看，我带着分得的花红，打算帮来子一些，不叫他把牲口倒给别人。”

“唔，我也是这样想呢，”她笑的和铜铃响的一样，说，“刚才我把我的花红交给他们时，来子媳妇哭的更来劲了，小心眼儿，其实这也用哭？那媳妇子，也知道咱们社里的人不是拿他们当外人看待了。唉，你干嘛这样的瞅我，你看看后边的黑影是谁来了！”

曹利回头一看，那边踉跄而来的正是他的父亲。

“你快回吧，我要到褚主任家去了！”

“不！我在来子家等你！”

夜，冷静得很。贞妹闪动着美丽的眼睛，目送着曹利的健壮身躯跳过一条矮墙，直向褚主任家跑去；忽然她激动地喘了，用忿怒的眼睛看着颠颠着走过来的曹利的父亲，一边轻轻地捶着来子家门。当里边听见了是贞妹的声音的时候，来子媳妇挂着满脸泪水，袒露着胸怀跑出屋子，她象是在这苍茫的黑夜里看见了一颗最能吸引人的亮星，她向这颗星星奔来。

一九五四年九月——十二月于通州城

花花轿子房

秋天的一个早晨，曚曚亮，运河边一个摆渡口上的金大刚醒来，就听见对岸一个人喊叫摆渡。于是金大急忙摆过船去，这时一个穿着长袍的文质彬彬的老头儿跳上船来，金大摆到对岸，老头儿临下船时问道："花花轿子房在甘露村哪条街？"金大说："在西头周家胡同，靠门有个土棚子的就是。可是花花轿子房大概早就歇业了，一年零三个月的工夫没看见他的轿子出过村庄。"老头儿眨眨眼睛站立一会儿，盘算一阵，就面向甘露村走去了，身影渐渐埋在黎明前的蓝色雾里。

却说花花轿子房掌柜老花，这一夜翻来复去，不得入睡，破晓时分醒来，愁眉苦脸，唉声叹气，连那胡子梢儿也显得焦黄许多，脊背倚着墙壁吣吣吸烟，不象往日醒来先去拣泡粪了。老伴翻个偏身起来，看看煞黑露亮的窗纸，好不气恼，她说："哼哼唉唉，哼哼唉唉，这一夜你要不闹死个人才怪！昨天褚主任给你铺排的那是多么好的章程呀，你别死心不开活窍儿啦！趁着社里要打大车，依我，干脆就把轿子拆巴拆巴，那堆棍棍棒棒跟那副桑木轿杠倒给社里，也许给你捞上两个好钱。不然轿子放在那破土棚子里，日久天长，会叫耗子给你啃成烂窝瓜似的！"老花闻言揉揉眼睛，捻着棕色胡子，叹口气说："想当初我置那产业时，花的是整整七十二块大洋，到如今我还记得清清楚楚的。今天倒给社里，社里能给我几个大钱呢？"老伴穿着衣裳气愤地说："看看吧，老天睁眼，可叹给我贪上这么一个三锤子砸不开的死脑筋！什么时代啦，还想邪钱儿！你眼睛是长在后脑勺上去了吗？你看不见东家姑娘结婚骑马，西家姑娘结婚坐车，一年零一季啦，还有谁问过你的轿子吗？明事儿的依我，你趁早把轿子拆巴拆巴，拣有用的材料倒给社里，也省着日后这帮大姑娘小伙子的再指你的脊梁骨损你。没见象你这号的人，有官粉不说往脸上多擦，倒说抹的满脸狗屎受看。”老花暗暗思忖一番，低声说道：“那就拆吧，唉，真舍不得……”

正在这时，外面有人喊道：“花花轿子房是这院么？”老花急忙跳下炕去，跑出门来，只见是一个穿着长袍的细高条的老头儿，文静静地立在院中，他没容老花看好风头，就又问上一句：“劳驾，这是花花轿子房么？”老花许久没有听见有人再来这样称呼这个好听的字号了，偶尔听到一句，不禁引起他的悲伤。但老花的感情多变，不一会儿，他就转悲为乐，内心快慰异常，说道：“是呀，老辈儿的花花轿子房就是。”穿长袍的老头儿淡然一笑。刚才在摆渡口上听说花花轿子房歇业的话儿，本来心里有些怵怛，但看现在对方语气有所不同，心里也就踏实。他说：“俺是来雇轿子的，轿子闲在吧？”老花一边拉着长袍老头儿的袖口，一边撒谎说：“屋请。哪里？一年四季南庄北店结婚的多着呢，一提还是都讲咱老辈儿的花花轿子驰名。”老伴儿听到外面张罗主顾，第一自然就会联想到挣钱，也就暂时忘掉早晨的一套理论，于是也出来说道：“屋里坐吧，工钱好讲啊。”

走进屋来坐定，依照常例，老花免不了还是从头讲起他的过去主顾如何通达四海，品评今天的“自由结婚”的歹处和怎样使他不能入眼。说时眼里并且含了泪花，感动得穿长袍的老头儿坐立不安，最后站起来同情地说：“我长这么大，也没经过见过什么‘搞对象’的，我念了整套整套的四书五经，也没查着‘恋爱结婚’的典故。咱还是看的惯坐花轿娶过去的露脸。”老伴儿站在一边，一眼斜射他们两个，说道：“甭说，你的儿子对你还算随和，是父母做主的么？”穿长袍的老头儿摇头说道：“老嫂嫂，一个雷声天下响。不怕您笑话，一点不象老派头儿了。那是他自个儿相中的人儿，不这样他不干。不过要用轿子娶媳妇儿，两下里全没同意，这还是我偷偷摸摸做下的主意。到时候花轿临门，自然就好办了。”老花喏喏连声称赞。老伴儿看见老花的眼色不对，唯恐惹出是非，便撇撇嘴儿走出来，烧她的火去了。这里老花便和穿长袍的老头儿开始进入争执订用轿子工钱的阶段。但是老花这次让步，他没有象以往似的，和主顾争执的粗脖红脸，以至最后陷于决裂。这次他没有这样做。并且说话和气，就象他是因为一种什么原因而应该去帮助长袍老头的忙一样。最后，老花客气地说：“您只要回去多给咱花花轿子房宣扬宣扬名声就是。坐下等着喝茶。请。我去集合轿工，就去就来。”

老花怎么会这样高兴的呢？您只要稍微想一下就明白。他想，天对他是有莫大的恩惠的。正当他的营业陷于绝望的时候，忽然却又来了主顾，这还不是天意吗？他想，从今以后营业又会红火朝天了。他就又可以指挥着八个轿工抬着花花轿子在东西庄来往。于是呢，他也就可以把庄稼活儿放在一边，或是退出社来也没有什么关系。想到这里，他不觉得自己是空身，而是抬着花花轿子在村庄的街道上扭着一样。四周堆满人群，阻塞住街道，他是怎样大声喊着驱散开人群呀，却从人群中不断暴发出喝采的声音。这种幸福深深地把老花迷住了。使他忘记了自己现在是去找人。当他忽然感到自己是在白天作梦（这时候他是痛苦的），他才发觉自己已经走过两家轿工的门口了。谁也想不到这时他的感情会变得这样的快：他忽然恨起姑娘们来了，“你们结婚的时候为什么不坐我的花轿？”他气愤地想着，并没有忘记重新拐回头去。走了一段路，砰砰捶着一家的大门。巧，立刻就有一个老太婆出来把门开了，探出头来说道：“我当俺老头子回来了呢！进来坐吧，老花。干什么来啦？”老花藏不住欢喜，笑道：“把你老头子给我轰出来吧，让我告诉他一个喜事儿！”老太婆笑得眯住眼睛，抿抿嘴唇说：“他不象你，跟社里总是两股子心儿。他一夜里起来三趟八趟的出去给社里牲口添草拌料，还没回来呢。凭你还有什么喜事儿？跟我说说听听。”老花得意地说道：“又有主顾来啦。告诉你老头子说，吃完饭跟我抬轿子过河！”老太婆竟把嘴唇撇得挨上鼻子，翻了一个白眼儿说：“呸！老头子早就说啦，社里有了正经营生，压根儿也不想抬那破轿子啦。哼，想当年俺做大闺女时，要不是爹娘逼着往里推俺搡俺，呸，俺要想坐那晕死人的屁轿子才怪！呸！老昏啦！抬着活人扭搭扭搭的满街串游不嫌个害臊呀！”说着，“光当”关上了大门。不管老太婆是打个哈哈呢，还是真的成心呕他，但老花却是不能轻易原谅人的，他确实是生气了。你只要看看他抡起的大脚是怎样不客气地踢着大门：“什么玩意儿！忘了过去怎样巴结我啦！好，日后你想抬我的轿子都没有你的份儿！拉长线儿瞧着吧！”你看，他从老太婆家门口出来，又走了六家，在这六家也都碰了同样的钉子。有一家甚至好象根本忘记了自己曾经在花花轿子房抬过轿子，这是使老花眼泪泡在心里的。可是，老花的感情是易于变化的。不足一刻，他就又变得倍有信心。来到一个寨篱门下叫人，不一会儿，就有一个四十多岁的汉子叼着烟袋走出来了。这个汉子，大约还从穿着开裆裤子的时候起，就打着一个小轿旗儿，跟在老花叔叔的轿子屁股后头来回瞎跑。老花一向认为这汉了倒是他八个轿工里最贴心的一个。但老花不能不接受刚才碰过的七个钉子，于是就平心静气地向汉子说明来意，话里话外不免带着吹嘘成分，并且保证说：“今天就叫你分一块三角钱回来，傻子，掰着你的指头算算，一块三角呀！这不好么，傻子？”汉子咬着烟袋杆儿犹豫起来，这时厢房屋里飞出一个年轻姑娘，站在院心里瞪着眼睛说：“爹，回来！看不出来吗？他是分散咱们社里的人力！自己跟社里两股子心不说检讨，还拉别人！什么思想？花大叔，我说你还不张罗走吗？等我给你报告乡里去吗？”老花一听此话，犹如挨了闷头棍子，立时晕眩起来。用不着计算，总有一分多钟的时间，他觉得天飞地转开了。但，人在这时候常常会变得更加精灵,更加明白。老花就立刻猜中:尽管他的轿子有着古老的传统,老花是怎样的要强,也已经没有他立足余地。且不管主顾的冷落,单看如今的轿工和他的心向不一,就深深地给老花提示出:轿子房自此就没法不做永远停业的打算了。他想到这里,他感到心在跳,胡子在跳,脸在发烧。在这时,如果不是那汉子还在嘿嘿地向他发笑,姑娘还在瞪着眼睛一动不动地斜睨着他的话,老花本会就着这股气儿,嗖嗖地跑回家去的,或闷住不响,或者扎在屋子里,大发一阵脾气了事。可是现在却不成,因为老花到底是个脸皮儿有分寸的人,弄得他简直没法下台了。谢天谢地,这时,不知谁在后边拉他一把。他回头一看,那挽着破袄袖子的却是二马。这小子曾经两次要求入社,都因为懒散和讹诈没被批准。自然老花对于这样的人是早就加以百倍警惕了的。刚才二马在篱笆边上听了半天贼话,当他听说今天会有一元三角钱的收入时,他早就在心里布置下了一元三角钱的用处:是买酒呢,是买肉呢?是跑不出这两样东西的。因为片刻之前他刚被村里酒业专卖代销所里的侯二给撵出来。这时他献媚地对老花说:“没人去抬我去抬!我抬!”老花看了看他,生气地说:“你么?你会抬个屁!你躲开我远点吧!什么?你不躲开我吗?要么我躲开你!”多么好的下台机会呀,老花自然是不会放过这样的机会的。他耳朵里嗡嗡响着大汉子家姑娘的声音,象唱花旦的一样,无趣地下去了。

却说穿长袍的老头儿已经等得发急,他的脾性是越急越能喝茶。这一点,还是纯粹运河平原老一辈儿的习惯。而老花的老伴儿,却早已不习惯伺候这一类的主顾了。现在看的出来,她就因为沏茶倒水和应承话儿心里很不痛快。忽听得靠门的土棚子里喳喳作响,老伴儿急忙跑出门来,走进棚子里去,只见一个人影一把捞住了她,吓得老伴儿呵呀叫了一声,凝神一看,却是老花。他正在把轿子上披着的干草和蜘蛛网儿扒开。老花的脸面还很红涨,并且流着眼泪,他没容老伴儿说话,就气愤地压住她小声说道:“咱不想干这行营业了，你去，去把长袍老头子给我撵走！他比我强不了多少，这个老脑筋！他也不看看谁家的姑娘还说坐轿子，这个老脑筋！快去，给我撵走他！把门洞里的斧子给我捎来！”老伴儿本来怀着的满肚子的忿懑，这时也早已飞出九霄云外，她惊讶地问：“要干什么，你？”老花生气地踢着轿子说：“你干什么用这么大嗓门儿说话！我决心要拆这个东西啦！拣有用的材料倒给生产合作社里打车完事！去，给我撵走这个老头子，把门洞里的斧子给我拿来！”

一九五五年一月

引　力

今天是中秋节，在田间工作着的合作社的人们收工收的很早，大家列着长长的队，唱着歌回来了。按照风俗习惯，谁家的老老小小不对着月亮过个团圆节呢。这时霞色已经在群山顶上化去，徐徐的小风在田野上吹起来了，路边的野草飕飕地响，熟透的种子纷纷落在地下。蒸气裹着炊烟在村头上缭绕，淡淡地飘散开了，带着一种特别的香味。天，慢慢黑了下来。

有一个小菜园子靠着村头。园子里长满了野蒿子野草，秋虫钻在里边低幽幽地叫着。一架晚黄瓜叫伏天的大雨砸倒在地下了，压根儿没有人管它。那大脑袋的小黄瓜可是命苦，由于缺水，还没落花就先卷了一个细巴溜溜的弯儿。此外园子里就找不到别的菜吃了。靠右首有一眼小井，蛤蟆在里头扑扑腾腾地瞎跳。园子边上还有几棵苹果树，苹果熟了，喷香喷香的，老远香味就扎你的鼻子。可是苹果还没有人来摘。这家的男主人说了，今年的大秋真叫特别，手把着大钱都雇不着短工，谁还有工夫顾着来摘苹果？女主人的肚子一天大似一天，是头一回生孩子，她整天忧忧郁郁地担着心。虽然瞅着眼皮子底下的活儿着急，可也没有什么法子了。家里还有一个人，就是她的娘家老爹。这老爷子今年六十七岁，是春天时因为不同意入社和家里人窝了一肚子的气由运河东岸搬来的，搬来之后就帮助女儿家干活，说是这样一来可以省心，自此就不想回家去了。女婿听了这一番话，又看了老丈人的身子还挺硬朗，心下特别高兴。他想有这样一个老头儿来帮忙，一春八夏就可以少雇几个短工了。这老爷子初来时也确实死心塌地，象真把家忘了似的。最近这两个月，老爷子耳闻了不少家里的光景，心头可就大有转变，一天价也看不见他一点笑容。他吃完饭就去干活，没精打采的；到了晚上，一个劲地抽烟，把烟袋荷包抽空了才倒在厢房里去睡。两口子背地里说，这老爷子的神魂是叫什么给引走了。象这样的老爷子，莫说看着你的苹果熟了，就是油瓶子倒了他也不给你扶起来呢。他们都不知道老爷子整天净想什么。

前几天，老爷子的小孙孙小荃子又来了一趟，又给他爷爷送来了一包好吃的东西，并且告诉了爷爷一些家里的和村子里的事情；末后老爷子还赶着问了小荃子一些新鲜问题。于是老爷子的心就变得更加阴沉了。他还照平常一样的干活吃饭，吃饭干活，可是他连一句话也不跟女儿女婿说了。到了晚上，他抽了一荷包烟就又装了一荷包，屋子里院子里到处都散布着他的烟味。末后他大声咳嗽起来，女儿急忙到园子里给他摘来几个苹果，他闻闻就又把它们放在原处。等到天色完全黑下来了，人们已经入睡，他便沿着村边小路向着运河边上慢慢走去。女儿惊慌极了。丈夫这时正在忙着垛场，她也不敢惹他的脾气，只好自己用被子裹着肚子站在村边了望老爷子去的方向。好久好久，在远处的黑暗里，一个跳动着的烟火慢慢地拐回来了，她才放心。她想："哎，这老爷子不是想家了吧？是不是呢？他怎么一句话也不跟谁说呢？……"

在素日的夜晚里这是个静悄悄的小村庄，在中秋节的夜晚它却变得热闹起来了。月亮还没有出来，东方的远山顶上微微地染上了一点金黄颜色，孩子们手里拿着月饼，在村子里闹起来了。这怎能使苹果树的女主人心安？她的丈夫和老爷子还在地里干活，虽然天黑了，他们还没有回来。她只好裹着被子自己出来看一看熟透了的苹果，唯恐孩子们摸进园子来使苹果遭殃。可巧就有一个人站在园子外边的苹果树底下，开头她很气恼，慢慢她才看清这是老爷子了，就向他走去。她用腿拨弄着蒿子，使它们发出响动，大概是故意想让老爷子听见她来了，可是老爷子并没有回头。他象木头似的直立着死死盯住运河那边。她叹口气想道:“这老爷子晌午喝了不少的酒,这酒气儿越发把他搅得心神不定了。说不定什么时辰就站在这儿了呢。哎,逢到过团圆节,人倒是也爱想家。别看春天老爷子跟儿子儿媳妇吵得热窑似的,说是从此不跟他们过活了。可是一见了圆圆的月亮,人的心就软了。唉,月亮都要出来了,这狠心贼还不张罗回来。人家东邻西舍都有个热热闹闹的,唯独……”想着想着就流下一串泪来。

“爸爸,爸爸,”她说,“他还在地里么?你是自个儿早回来的么?”

老爷子没有回头,他倔强的山羊胡子在微微的凉风里一动不动,他的身子也没有动弹。这时候老爷子的心象是吊起来似的左摆右摆不定。他的眼睛对着面前的小路现出深沉的渴望的光。这蜿蜒的小路直通到运河边上,已经印上过他的无数个脚印了。可是现在这条小路对他更象有了引力似的,加倍新鲜了似的,他的思想和希望都放在这条小路上了。一旦小路上有一个黑点慢慢移来,都会引起他的心脏剧烈的跳动。黑点慢慢走近了,他的心也慢慢地冷却了。他用沉重的低音问着这个推着小车走来的卖菜的人:

“有一个小孩过来了么?他是七岁的小孩,他有这么高,眼睛挺亮的,……”

卖菜人告诉他没看见这样的一个孩子时,他深深地嘘出一口气,失望地继续看着远方,眼睛周围被泪水模糊了。

“爸爸,爸爸,你是想家了么?爸爸……”女儿扶着苹果树问道。

老爷子没有答她的问话,仍旧站住不动,死死地盯住远方。女儿叹息着想,没错儿,这老爷子准是吃酒吃得多了,才使他这样神魂不定的。又呆了一小会儿,她的肚子实在受不住凉风,就自己回去了。丈夫还是没有回来,那号子人是为了在这有月亮的夜里多抢收一把庄稼,牺牲了什么全都可以的。

又有一个小黑点在路上出现了,顿时又引起了老爷子的心弦跳动。那小黑点是跳跃着来的,几乎使他兴奋到了极点,他的心也跳得更加激烈。那越来越近的小点在他的眼睛里终于被证实了是他的小孙孙时,他连喘气也都停住。他不由自主地向前移动了,可是他又立刻站住。他抹了眼睛周围的泪痕。他一动不动地站在小路边上。

"爷爷!爷爷!"

那穿着新蓝布小袄的孩子飞跑过来,那明珠一样的眼睛一眼就认出了是他,于是一下就抱住了他的胳膊。小孩子"嘿吃嘿吃"地喘着气,脖子上流着几滴汗水,笑着和彀着爷爷的脖子。过了一会儿,小孩子惊奇了。爷爷的脸上怎么不见笑容?爷爷怎么不照往常一样把他抱起来了呢?亲他了呢?他的圆圆的眼睛一眨不眨地看着爷爷的脸了。

"小荃子,告诉爷爷,是谁叫你来的?"老爷子用沉重的声音忽然问道。

"爷爷,"小荃子用眼睛盯住爷爷冷淡的脸,"是我妈叫我来接您的,爷爷。"

"唔。告诉爷爷,真是你妈叫你来的么?"

"真的,真是我妈叫我来的,爷爷。"

"唔。"

"走吧,回家去吧,爷爷。"小荃子生怕爷爷不相信他说的话,急得哭着说,"那天我不是早告诉您了么?爷爷,我爸我妈不是叫您回家去么?您怎么还不回家去呢?爷爷!今天一放学我就要来接您呢,我妈不叫我来,她说我爸要来接您,还来看看我姑姑。后晌我爸又叫社里叫去了,我爸没空儿了,我妈就叫我来了,让我接您回家过节,爷爷,走吧,爷爷,……"

老爷子听着小荃子说,感动得发颤。一边用手掌给小荃子擦着眼泪,一边用颤抖的胳膊把小荃子搂紧了,还亲了好几下小荃子的脸蛋。小荃子闻见了爷爷的酒味,觉出了爷爷不匀整的呼吸,看见爷爷的眼睛也潮湿了,他自己就停住了哭泣。

"爷爷,你哭了么,爷爷?"

"爷爷还象小荃子似的,哭么?"

老爷子背过脸去放下了小荃子,擦了眼泪。然后走到苹果树边想要去摘苹果。他的女儿在听见小荃子的声音的时候就慌里慌张地出来了,蹲在黄瓜秧边听了这么一阵子了。这时候她才皱着眉毛站起来说:

"你的爹妈都好么,小荃子?"

"都好哇,姑姑,"小荃子爽利地说,"姑姑,我爸说要来看您呢。"

"唉,姑姑越过……"她原要说"越过越赶不上你们了",可是她又机灵地咽了回去,她瞟了老爷子一眼说:"你们合作社的庄稼收完了么?"

"都收完了,姑姑。"

"庄稼长的好么?"她的眼睛睁得难看,摇着头问小荃子。

"您是问谷穗长的多长呀,姑姑?"小荃子转着天真的黑眼珠,两只手张开,比出一个长度。

"嗯哪,嗯哪,"她急忙止住他。她趁着老爷子正在摘苹果的空子,爬在小荃子的耳边说,"回头爷爷给你摘了苹果,麻溜儿就走吧。别净来搅爷爷的心,唔?听见没有?"

"爷爷,爷爷,"小荃子低声啜泣起来了,"你不跟我回家去了么,爷爷?"

"别哭,别哭,"老爷子在苹果树底下说。

月亮从东山顶上露出来了,是一个通红的巨大的圆球,大地也被染上了一层淡淡的红色。老爷子兜着几个熟透的金色苹果来了。他的女儿一声不响地看着他把苹果给了小荃子。这时老爷子沉默起来，半天，他才看了女儿一眼，深深嘘了一口气，柔和地对她说：

“你回家去吧，留神受了风呵。我要回家去了。我不能净在这儿住下去，我又不是老扛活的。”说到这里老爷子气得哆嗦起来，可是他又压抑下去。他用手扶着小荃子的肩膀说，“咱们走吧，小荃子。”

“爸爸，爸爸，”他的女儿惊叫着追出园子，“你真要走啦？爸爸！”

“走。”老爷子用沉重的声音决断地说。

小荃子象是生怕爷爷会跑了似的，抱住爷爷的胳膊不放，拽着他快走。前面也正象有个什么东西吸引着老爷子似的，他的步子一步一步迈得很快。女儿知道爸爸的倔强性格，只要他打定了什么主意，万难一时转过弯来。这时她便哭出声来了，无可奈何地抱住十个月的重身子回去了。她说：“这么一瞧，多早晚儿也是自个儿的一窝子显得知疼着热。唉，人家社里顺儿他妈是在区里卫生医院坐下的月子，三天两头这个去瞧那个去看。我那狠心贼却是整天只顾拚着命地抢收庄稼，老爷子又这么一走，有那么一天，还有谁服侍我这带着身子的人呢？”说着说着心头一酸，就又流下了眼泪。

月光照得大地汪着水似的清澈澄明，四面八方万籁无声。秋虫在草里幽幽地叫，倒象更给这秋夜增添了冷静似的。祖孙二人在田间小路上走着，他们都不说话。小荃子一直没有撒开爷爷的胳膊，用另一只手拿着苹果在吃。小圆眼睛一刻也没离开过爷爷的脸。他想：爷爷在想什么呢？他是不是不喜欢我小荃子啦？那老爷子却是不管别人，只顾低头看着小路，又冷不丁抬起头来看看眼前模糊不清的村落，常常由肺腑里往外嘘气，弄得活泼的小荃子也不再照平常跟爷爷在一起时那样有说有笑了。

“爷爷，爷爷，”小荃子叫道，“快点走吧，你怎么越走越慢了呢,爷爷?”

“唔。”

“爷爷,你喝酒了么?”

“唔。”老爷子嘘了一口气,沉了一会才说,“告诉爷爷,今天家里过节了么?”

“过节了,爷爷,”小荃子仰起脖子说,“吃的肉。昨天爸爸拎来这么大的一块肉呀,是社里杀的猪,家家都吃肉。我妈还给你留下一大碗肉呢。爷爷,你也吃肉了么?”

“唔。”

“爷爷,爸爸还买了这么大一包月饼呢,爷爷。”

“唔。”沉了一会,“爸爸跟妈提过爷爷么?”

“提。”

“说爷爷什么话?”

“嗯——,嗯——,”小荃子望着爷爷的脸想了半天也想不起来了,末后才说,“我想也想不起来了,爷爷。先头我用碗给您送来好吃的,不是我妈叫我给您送来的么?”

“唔。”老爷子又嘘了一口气。

“爷爷,爷爷,”小荃子忽然想起来,“爷爷,今天晌午爸爸还跟妈说您了呢。”

“唔?唔?唔?”

“爸爸说完秋盖新房子,也不知要问爷爷什么?还说爷爷会干什么,社里还要用爷爷呢。”

老爷子的心窝突突地跳起来,步子几乎停下了。他用深陷的亮亮的眼睛看着孙孙的脸儿,他的身上象是背负着一百块沉重的石头,这时“古冬”地卸下了顶大的一块似的。心里一阵火辣辣的灼热,感到轻松了不少。他感动得一劲下泪,想道:“只要没人记着我闹的那回糊涂气儿就好了,我种了一辈子的地,是个老把式,社里总会有我的活干吧?”

现在他们已经搭着摆渡渡过了水流平稳的运河，整整走出了五华里。一个村庄的轮廓在明亮的月光底下十分清楚地显现出来了。他的心跳得什么似的，他的眼睛死死地盯住了它。一个多么亲爱的村庄呵，他的心虽然没有离开过它，可是他的身影已经离开它有半年之久了。当他回忆起在那午夜时分独自走到运河边上向它眺望，不禁心里一阵难过，但是他现在是真的把双脚踏在这块故土上了。这时他抱起小荃子来，在他的脸蛋上亲了好几下。步子放得慢了，并且连连地深深嘘起气来。

“爷爷，你怎么净流眼泪呢，爷爷？”

“爷爷还象小荃子似的，哭么？”老爷子急忙把头扭开了。“苹果呢？吃吧，告诉爷爷甜么？”

“甜。”小荃子咬开一口苹果，用手背抹开了嘴角上的甜水说，“爷爷，你看庄头上那大谷垛，是社里的。”

“唔。”顿时老爷子的眼神朝着小荃子指的方向看去。

“爷爷呀爷爷，爷爷！”小荃子叫起来，“你倒快走呀，你看村边上，爷爷，那是我妈抱着小莲子站在那儿迎着咱们呢。”

老爷子一下停住了脚步，他的心都要蹦出来了。他不知怎么好了。这时小荃子死劲地抱住爷爷的胳膊叫着他妈，村头上的妇人抱着孩子走过来了。老爷子一阵一阵的心热，忽然间来了一身劲，大着步子往前迈了。

“爸爸，爸爸，您的身骨儿还这么硬朗的，”小荃子妈笑呵呵地迎上来道，“爸爸，您好呵！”

老爷子噎住了。小荃子妈这时候亲热地向他问这问那，问妹妹的身子怎么样了，还问他们有入社的念头没有，老爷子一概没有回答她。他只顾在月光之下察看着她的脸色，直到他在她的脸上找不出来一点记恨往事的痕迹的时候，他的眼泪一下涌了上来。小荃子妈懂得这时候老爷子的心境，就想法把他的念头岔开，急忙吩咐小荃子好好领着爷爷回家，说是爹爹在院子里都把桌子摆好了,等着大家呢。她又看着老爷子正在注视着她怀里的小莲子,就把两岁的小莲子送过去了。那胖小子刚放在他的怀里,两颗圆圆的乌亮的眼珠不知是在陌生的面上寻着什么,忽然“哇”地一声哭了起来。小荃子妈忙在后边逗他,小荃子也忙把一个金色大苹果塞到他弟弟的手里说:

“这是爷爷,别跟爷爷生分了。嘿,莲,莲,红的,是爷爷给的,叫爷,叫爷。”

老爷子用脸颊靠着小莲的脸蛋,感到温暖。他开始迈开大步子,走在小荃子妈和小荃子的前边,尽量绕过有人的地方,往家来了。村子里的一切他还都是那么熟悉,可是眼下却又是那么新鲜无比。来到家门口上了,月光之下他看见了一堆剥了皮的粗大榆木,他的心又热了起来,多少年来就该翻盖的房子呵,就要翻盖了。这时候月亮升得正直,大地上撒满清辉,忽然从院子里爆发出好些人的快乐的谈笑的声音,老爷子变得无所顾忌,他是主人,抱住自己的孙儿骄傲地进去了。

一九五五年五月

渔　婆

一　引　子

到了秋分节,运河平原上已经有些冷意了。清晨,小喜渡过运河,来到了小豆村。东坡上有个篱笆院,晚秋的扁豆爬满了篱笆,和寒霜斗争着,在上面开了一串串的小紫花。小喜把脸靠在凉凉的篱笆上,顽皮地笑了一下,就裹着嘴唇,象是黄鹂一样地,打了长长的一声口哨。

立刻,一个十七八岁的漂亮的姑娘跑出门了,她停住了嘴里的咀嚼,用眼睛留神地向四处扫。又一声幽美的口哨。这一次,她往篱笆外面来了。

“红姑……”小喜笑着叫。

“小喜,”红姑激动地脸红了,她变得更加美丽起来。她抓住小喜的硬硬的大手说:“来啊,跟我爹妈一块吃点饭去!”

“我不!我不!”小喜把红姑紧紧地拉近自己。不知怎的,他为什么来的呢,一时也忘记说了。

“大早儿,你干什么来了!”到底还是红姑直爽地问,“你是想我了?”

“谁知道……”小喜笑了一阵,开始说话了,“听说了,你们村在河滩上有不少生荒地要开。五月里你们村帮助我们村修堤,欠下你们一笔债,现在完秋了,我们村要拨出二十个人帮你们开荒。明天早晨就来,你们准备一下吧!”

“可是，你要明白！”红姑严正地纠正说，“那是兄弟姊妹村的友谊，不是什么欠债还债！”

“喝！你不是跟我急了吧？”小喜也不笑了，“我那是打个比方，你就急了？”

“嘻嘻嘻……”红姑银铃一样地笑了。偶然她看见迎面走来了一个五十岁的棒汉子，就朝汉子叫道：

“大魁叔，您干嘛去呀？”

“红姑娘！你昨晚跟我讲的一席话我想通了。我不应该光顾自己眼皮子底下的几个小钱儿！我应该去开荒。”大魁象是大力士一样挺挺地走着说，“我去告诉渔婆，今天不跟她打鱼去了！”

红姑由心底里发出一阵快乐的笑声。

“说的是当咱俩‘介绍人’的那个渔婆吗？”小喜笑着问。

“是她。她可顽固了。那些打鱼的都叫我说服了，我还没能说服她。可是现在你看，只剩她一个人守着她的渔船了。”红姑拉住小喜的手说，“来啊，你尝尝我家的烙饼来吧！我爹妈都挺想见你！”

“我不！明天早晨荒地上见！”

“小喜，代我们感谢你们村！”

“兄弟姊妹村的友谊么！”

一声悠长的口哨响，在村外的树林里消失了。

太阳升起来……

二　渔　婆

太阳升起来了，渔婆正在煎小黄鱼。

要是渔婆正在煎黄鱼的时候，你顶好别去；除非她用得着你，她会赶着送给你吃。

渔贩子麻五来了。

原来渔婆专门有这把手艺:她煎的黄鱼又酥又香又脆,竟是没人能比。您看,渔贩子的鼻子也真管事,他差不多忘了招呼一声,照直就奔着香味来了。这是一个不受人欢迎的人物。渔婆看见了他,忙用身子把炉火上的油锅一挡,转着有点惊慌的眼睛,道:

"麻五先生!您怎么不叫一声就进来!您哪!您明天来吧!今天没鱼!"

麻五眼睛盯住煎黄鱼,咽着口水笑道:

"二娘!怎么这两天老不去打鱼呢?急的我闷的慌!"说着就拿起筷子拣了一条小鱼来,放进自家嘴里。

"这个该死的!"渔婆想,"我要不是有事,我哪里舍得煎鱼?今儿,我好容易煎了这么几条小鱼,就碰见了这么一个馋鬼!你看,用不了一袋烟的工夫,会都拣到他的嘴里去的!"渔婆气愤地想,却客气地催着说:

"去吧!麻五先生!明天清早到河边去等,明天保有您一挑鱼了!我今天就捎信到外村去找渔伙计!妈的村里是找不着了!这个红姑忘了我的恩情啦!跟我干上了!人家五邻四村谁也不开荒地,偏在咱这小豆村,她要发起在河套上开荒!年年一到秋分,社里的活儿一完,都有几个人跟我打鱼,今年就不行了!社里开荒要紧,我打鱼不要紧!我的五个渔伙计就剩下了一个大魁,倒有四个都叫她给动员了去开荒地,可叹我对红姑娘的一片好心……"她冷然发现麻五已经不害臊地吃去了她的三条煎鱼,就忙地止住了她的唠叨。

"二娘!您不是红姑娘的媒婆么?"麻五的眼睛象是猫眼一样不离开小鱼,舍不得走。

"呀!呸您!呸!"渔婆生气了。不知是因为黄鱼,还是因为"媒婆"二字犯忌,总之她是生气了。"谁是媒婆!麻五先生,您快走您的吧!明天到河边上来挑您的鱼就是!哼!说我媒婆……"

麻五怕闹翻了明天的买卖,抹抹油嘴赶紧出来了。渔婆发了脾气，麻五不以为是因为自己一条又一条地吃了她的小鱼，只怪自己多嘴说出了“媒婆”二字。

是的，你可以说她是渔婆，说她是媒婆却不可以。

有这样一件事。老早了……

她听说村里最漂亮的姑娘红姑跟河东的小喜爱上了，她的心里就咯噔一沉，想道：“净顾打我的鱼，我怎么忘了红姑是个干部？年青人都不好张嘴说那句难听的话儿，我是知道的。我要是早为他们张罗张罗，他们总也不会忘了我的恩情吧？可是，你看，妈的我净顾打我的鱼，我多糊涂呀；高低还是人家自个儿搞上了。”她象是咽了一根十冬腊月的冰棍似的，后悔又不舒服。可是她的运气多顺呢！没隔几天，她正带着几个伙计划着木船在运河上打鱼，就望见岸上站着一男一女。她疾忙就把船儿摆拢了岸。四十的人了，仍不见老，脸儿一笑还象八月的红枣似的：

“我当是谁？原来是俺村红儿和你喜儿！小喜，几里地的街坊，不是外人哪！你们是不是要过河？快上来，快上来。”

他们就上了船。渔婆仍笑道：

“小喜你常到小豆村来玩，其实二娘早就给你们两个想到了，这也不是夸嘴儿。这定是玉皇娘娘显了圣了，依着二娘的意思给你们捏合到了一块儿。想想是不是？”

一对青年笑了笑。

“没个‘介绍人’吧？都不外道，让我二娘就当这个‘介绍人’吧！”

“我看他们两个倒缺个媒婆，二娘干脆当这媒婆吧！”一个渔伙计哈哈大笑插嘴说。

“呸你！你这旧社会！”渔婆生气地纠正说，“旧脑筋的人怎么好啊！告诉你！新社会是‘介绍人’！”

“啊哈！‘介绍人’！‘介绍人’！”渔伙计们哗哗大笑起来。

一对青年看了看，也忍不住笑了。渔婆自己满意地笑。于是渔婆就算是“介绍人”了。

她哪里瞧得起一般的媒婆呢！她说，“媒婆贪图人家财礼，媒婆算个什么东西呀！那是旧社会；新社会是‘介绍人’！”

从此，人们果然就以为她真的是红姑和小喜的“介绍人”了。有人说她很幸福，是那样一对好青年的介绍人呢！

“是啊，您记住，坏人坏事二娘压根儿也不能管的！”她向人们夸耀说。

“二娘！”这时外面有人叫了。

渔婆忙把她的煎鱼藏起来，一看是大魁，笑道：“大魁！来，你这老胡子八叉的哪儿去吃这样的煎鱼！给你拿几条煎黄鱼去！”

大魁金刚似的站在柴门上皱皱眉说：“二娘我不去打鱼了！‘打鱼摸虾耽误庄稼’，我有正经营生呢。我吃完饭跟咱社员到河套去开荒！”

渔婆把那几条煎黄鱼忙又放在原来的盘子里。这时她连喘气都发短了。“好哇，这倒干净！”她气得发抖，“我知道这又是红姑！这红姑连我最后的一个渔伙计也动员去了！好！你们就都动员起来吧！只要有‘动员’二字，二娘就不服‘动员’！社里开会批评也挡不了打我自己的鱼，挣我自己的钱！哼，妈的起早我为什么偏发当这个介绍人？我真多事！这个红姑把我当了秋后的扇子扔在一边啦……”她发狠地想着，却忽然脸上放起光来：“哦，有了！小喜那孩儿见我总是笑嘻嘻的，可不象你红姑这么快就忘了我的恩情！他们求我当介绍人，我就不能求他？……”她心里生了一计，就拣了几条小黄鱼，去找广爷了。

她很兴奋。广爷也兴奋，——他好久没吃过渔婆的煎鱼了。

“您快给我写信吧！立刻就得发走！”渔婆着急地看着广爷下巴一端一端地嚼着煎鱼，催道。

“是的，然而，挺酥！……”广爷胡子动弹着，仍旧香甜地嚼着煎鱼。

“我煎的我还不知道酥！您快给我写信！”她生气了。

“是的，然而，您写什么文章？”广爷扶了一下鼻子上的黑圈眼镜。

“您净顾吃您的煎鱼了！刚才我嚼了半天舌头，都跟您说什么来？您一定是就着香煎鱼吃了！我说，是求您替我编几句客气话儿，叫小喜明天清早就给我找四五个渔伙来，打鱼，您写……”

“是的，然而，大家都在烈火通天地开荒，为了来年全村增产，可您，然而，是的，然而……”

“我不懂您的‘油儿’‘盐儿’！您这广爷能气死我！您哪！照我的话写——小喜！……呵，底下就是几句客气话啦：‘万福金安’什么的！再就表表我二娘的恩情，嗨！得多写几句！啊，您千万别忘写上就在明天，清早儿就叫他带四五个人来，按股分红……”

“是的，然而，我听糊涂了，您的话不成文章。”

广爷皱了皱眉，花了三刻钟，最后写完了。他把信念了一遍。

“嗨呀！”渔婆叫起来，“您这满篇的‘之之也也’的我不懂！是照我的意思写的吗？”

“是的，然而……”

渔婆早就舍开广爷走了。不知她又费去了几条煎鱼，总之，那封信是求一个孩子送的，信当天给送去了。结果怎样呢，——谁也不知道。

三　尾　声

第二天的早晨，是个金光四射的早晨，野雁从运河滩的深草窠里钻出头来，迎羞红霞光，直向东南飞去了。

渔婆孤零零地站在河边上，两只眼睛只顾向对岸望去。村里有大群的人马车辆向荒地上进发了，她忙把身子隐在草窠里，心不住地跳，今天她格外感到孤单和惭愧。

对岸有一群人走近了。渔婆鼓起希望，兴奋地跳起来，用手捂在嘴边喊道：

“小喜！小喜！是你们来了吗？”

象是黄鹂在叫，传来了一声长长的口哨，接着，借着河里的水音，小喜清脆的喊声传了过来：

“是呵！你是谁？有船吗？”

“不错！别人不会打这好听的口哨！是小喜！是渔伙计来了！”渔婆想，高兴地跳到木船上，三摆二摆就摆到了对岸。

一群青壮年上了船。

“唉呀！二十人！”渔婆又惊又喜地对小喜说，“这个广爷把我气死了！我就知道他‘之之也也’的在信里写了什么鬼话！我叫他写上你们来四五个人就行，你们来了二十！这也不是打冰夹鱼的时候，你们还带镐头！他把我气昏了！”

小喜说：“二娘，静静！我们是帮小豆村开荒的！”

渔婆惊讶道：“什么，什么！小喜你原来没接着我的信吗？”

小喜笑道：“信……”

一个青年抢笑道：“那是一封什么信哪！‘之之也也’的我们也是难懂！”

一个俏皮的青年伸伸舌头说：“你们没拜过圣人还能懂？我看懂了！信上不是说，今天清早，人家小豆村，有二娘用船来接咱们吗？”

青壮年中爆发出哗哗的大笑声。天啊！有这样的怪事情！渔婆的脸惭愧地红烧起来。青年们自己把船摆了过去。

“二娘！二娘！我早就在这儿等着了呀！”渔贩子麻五在岸上叫道。

渔婆尖厉着声音喊：“您这麻五先生！您看不见我们小豆村

人人都在烈火通天地忙着开荒么！谁有工夫打鱼摸虾！麻五先生，走您的！没鱼！”

二十个青壮年下了船，向运河滩的荒地上走去。好一个运河滩上阳光灿烂的早晨！野草蓁莽的荒地活起来了！那里响着年青人雄壮的歌声。

一九五六年八月

中国文库·文学类

（已出书目）

【第一辑】

鲁迅选集　鲁迅著……………………………………人民出版社
郭沫若选集　郭沫若著………………………………人民出版社
茅盾选集　茅盾著……………………………………人民出版社
巴金选集　巴金著……………………………………人民出版社
老舍选集　老舍著……………………………………人民出版社
曹禺选集　曹禺著……………………………………人民出版社
冰心选集　冰心著……………………………………人民出版社
朱自清选集　朱自清著………………………………人民出版社
徐志摩选集　徐志摩著………………………………人民出版社
萧红选集　萧红著……………………………………人民出版社
赵树理选集　赵树理著………………………………人民出版社
郁达夫选集　郁达夫著………………………………人民出版社
沈从文小说选　沈从文著……………………………人民出版社
子夜　茅盾著…………………………………………人民出版社
家　巴金著……………………………………………人民出版社
倪焕之　叶圣陶著……………………………………人民出版社
围城　钱锺书著………………………………………人民出版社
财主底儿女们（上下卷）　路翎著…………………人民出版社
太阳照在桑干河上　丁玲著…………………………人民出版社
暴风骤雨　周立波著…………………………………人民出版社
青春之歌　杨沫著……………………………中国青年出版社
林海雪原　曲波著……………………………………人民出版社
红旗谱　梁斌著………………………………中国青年出版社
红日　吴强著…………………………………中国青年出版社
冬天里的春天（上下卷）　李国文著………………人民出版社
沉重的翅膀　张洁著…………………………………人民出版社
活动变人形　王蒙著…………………………………人民出版社
白鹿原　陈忠实著……………………………………人民出版社
毛泽东诗词选　毛泽东著……………………………人民出版社
艾青诗选　艾青著……………………………………人民出版社

贺敬之诗选　贺敬之著……………………………………人民出版社
郭小川诗选　郭小川著……………………………………人民出版社
余光中诗选　余光中著……………………………中国青年出版社
沈从文散文选　沈从文著…………………………………人民出版社
白洋淀纪事　孙犁著………………………………………人民出版社
可爱的中国　方志敏著……………………………………人民出版社
随想录　巴金著……………………………生活·读书·新知三联书店
文化苦旅　余秋雨著……………………………………东方出版中心
欧洲文论简史　伍蠡甫　翁义钦著………………………人民出版社
欧洲文学史(上下册)　杨周翰著…………………………人民出版社
中国文学史(共四册)　游国恩等主编……………………人民出版社

【第二辑】

丁玲选集　丁玲著…………………………………………人民出版社
戴望舒选集　戴望舒著……………………………………人民出版社
沙汀选集　沙汀著…………………………………………人民出版社
艾芜选集　艾芜著…………………………………………人民出版社
林徽因选集　林徽因著……………………………………人民出版社
骆驼祥子　老舍著…………………………………………人民出版社
懒寻旧梦录(增补本)　夏衍著………生活·读书·新知三联书店
胡风回忆录　胡风著………………………………………人民出版社
保卫延安　杜鹏程著………………………………………人民出版社
野火春风斗古城　李英儒著………………………………人民出版社
上海的早晨(共四部)　周而复著…………………………人民出版社
烈火金刚　刘流著…………………………………中国青年出版社
一代风流(共四册)　欧阳山著……………………………人民出版社
创业史　柳青著……………………………………中国青年出版社
李自成(第一卷:上下册)　姚雪垠著………………中国青年出版社
青春万岁　王蒙著…………………………………………人民出版社
将军吟　莫应丰著…………………………………………人民出版社
野葫芦引:南渡记　东藏记　宗璞著………………………人民出版社
钟鼓楼　刘心武著…………………………………………人民出版社
尘埃落定　阿来著…………………………………………人民出版社
白门柳(全三册)　刘斯奋著………………………中国青年出版社
梁遇春散文选　梁遇春著…………………………………人民出版社
孙犁散文选　孙犁著………………………………………人民出版社
季羡林散文选　季羡林著…………………………………人民出版社

周涛散文选　周涛著 ………………………………………… 人民出版社
史铁生散文选　史铁生著 ………………………………… 人民出版社
北京乎——现代作家笔下的北京（上下册）
　姜德明编 ……………………… 生活·读书·新知三联书店
臧克家诗选　臧克家著 …………………………………… 人民出版社
舒婷的诗　舒婷著 ………………………………………… 人民出版社
海子的诗　海子著 ………………………………………… 人民出版社
张天翼童话选　张天翼著 ………………………………… 人民出版社
高士其童话选　高士其著 ………………………………… 人民出版社
中国俗文学史　郑振铎著 ………………………………… 商务印书馆
中国鲁迅学通史（共六册）　张梦阳著 ……………… 广东教育出版社
论红楼梦思想　冯其庸著 …………………………… 黑龙江教育出版社
中国现代小说史（全三册）　杨义著 ………………… 人民出版社

【第三辑】

废名选集　废名著 ………………………………………… 人民出版社
陈映真自选集　陈映真著 ……………… 生活·读书·新知三联书店
京华烟云（上下册）　林语堂著 …………………… 现代教育出版社
大波（共三部）　李劼人著 ……………………………… 人民出版社
六十年的变迁（共三部）　李六如著 …………………… 人民出版社
小城春秋　高云览著 ……………………………………… 人民出版社
苦菜花　冯德英著 ………………………………………… 人民出版社
黄河东流去　李凖著 ……………………………………… 人民出版社
平凡的世界　路遥著 ……………………………………… 人民出版社
芙蓉镇　古华著 …………………………………………… 人民出版社
浮躁　贾平凹著 …………………………………………… 人民出版社
绿化树　张贤亮著 ………………………………………… 人民出版社
曾国藩　唐浩明著 ………………………………………… 人民出版社
古船　张炜著 ……………………………………………… 人民出版社
第二十幕（上中下册）　周大新著 ……………………… 人民出版社
刘以鬯小说自选集　刘以鬯著 ……………………… 百花文艺出版社
金牧场　张承志著 ………………………………………… 人民出版社
红高粱家族　莫言著 ……………………………………… 人民出版社
梦家诗集　陈梦家著 ………………………………………… 中华书局
穆旦诗文集（一、二）　穆旦著 ………………………… 人民出版社
周作人散文　周作人著 …………………………………… 人民出版社
何其芳散文选集　何其芳著 ………………………… 百花文艺出版社

上海屋檐下法西斯细菌　夏衍著 …………………… 人民出版社
风雪夜归人闯江湖　吴祖光著 …………………… 人民出版社
王国维文学论著三种　王国维著 …………………… 商务印书馆
中国小说史略　鲁迅著 …………………… 人民出版社
咀华集咀华二集　李健吾著 …………………… 人民出版社
现代中国文学史　钱基博著 …………………… 中国人民大学出版社
中国文学批评　中国散文概论
方孝岳著 …………………… 生活·读书·新知三联书店
鲁迅和中国文化　林非著 …………………… 南开大学出版社
唐代科举与文学　傅璇琮著 …………………… 陕西人民出版社
中国诗学　叶维廉著 …………………… 人民出版社
迦陵论诗丛稿　叶嘉莹著 …………………… 中华书局
台湾文学史
刘登翰　庄明萱　黄重添　林承璜主编 ……… 现代教育出版社

【第四辑】

马烽小说选　马烽著 …………………… 作家出版社
周立波小说选　周立波著 …………………… 湖南文艺出版社
玛拉沁夫小说选　玛拉沁夫著 …………………… 作家出版社
王愿坚小说选　王愿坚著 …………………… 中国青年出版社
李準小说选　李準著 …………………… 人民文学出版社
王蒙小说选　王蒙著 …………………… 人民文学出版社
汪曾祺小说选　汪曾祺著 …………………… 人民文学出版社
林斤澜小说选　林斤澜著 …………………… 人民文学出版社
李国文小说选　李国文著 …………………… 人民文学出版社
邓友梅小说选　邓友梅著 …………………… 人民文学出版社
陆文夫小说选　陆文夫著 …………………… 江苏文艺出版社
高晓声小说选　高晓声著 …………………… 江苏文艺出版社
茹志鹃小说选　茹志鹃著 …………………… 江苏文艺出版社
王安忆小说选　王安忆著 …………………… 人民文学出版社
铁凝小说选　铁凝著 …………………… 人民文学出版社
史铁生小说选　史铁生著 …………………… 人民文学出版社
闻捷诗选　闻捷著 …………………… 人民文学出版社
昌耀诗选　昌耀著 …………………… 人民文学出版社
食指诗选　食指著 …………………… 人民文学出版社
天安门诗抄　童怀周编选 …………………… 人民文学出版社

朦胧诗选　　杨克　陈亮编选 …………………… 中国青年出版社
杨朔散文选　　杨朔著 …………………………… 人民文学出版社
秦牧散文选　　秦牧著 …………………………… 人民文学出版社
刘白羽散文选　　刘白羽著 ……………………… 人民文学出版社
萧乾散文选　　萧乾著 …………………………… 人民文学出版社
柯灵散文选　　柯灵著 …………………………… 人民文学出版社
杨绛散文选　　杨绛著 …………………………… 人民文学出版社
贾平凹散文选　　贾平凹著 ……………………… 人民文学出版社
邵燕祥散文选　　邵燕祥著 ……………………… 人民文学出版社
1949～2009 剧作选　　老舍等著 ……………… 人民文学出版社
1949～2009 报告文学选　　刘白羽等著 ……… 人民文学出版社
1949～2009 儿童文学选　　冰心等著 ………… 中国青年出版社
周扬文论选　　周扬著 …………………………… 人民文学出版社
陈涌文论选　　陈涌著 …………………………… 人民文学出版社
张光年文论选　　张光年著 ……………………… 人民文学出版社
唐弢文论选　　唐弢著　刘纳编选 ……………… 人民文学出版社
王瑶文论选　　王瑶著　陈平原编选 …………… 人民文学出版社
钱谷融文论选　　钱谷融著 ……………………… 上海文艺出版社
王元化文论选　　王元化著 ……………………… 上海文艺出版社
蔡仪美学文选　　蔡仪著　杜书瀛编 …………… 河南文艺出版社
1949～2009 文论选
　　钱锺书等著　贺绍俊编选 …………………… 人民文学出版社